타나카 유 지음
Llo 일러스트
신동민 옮김

전생했더니 검이었습니다

"I became the sword by transmigrating" Story by Yuu Tanaka, Illustration by Llo

13

전생했더니 검이었습니다

"I became the sword by transmigrating" Story by Yuu Tanaka, Illustration by Llo

13

타나카 유 지음
Llo 일러스트
신동민 옮김

CONTENTS

"I became the sword by transmigrating"
Volume 13
Story by Yuu Tanaka, Illustration by Llo

제1장 오랜만에 온 알레사

"보인다! 알레사!"

"윙윙!"

프란과 울시가 말하는 대로 평원 저편에 낯익은 성벽이 보이기 시작했다.

알레사에서 받은 의뢰를 처리하고 돌아올 때마다 질릴 만큼 봤던 성벽이다. 지겹다고 해도 좋을 것이다.

그래도, 오랜만에 보니 꽤나 감회가 깊었다.

『와, 묘하게 그립네.』

이 세계에 오고 처음 방문한 도시이기 때문일까? 역시 이 도시는 특별하게 느껴졌다.

성문 앞에는 그다지 사람이 서 있지 않았다. 알레사에서는 이 광경이 당연하지만 왕도를 본 뒤라서 상당히 쓸쓸하게 느껴지는군.

다만 평소대로라는 건 전쟁의 그림자도 없다는 뜻이다. 삼엄하게 병사가 드나들거나 전시 특수를 노린 대상(隊商)의 출입은 보이지 않았다.

지극히 평범. 우리가 있을 때와 똑같은 모습이었다.

분명 레이도스 왕국의 부대가 침입해 싸움이 벌어졌다고 들었는데……

『갑자기 성문 앞에 내리면 혼란이 일어날지도 몰라.』

"응. 울시, 이 근처에서 내릴래."

"웡!"

평소대로 도시에서 조금 떨어진 곳에 내려 걸어서 알레사로 향했다. 순서를 기다리던 상인 몇 명과 모험가가 깜짝 놀란 얼굴로 이쪽을 보고 있었다.

울시에게 놀란 모양이다. 크기는 보통 대형견 정도지만 그래도 늑대니까 조금 무서운 거겠지.

다만 문지기 병사의 반응은 상인들과 달랐다.

"어라? 프란이잖아!"

"응?"

친근하게 이쪽으로 말을 걸었다.

"알레사에 돌아온 거야?"

"데르트."

우리가 알레사에 있을 때 가장 친하게 지내던 문지기, 데르트였다.

프란도 이름을 기억하고 있던 모양이다. 무투 대회에서 재회했을 때 크루스는 잊어버렸는데 데르트는 기억하고 있는 건가.

프란의 경우 우선 강한 상대는 잊지 않는다. 검을 제대로 주고받으면 거의 확실하다.

그리고 자신에게 호의적이냐 아니냐도 중요하다. 데르트처럼 처음부터 호의적이고, 드나들 때뿐이라고는 하나 나름 오랜 기간 접했다면 잊어버리지 않는가 보다.

크루스의 경우에는 그렇게까지 강하지 않았고, 호의적이라기보다는 중립적이었던 탓에 인상에 그다지 남지 않았을 것이라고 추측한다. 잘생기기는 했지만 수수하기도 했고 말이다.

"이야—, 어서 와."

"고마워."

웃으며 맞이해준 데르트에게 이끌리듯이 프란도 반가워하며 수줍어했다. 프란에게도 모험가 등록을 한 이 도시는 특별할 것이다.

"그럼 신분증을 제시해줘."

"응."

"응, 고마워——오오오오오? 어? 프란, 이건……!"

"응?"

데르트가 프란의 길드 카드를 보며 눈을 동그랗게 떴다. 다시 카드와 프란의 얼굴을 번갈아 보고 적힌 이름을 다시 읽었다. 그리하여 겨우 이 길드 카드가 프란의 것이라고 이해했나 보다.

"트, 틀림없어. 프란의 카드야! 이, 이렇게 짧은 기간에 랭크 B에 오른 거야?"

"응. 왕도에서 올랐어."

"왕도……! 큰 소동이 생겨서 상당한 피해가 났다고 들었는데……. 왕도가 부서졌다든가 소멸했다든가 온갖 소문이 퍼졌어."

아무래도 피해의 자세한 상황은 전해지지 않은 모양이다. 아니, 정보가 너무 많이 섞여서 어느 게 옳은지 알지 못하는 듯했다.

왕도를 떠올리고 프란이 고개를 살짝 숙였다.

승리도 패배도 맛본, 한마디로는 표현할 수 없는 땅이기 때문이다.

"사람이 잔뜩 죽었어……."

"엄청난 상황인 건 진짜인가 보네."

"응……."

"하지만 프란이 무사해서 다행이야. 자, 오랜만에 알레사에 온 걸 환영해."

"고마워."

이렇게 돌아온 알레사는 역시 안에서 봐도 이전과 똑같았다. 레이도스와 벌인 전투의 영향은 전혀 찾아볼 수 없었다.

『일단 길드로 가자.』

"알았어."

"윙!"

그렇게 도착한 모험가 길드도 마찬가지.

아니, 오히려 활기가 생긴 것 같은데? 이전보다 모험가의 숫자가 좀 늘어난 것 같기도 하다. 시간대에 따른 오차인가.

프란은 길드의 문을 힘차게 밀어 열고 건물로 발을 들였다.

"이리 오너라."

『매번 말하지만 그거 아니라니까?』

모험가들의 시선이 일제히 프란에게 향했다. 평가하는 사람이나 놀라는 표정을 띠는 사람. 하지만 절반은 이전에 있던 프란을 기억하고 있는지 친밀함이나 경의를 보였다. 굳이 따지자면 환영받고 있는 건가?

개중에는 프란에게 시비를 걸려고 한 녀석도 있었지만 주위 모험가가 말렸다.

"울무토——."

"입상——."

아무래도 랭크 B에 오른 건 아직 알려지지 않은 듯했다. 왕도에서 거리도 좀 있고 구태여 다른 도시 모험가의 정보를 고지하지는 않을 테니까.

랭크 A 정도가 되면 이야기는 다르겠지만 말이다.

그래도 무투 대회에서 입상한 건 알려진 모양인지, 그 이야기를 듣고 한 걸음 내디딘 남자가 황급히 물러났다. 울무토의 무투 대회를 조금이라도 알면 요행으로 상위 입상은 불가능하다는 사실도 알 것이다.

술렁거리는 길드의 분위기를 느끼고 접수원 소녀가 고개를 갸웃거리고 있었다.

"어서 오세요. 으음. 아가씨도 모험가인가요?"

우리도 이 사람은 본 적이 없다. 아마 프란이 여행을 떠난 뒤에 고용된 신입일 것이다. 갑자기 들어온 어린아이를 보고 당황하고 있는 것을 알 수 있었다.

"응."

"오, 오늘 용건은 뭔가요?"

"마랑의 평원에 들어가고 싶어. 신청은 어떻게 하면 돼?"

"네? 마랑의 평원이요? 저기요, 그곳은 A급 마경이어서 보통은 랭크 B 이상의 모험가가 아니면 들어갈 수 없어요."

"알아."

"네? 그럼 아가씨는 안 된다는 걸 알고 있죠?"

주위의 모험가들도 절반 정도는 프란의 말을 듣고 실소하고 있군. 이전에 알레사에 있을 때는 랭크 D였으니 어쩔 수 없지만.

"이거."

"길드 카드? 어어어어어? 어?"

데르트와 비슷한 반응이었다. 이쪽 소녀가 더 심하지만.

설마 눈앞의 소녀가 모험가라고는 생각하지 않았을 것이다.

하지만 아직 더 있지.

"어?"

소녀는 겨우 프란의 랭크를 알아차린 듯 숨을 멈추고 길드 카드를 응시했다.

"말도 안 돼, 이런 어린아이가 랭크 B?"

접수원이 중얼거린 순간 주위 모험가가 웅성거렸다. 그리고 단숨에 소란스러워졌다.

믿을 수 없는 거겠지.

그야 그렇다. 이 중에서도 톱클래스가 되니 말이다.

프란의 나이라면 랭크 D라도 천재급인데 단기간에 B까지 오르는 경우는 보통은 생각할 수 없다. 프란을 알던 모험가들도 설마하는 얼굴을 하고 있었다.

이거 한동안 수습이 안 될 것 같은데? 그렇게 생각했지만 길드 안쪽에서 나타난 사람이 손뼉을 가볍게 치자 그 자리가 순식간에 조용해졌다.

"자자, 조용히 해."

"아, 넬 선배."

나타난 사람은 이전에도 신세를 진 접수원, 넬 씨였다.

"오랜만이야, 프란."

"응."

프란에게 미소 지은 후 넬 씨는 신입에게 날카로운 시선을 보냈다.

"너 말이야. 모험가의 정보를 접수원이 떠들면 어쩌자는 거야!"

"죄, 죄송합니다……."

"하여간에……. 나중에 혼날 줄 알아."

"히익!"

신입이 가엾을 만큼 위축됐다.

넬 씨의 벌……. 생각하기만 해도 떨리는군.

"환영할게. 흑뢰희 프란 씨. 아니, 흑뢰성녀라고 하는 게 나으려나?"

"흑뢰희가 더 멋있어."

프란이 뚱한 표정으로 그렇게 대답하자 넬이 쿡, 하고 웃었다.

"그러면 랭크 B 모험가, 흑뢰희 프란 씨. 이쪽으로 오세요. 길드 마스터가 부르십니다."

"알았어."

이런, 이미 우리의 도착 소식이 길드 마스터의 귀에 들어갔나. 어차피 마경에 들어가려면 길드 마스터와 대화를 나누어야 하니 마침 잘됐지만 말이다.

넬이 인정함으로써 거짓말이 아니라는 것을 알았나 보다. 모험가들이 눈을 크게 뜨고 프란을 쳐다보고 있었다.

그야 아무리 봐도 자기들보다 강해 보이지 않을 테니 어쩔 수 없다. 신입뿐만 아니라 베테랑으로 보이는 모험가들도 충격을 받은 듯했다. 불과 몇 달 전에는 어깨를 맞대고 싸운 소녀에게 뒤처져서 크게 놀랐을 것이다.

모험가들의 조용한 경악을 등으로 받으면서 넬의 뒤를 따라 걸었다.

"왕도에서는 엄청난 활약을 했다며?"

"……그렇지 않아."

넬의 말을 들은 프란은 떨떠름한 얼굴로 고개를 가로저었다. 전투 쪽에서는 여러모로 생각할 거리가 있는 싸움뿐이었으니 말이다.

친해진 사람도, 직접적인 관계는 없는 사람도 많이 죽었다. 우리의 활동만으로 모든 걸 막을 수 있었던 건 아닐 테지만 더 할 수 있는 일이 있지는 않았을까, 라는 생각은 들 수밖에 없다.

프란의 미묘한 반응을 본 넬이 얼른 화제를 바꿨다. 역시 사람의 안색을 읽는 데 뛰어난 접수원이다.

"그 전에 울무토 무투 대회에서도 대단했잖아! 입상 축하해."

"우승 못 했어."

다만 이것도 프란에게는 최고의 결과가 아니었단 말이지. 좋은 싸움을 경험했지만 아만다에게는 패배했다. 그것도 압도적인 차이를 보이며.

좋은 성적을 남긴 것보다 진 것을 분하게 여기는 프란에게 넬이 어처구니없는 시선을 보냈다.

"프란. 어느새 아만다처럼 됐구나……."

전투광이라는 건가? 그야 상급 모험가는 거의 다 전투를 좋아한다는 사실이 최근 판명됐으니 말이다. 오히려 전투를 좋아하지 않으면 강해질 수 없다.

"길드 마스터. 프란을 데리고 왔습니다."

"아, 들어와요."

집무실에 들어가자 우드 엘프이자 정령사인 길드 마스터, 클림트가 맞이해줬다. 유능한 남자 느낌을 물씬 풍기는 영리한 표정으로 이쪽을 보고 있었다. 여전히 잘생겼군!

넬이 떠난 후 프란에게 소파를 권하고 자신도 맞은편에 앉았다.

"오랜만이로군요."

"응."

"하아……. 단기간에 여기까지……. 천재라는 말조차 바보 같아지네요."

클림트의 말이 나타내는 건 랭크뿐만은 아닐 것이다.

이전의 우리라면 거기까지 알아차리지 못했겠지만 클림트는 상당히 강하다. 감정하지 않아도 알 수 있다.

스테이터스가 아니라 그 안에서 새어 나오는 기척이라고 해야 할까? 그리고 클림트도 프란에게 비슷한 것을 느낀 것이 분명하다. 질린 기색으로 프란을 응시하고 있었다.

알레사를 떠났을 때와 비교하면 훨씬 강해졌으니 그동안 무리했다는 건 쉽게 알 수 있겠지.

"일단 랭크업을 축하합니다."

축하한다고 하지만 클림트의 얼굴에 축복하는 기색은 전혀 없었다. 오히려 떨떠름한 얼굴이라고 해도 좋을 것이다.

"하여간에. 실력이 있다 해도 어린아이를 이용하는 짓을 하다니……. 이미 일어난 일은 어쩔 수 없죠."

역시 어린아이를 모험가로 이용하고 위험한 일을 겪게 하는 것 자체에 대한 반응인 모양이다.

애초에 다른 모험가 길드는 시험이 없다. 알레사만 모험가 시험이 존재했다. 어린아이가 오면 드나드로 겁을 줘 쫓아버리는 시스템일 것이다.

그 뒤에는 견습 취급을 하며 기초를 가르치게 되어 있는 듯했다. 아이 때는 위험한 임무를 주지 않고 철저하게 단련시키는 시스템이 이 길드에는 있는 것이다.

아이를 좋아하는 아만다가 소속되어 있기 때문만은 아니다. 클림트 자신이 아이가 위험한 일을 겪게 만드는 것을 싫어하는 듯했다. 그런 그에게 프란의 약진은 어린아이에게 무리를 시키는 기분만 드는 게 아닐까.

"그래서 알레사에 돌아온 이유는 뭔가요?"

"수행."

"수행? 더 강해질 셈인가요?"

질린 기색의 클림트에게 프란이 진지한 얼굴로 고개를 끄덕였다.

"응."

"열두 살에 랭크 B입니다. 이건 길드의 역대 기록에도 톱5에 들어갑니다."

톱5라는 건 프란보다 위가 있다는 뜻인가? 긴 모험가 길드의 역사 안에는 엄청난 천재나 남다른 인재가 있었다는 뜻일 것이다.

"1등은?"

"응? 지금 역대 순위를 묻는 건가요?"

"응."

"최연소로 랭크 A에 오른 것은 지난날의 랭크 S 모험가, '대대 (大隊)'입니다."

"대대? 이명이야?"

『이상한 이명이네.』

모험가답지 않다고 할까, 강하게는 들리지 않았다.

"네. 하지만 너무나도 오래된 기록이어서 지금은 이명밖에 전해지고 있지 않습니다. 능력도 불명이고요. 다만 이분은 여덟 살에 랭크 B, 열 살에 랭크 A. 열네 살에 랭크 S가 됐다고 합니다."

뭐라고? 괴물이 따로 없네. 천재라는 말로는 정리가 되지 않는 엄청난 기록이었다.

랭크 S란 신검을 든 초월자와 동등하다는 뜻이다. 고작 열네 살에 그 수준에 도달했다는 것은 우리라도 믿기 힘들었다.

"굉장해."

"네. 대단합니다. 하지만 당신도 충분히 대단합니다. 그분에게 미치지는 못한다고 하나 당신의 성장 속도는 빨라요. 아직도 힘을 원하는 겁니까? 이미 충분히 강하잖아요?"

"나는 강하지 않아."

프란은 고개를 붕붕 저었다.

"지기만 해. 도움을 받지 않았다면 졌을 싸움뿐이야. 그리고 강한 녀석은 잔뜩 있어."

후작과의 싸움이나 내게 들은 강자끼리의 싸움 양상을 떠올리고 있나 보다. 새빨개질 만큼 힘껏 주먹을 쥐고 분한 기색으로 중얼거렸다.

"그리고 수왕에게도 아스라스에게도 아직 못 이겨."

"하아. 아주 진한 몇 달을 보낸 것 같군요. 그리고 그 사람들을 상대로 **아직** 못 이긴다고요?"

더 어이가 없어진 모양이다. 그러고 보니 클림트는 상급 모험가로서는 드물게 전투광이라는 느낌이 들지 않는군. 상식인이냐 아니냐고 묻는다면 조금 아닌 것 같기도 하지만.

"그래서 수행인가요?"

"마랑의 평원에 가서 수행할래."

"……거기에 들어갈 셈인가요? 혼자서?"

"랭크 B라면 상관없을 거야."

클림트가 좋지 않은 얼굴을 할 건 알고 있었다. 그래도 랭크는 충족했으니까 막을 수 없겠지.

"그건 그런데 말이죠……. 하아, 할 수 없군. 어차피 제 허가가 없어도 들어갈 거죠?"

포기한 표정으로 어깨를 으쓱거리는 클림트에게 프란은 고개를 끄덕였다.

"당연해."

"그러면 막는 의미가 없군요. 다만 그곳은 최근 위험도가 상당히 올라갔으니 무리하지 마세요."

"알았어."

"……즉답이라서 더 수상쩍군요……"

미안, 클림트. 프란이 무리하지 않을 리가 없잖아.

하지만 내가 제대로 지켜볼게!

"정말 무리하지 말아요."

"응."

"하아아, 그리고 북쪽에는 가지 마세요. 현재 상당히 혼란스러워졌습니다."

"혼란?"

역시 레이도스 왕국과의 분쟁이 수습되지 않은 모양이다.

"네. 레이도스의 공작원이 어디까지 들어와 있는지 모르니까요."

그렇게 말하며 현재 상황을 간단히 설명해줬다.

"우선 처음 들어온 레이도스 왕국군은 장 두비라는 모험가가 막았습니다."

"알아."

"아아, 그러고 보니 당신과 장은 아는 사이였죠? 그 일기를 함께 입수했다는 이야기를 들었습니다."

그 일기란 천공섬에서 입수한 던전 마스터의 일기를 말한다. 장이 모험가 길드에 제출했는데, 프란에 대해서도 확실하게 전달한 모양이다.

"당신이 아는 대로 장은 아주 유능한 사령술사입니다. 전장에서는 비할 데 없는 힘을 발휘해 레이도스의 선발 부대를 격퇴했습니다. 하지만 레이도스의 침공은 그것으로 끝나지 않았습니다. 몇 번에 걸쳐 산발적으로 쳐들어오고 있어서 아직 안심은 할 수 없어요."

그 산발적인 습격의 이유가 사령 마술의 실험에 있는 것 같다고 한다.

적측이 언데드의 군세를 이용하고 있는 모양이다. 명백하게 시험적으로 언데드 군세를 투입해 운용 실험을 하고 있는 것이 아닐까 생각하고 있다고 한다.

"장에 대한 대항책이겠죠. 장에게 미칠 리는 없지만 숫자가 많은 것 같더군요. 그 대책으로 장이나 그 호위로 고용된 모험가들이 돌아다니고 있는 듯합니다."

이 길드에서 신입 교관을 하던 드나드론드도 그쪽으로 떠나 있다고 한다.

"클림트는 안 가? 재앙의 클림트잖아?"

왕도에서 들은 정보다. 엄청난 힘을 간직한 대정령과 계약했고, 그 힘을 쓰면 작은 도시 정도는 황무지로 만들 수 있다고 한다.

하지만 프란의 말을 들은 클림트는 내키지 않는 얼굴로 고개를 저었다.

"……하아. 그런 거창한 이명이 붙을 만큼 대단한 사람이 아닌데 말입니다. 뭐, 제가 제 실력을 발휘하면 주위가 좀 황폐해지거든요."

즉 레이도스와의 분쟁 정도로는 출신하지 않는다는 뜻인가. 대정령은 제어할 수 없다고 했으니 자칫하면 레이도스 때문에 입는 피해보다 클림트에게 입는 피해로 더 큰 사태가 일어날지도 모른다.

"아무튼 마랑의 평원에 들어가는 건 허가합니다. 하지만 레이도스와의 분쟁에는 접근하지 마세요. 알았습니까?"

미간의 주름을 풀면서 한숨 섞어 말하는 클림트. 어느 도시든 길드 마스터는 힘든가 보다. 이번에는 프란이 일을 늘리고 말았지만.

"아아, 그리고 또 하나. 귀족가에도 접근하지 말 것을 추천합니다."

"귀족가?"

"당신을 원망하고 있는 바보들이 있습니다."

"원망? 왜?"

"오르메스 백작의 부하입니다. 자신들이 반란을 일으킨 건 쏙 빼고!"

'오르메스 백작?'

『알산드 자작의 아버지였을 거야.』

'?'

아, 프란. 완전히 잊어버렸구나.

그야 기억하고 싶은 상대도 아니었으니 어쩔 수 없지만.

『허언의 이치를 빼앗은 바보 귀족이 있었잖아. 그게 알산드고, 그 아버지이자 이번 반란에 가담했던 나쁜 귀족이 오르메스야.』

'오, 그렇구나.'

내가 생각해도 심한 설명이지만 틀리지는 않았다.

오르메스 백작이란 이전에 허언의 이치를 가지고 있었던 부기사단장 오귀스트의 아버지다. 그리고 광신검 파나틱스에 조종당해 쿠데타를 일으킨 아슈트너 후작의 부하이기도 하다.

우리는 오르메스 백작을 직접 만난 적이 없지만 청렴결백한 사람이 아니었다는 이야기는 들었다.

이 도시의 귀족 중에서도 특히 유력하며 길드와 대립하는 입장이었을 터다.

"그 녀석들 안 잡혔어?"

"오르메스와 직접 관계가 있던 자는 기사단이 붙잡았습니다."

오르메스 백작은 아슈트너 후작과 함께 붙잡혔을 텐데.

하지만 알레사는 왕도에서 떨어진 데다 큰 도시도 아니다. 그래서 왕도에서 지시가 좀 늦게 내려오고 있는 듯했다.

이 도시에 있는 오르메스 백작의 관계자는 혈연인 자는 포박됐고, 부하 귀족은 근신 처분이 내려졌다는 모양이다. 심지어 귀족이 아닌 사용인 등은 아무렇지 않게 돌아다닐 수 있게 허가가 내려진 상태이기 때문에 프란을 원망하는 자가 소동을 일으키지 않는다고 장담할 수 없다고 한다.

"뭐, 절반은 일부러 그러는 겁니다만."

"일부러?"

"네. 아슈트너 후작과 레이도스 왕국은 뒤로 손을 잡았다는 보고를 받았습니다. 그래서 레이도스의 공작원 등이 오르메스 백작의 부하에게 접촉을 꾀할 가능성이 있다고 보고 일부러 내버려 두고 있는 상태입니다. 근신용으로 집을 준비한 것도 한데 모아 두는 편이 감시하기 쉽기 때문이고요."

귀족 포박은 기사단의 임무지만 모험가 길드도 협력하고 있는 듯했다.

귀족가에 접근하지 말라는 것도 프란에게 친절을 베푼다기보다 오르메스 백작 일당을 미끼로 삼은 계획을 방해하지 말라는 의도일 것이다.

상상 이상으로 알레사의 기사단과 모험가는 연계하고 있는 모양이었다.

도시를 다녀본 바 큰 혼란도 없는 것 같으니 귀족이 잔뜩 붙잡혔다 해도 도시의 운영에는 문제가 없는 건가?

프란도 같은 생각을 했는지 클림트에게 질문을 했다.

"저기, 영주가 붙잡혔는데 알레사는 괜찮아?"

"영주? 아아, 오르메스 백작은 영주가 아니에요."

"그래?"

어라? 그래? 듣고 보니 이 도시의 유력자일 뿐 영주라는 소리를 들은 기억은 없을지도 모른다.

"이 도시의 영주님은 왕족의 방계에 해당하는 분입니다."

"왕족? 그런 게 있었어?"

"있었습니다. 그야 전선이 될 수도 있는 변경 도시의 영주로 밀려온, 실권도 별로 없는 분이지만요."

클림트가 영주와 그 부하에 대해 짧게 설명해줬다. 뭐, 프란이 도중에 질린 것을 깨닫고 간단히 일단락 지어줬다고 하는 편이 정확하지만.

알레사는 레이도스 왕국과 가까운 데다 모험가 길드가 중요시되고 있는 곤란한 도시다. 그렇다고 번창한 것도 아니라서 왕도 같은 화려함과는 인연이 없다.

그래서 왕족끼리 알레사 영주 자리를 서로 미뤘다고 한다. 그 결과 방계인 현 영주가 파견됐다.

능력은 특별히 뛰어나지 않지만 자신이 무능한 것은 아는 분별력 있는 사람이라고 한다. 어려운 공무는 대관과 알레사 기사단장 울스에게 맡기고 자신은 존재감을 지운 채 얌전히 있다고 한다.

본래라면 어느 정도 유능한 대관과 기사단장의 합의에 맡겨서 문제가 일어날 리는 없었다. 하지만 거기에 간섭을 한 것이 오르메스 백작이다.

그는 영주와 개인적으로 친구인 점을 이용해 자신의 친족과 부하를 이 도시에 파견했다. 그리고 운영에도 간섭하기 시작했다.

이것도 오르메스 백작의 배후에 있던 아슈트너 후작과 파나틱스의 음모 중 하나일 것이다. 알레사를 오르메스 백작이 지배하면 그들과 은밀하게 협력 관계에 있던 레이도스 왕국과 연계하기 쉬워진다. 실제로 우리가 알산드 자작을 실각시키지 않았다면 허언의 이치를 써서 알레사를 대혼란에 빠뜨렸을지도 모른다.

그때는 그저 짜증 나서 오귀스트에게 스킬 두 개를 빼앗았는데, 나이스 플레이였군.

"그래서 오르메스 백작의 부하가 없어졌다 해도 큰 문제는 없습니다."

"그렇구나."

"지금은 얌전히 있고요. 다만 거기에 당신이 모습을 드러내면 쓸데없는 소동이 일어날지도 모릅니다. 알았습니까? 나는 바쁩니다. 이 이상 일을 늘리지 마세요."

"알았어."

"……불안하군요."

그렇게 중얼거리는 클림트에게 인사를 하고 우리는 집무실을 뒤로했다.

『클림트를 과로사시키지 않기 위해서라도 귀족가에는 접근하지 말자.』

왕도에서도 엘리안테가 일을 늘리지 말라고 울먹였으니까 이번에는 아무 일 없이 도시를 떠나도록 하자.

『그럼 자료실에 가자.』

'마랑의 평원 자료 볼래!'

클림트에게 인사를 마친 우리는 그길로 모험가 길드의 자료실로 이동하고 있었다. 마랑의 평원의 자료를 열람하기 위해서다.

내가 있던 때보다 마수의 힘이 커졌다고 들었다. 정보 없이 들어가는 건 위험할 것이다.

이것저것 찾아보니 나름대로 자세한 자료가 있었다. 역시 도시 근처에 있는 마경이어서 알레사에서는 나름대로 연구나 고찰이 실시되고 있나 보다.

『그럼 프란도 최대한 읽는 거다?』

"응."

자, 프란은 언제까지 깨어 있을까? 이제 상급 모험가이니 필요한 자료 정도는 읽을 수 있게 되기를 바란다.

프란에게 책장을 넘기게 하며 자료를 읽어나갔다.

우선 마랑의 평원에 생식하는 마수의 종류부터다. 여기에는 일정한 법칙이 없다고 적혀 있었다. 마력이 안정되지 않아 평원에서 태어나는 마수를 예측할 수 없다고 결론이 내려졌다고 한다.

출현 마수가 랜덤이라는 소리는 희귀한 마수를 만날 가능성이 있는 대신 얻을 수 있는 소재나 생태계가 일정하지 않다는 뜻이기도 하다. 게다가 출현하는 마수가 매번 다르면 대책을 세우기도 어렵다.

일반적인 마경이라면 어느 정도 일정한 생태계를 바탕으로 마수가 생식하고 있기 때문에 그 대책만 확실하게 세우면 의외로 쉽게 싸울 수 있다.

하지만 마랑의 평원에서는 임기응변으로 대처할 수밖에 없다.

그것 역시 마랑의 평원의 위협도를 올리고 있는 요소일 것이다.

과거에 출현이 확인된 마수의 일람도 있었지만 너무 많아서 기억하는 건 포기했다. 그만큼 다종다양하고 일관성이 없었다.

또한 고갈의 숲을 따라 마력이 모이기 쉬워진 저 평원에서는 마수가 태어나는 사이클이 아주 빠르다고 한다. 그야말로 다른 곳의 몇 배의 속도. 그 안에서 생존 경쟁이 일어나고, 승리한 마수는 진화해 구역 보스처럼 군림하게 된다.

그래도 고위 마수면 마수일수록 생존하는 데 마력이 필요해지기 때문에 고갈의 숲이 있는 한 마수가 밖으로 나오는 경우는 없다고 결론이 나 있었다.

과거에 몇 번 비행 능력이 뛰어난 마수가 고갈의 숲을 넘어 밖으로 나온 적은 있던 모양이다. 다만 저 숲의 마력 흡수 현상은 상공에도 미치기 때문에, 웬만한 일이 아닌 한 마수가 저 숲에 다가가는 일은 없을 것이다.

또한 한 해에 몇 번 정도 길드가 정기적으로 감시를 가고 있는데, 상당한 빈도로 마수가 바뀌는 것도 특징이라고 한다.

일반적인 마경의 경우 강력하게 자란 동일한 개체가 몇십 년이나 군림하는 경우가 많은 모양이다. 그러나 마랑의 평원에서는 위협도 C 이상의 흉악한 마수조차 빈번하게 바뀐다.

위협도 A인 마수조차 저 평원에서 몇십 년도 살아남기가 어렵다는 것이다. 저 평원에서는 마수의 마력이 회복되는 속도가 아주 느리다. 고갈의 숲의 효과인지 달리 원인이 있는지 알 수 없지만 다른 곳의 몇 배에 달하는 마력을 흡수하지 않으면 마수는 살아갈 수 없다고 한다.

그 결과 항상 투쟁을 벌여 다른 마수를 잡아먹지 않으면 소비한 마력을 회복하지 못하고 약해진다. 하지만 지나치게 강해지면 이번에는 다른 마수가 접근하지 않게 되어 사냥에 고생하게 된다. 게다가 연비도 나빠진다.

그 결과 강해지면 강해질수록 체내 마력의 회복에 고생하게 되고 약해지면 아래 단계 마수에게 쓰러진다.

인간에게도 같은 영향이 있을 테지만 단기간에 그렇게까지 유의미한 관측 결과는 나오지 않았다고 한다. 안 그래도 A급 마경이라 오랫동안 머물기 어려운 탓에 실험은 어렵겠지.

나도 어쩌면 마랑의 평원에 있었을 때는 그 현상에 휩쓸려 있던 걸까? 솔직히 눈치채지 못했다.

이 세계에서 처음 나타난 장소였으니까. 비교할 대상도 없었고, 내 경우에는 마석을 흡수해 마력을 회복할 수 있으니 말이다. 탈출한 뒤에는 랭크도 올라서 연비가 오른 건 그 덕분이라고만 생각하고 있었다.

『출현하는 마수에 관한 고찰은 이것저것 적혀 있는데…… 중요한 대좌에 대해서는 아무것도 안 적혀 있네.』

내게 가장 중요한 것이 평원 중앙에 있는 대좌다. 하지만 여기에 관한 자료가 전혀 없었다. 자료실 관리인 영감에게 물어봐도 그런 것이 있다는 이야기는 들은 적이 없다고 했다.

평원 중앙에 유적 같은 것이 있다는 사실은 알고 있지만 이른바 제단 같은 것은 확인되지 않은 듯했다.

『어떻게 된 거지……?』

'사라졌나?'

『으음. 일반적으로 생각하면 그렇게 되겠지.』

하지만 내 안에 있는 의문의 남자는 제단으로 오라고 했는데? 아니, 다른가? 마랑의 평원으로 오라고 했을 뿐이지 제단이라고는 말하지 않았을지도 모른다.

『생각해봐도 모르겠네. 가보면 알 수 있으려나.』

'응!'

이어서 내가 훑어본 것은 고갈의 숲에 관한 자료였다. 내게는 인연과 만남의 땅이지만 그렇게까지 놀랄 만한 새로운 사실은 없었다. 대부분은 아는 것이었다.

다만 내 눈길을 끈 항목이 하나 있었다. 마력 흡수 현상은 지하에 뭔가 원인이 있을지도 모른다는 고찰이 적힌 페이지였다.

상공에서는 효과가 약해지고 지표에서는 상당히 강력해지는 현상이며, 지면을 파 내려가면 마력이 흡수되는 속도가 더 상승한다고 한다.

하지만 지면을 계속 파내 원인을 찾으려 해도 파면 팔수록 마술 등을 쓸 수 없게 되어 인력으로 팔 수밖에 없어진다. 고블린 등이 출몰하는 숲속에서 느긋하게 작업을 진행하는 것은 너무 위험해서 조사를 단념했다고 한다.

그렇다. 마력이 흡수된다고 해도 그 숲에 생물이 없는 건 아니다. 고블린 등 마력에 의존하지 않고 사는 하급 마수나 일반 동물은 아무렇지 않게 살고 있다.

그래서 고갈의 숲은 성가셨다. 마술도 스킬도 쓸 수 없는 상황에 놓이면 하급 모험가는 고블린을 상대로도 질 것이다.

순수하게 기량이 뛰어난 고위 모험가——예를 들어 프란이라면 전혀 문제는 없다. 그건 걱정하지 않지만 그 장소에서는 약간 내 트라우마가 자극되겠지.

가능하면 그곳에 오래 있고 싶지 않지만, 마랑의 평원에 출몰하는 마수의 힘에 따라서는 고갈의 숲을 거점으로 활동하는 계획도 생각해야 한다.

그런 생각을 하고 있는데 곁으로 다가오는 기척을 느꼈다. 명백하게 프란을 목표로 오고 있지만 전의나 악의는 느껴지지 않았다.

"여어. 거기에 있는 건 프란 씨인가?"

"응? 누구야?"

"이봐! 잊어버린 거 아니겠지! 나라고!"

남자가 익숙한 느낌으로 말을 걸었지만 프란은 완전히 잊어버렸다. 멍한 얼굴로 고개를 갸웃거리자 남자가 안쓰러운 얼굴로 충격을 받은 사실을 알 수 있었다.

"……누구야?"

"하, 하하하하. 나라니까. 떠올려봐, 던전에 같이 있었잖아. 용의 포효의 리더, 클라드 님이다!"

"……으음."

거기에 있던 것은 이전에 함께 던전에 들어간 적도 있는 모험가, 클라드였다. 전에는 프란에게 시비를 거는 양아치였지만 그 태도가 확 달라졌다. 그 모험 때 여러 현실을 안 뒤 마지막에는 프란의 실력을 인정했고 말이다.

다만 미안하게도 프란은 진짜로 잊어버렸다. 태도도 나빴고 약했으니까. 다만 나는 좀 감탄했다. 전보다 상당히 강해졌기 때문이다.

이름 : 클라드 나이 : 23세

종족 : 인간

직업 : 창전사

스테이터스 레벨 : 27/99

생명 : 148 마력 : 88 완력 : 86 민첩 : 74

스킬 : 운반 2, 곡예 4, 위기 감지 4, 공복 내성 3, 기척 감지 1, 권투술 1, 창기 2, 창술 5, 공갈 3, 등반 3, 독 내성 1, 기력 조작

장비 : 상질의 강철 창, 갑옷 도마뱀의 갑옷, 암석우의 토시, 갑옷 도마뱀의 부츠, 돌거미의 외투, 해독의 반지

레벨이 7이나 올랐고 창술과 창기도 성장했다. 또한 새로 습득한 독 내성을 봐도 상당히 혹독한 수행을 쌓은 것을 알 수 있었다.

그야말로 랭크 D로서는 이제 제구실을 한다고 해도 좋을 것이다.

"으음?"

프란! 그렇게 고개를 갸웃거리면 진짜 잊어버린 걸 클라드한테 들키잖아! 얼버무려야지!

"이봐이봐이봐이봐, 진짜야? 진짜 잊어버렸어……?"

『프란! 거미집에 갔을 때 시비 걸던 녀석 있었잖아. 모의전에서 프란에게 엉망이 된 한심한 창술사야! 거미집에서도 죽을 뻔했던 피라미 같은 모험가들의 리더!』

"너한테 시비를 잔뜩 걸던 분수 모르는 놈이 있었을 거야! 전이 트랩을 발동시킨 녀석들의 형뻘이었던 멍청이가 나야!"

"오? 있었을지도 몰라!"

겨우 떠올랐나!

"아만다한테 아이언클로를 당해 울던 녀석!"

"거기냐! 거기인 거냐!"

"시끄러워! 자료실에서 떠들지 마! 애송이 녀석아!"

"큭……!"

소리친 클라드에게 즉시 자료실 관리인이 주의라는 이름의 욕설을 날렸다. 클라드가 입을 다물 정도의 박력이다.

"그래서 무슨 일이야?"

"아아, 아니, 아무것도 아냐. 하하…….."

"오랜만이야!" "그래, 오랜만이다!" 같은 대화를 기대했는지, 프란의 태도에 마음이 꺾인 모양이다.

그는 애수가 느껴지는 등으로 쓸쓸하게 떠나갔다.

미안해, 클라드. 시간이 별로 없으니 좀 봐줘. 강하게 살아주고.

"어머, 벌써 끝났어?"

"응."

"그러심가요."

"응?"

돌아갈 때 접수대에서 넬 씨에게 인사를 하려고 했는데…….. 그 옆에 있는, 처음에 프란을 맞이한 접수원의 양 볼이 벌겋게 부어 있었다.

"아아, 벌을 좀 줬어."

사람의 볼은 이렇게 복숭아처럼 될 수도 있구나. 모험가들이 찍소리도 안 하고 있을 정도의 징계가 내려진 모양이다.

"잘못했지?"

싱긋 웃는 넬 씨가 무서워!

"제성함미다."

신입 씨, 앞으로도 힘내!

클림트에게 마랑의 평원에 들어가는 허가를 받은 다음 날.

우리는 출발 전에 시장에 와 있었다.

왕도에서 이재민들에게 밥을 지어주는 대신 차원 수납의 요리를 나눠줬기 때문에 그 보충을 할 생각이었다.

설마 프란이 카레까지 나눠줄 줄은 몰랐다. 그만큼 왕도 사람들을 돕고 싶었다는 뜻이겠지.

전부 나눠주지는 않았지만 되도록 보충해두고 싶다.

카레=프란의 의욕 같은 면이 있으니 말이다.

『고기는 우리가 확보하는 편이 빠르려나. 채소를 사자.』

"응."

애초에 알레사의 시장에 그렇게 많은 마수 고기가 있을 것 같지도 않다. 그렇게 생각했지만 실제로 시장을 보니 의외일 만큼 다양한 고기가 모여 있었다.

"이거 무슨 고기야?"

"오오! 아가씨 눈이 높네! 이 녀석은 그린 브루스티라는 위협도 D 마수의 삼겹살이야!"

"이건?"

"코카트리스의 가슴살이야! 퍼석하지 않아서 맛있어!"

그린 브루스티라고 하면 바르보라에서 있었던 요리 콘테스트에서 우리도 카레빵에 썼던 마수다. 금색 돼지 마수로. 상당히 맛있다. 그리고 강하다. 이 부근에서 출몰한 건가?

그 밖에도 다양한 종류의 마수 고기가 정육점 앞에 진열되어 있었다. 알레사가 이렇게 고기가 풍부한 도시였나? 이러면 여기서 사는 편이 좋은 고기를 손에 넣을 수 있을 것 같은데.

의문스럽게 생각하는데 가게 아주머니가 묻기도 전에 여러 가지를 가르쳐줬다.

"아만다 님의 덕이 여기까지 돌아온 거야."

"아만다? 지금 알레사에 있어?"

"그래. 이 도시 주변을 돌며 적극적으로 사냥을 하고 계시대."

아만다가 알레사 주변에서 사냥을 하게 돼서 소재로 길드에 팔린 마수 고기가 시내에도 유통되고 있다는 것이었다.

"아만다는 전쟁에 안 갔어?"

"장이라는 모험가가 활약하고 있다고 해서 아만다 님은 이 도시 수비로 남았는데? 그분이 있으면 나쁜 짓을 하는 놈도 줄고."

"그래?"

"그야 그렇지. 전쟁 때문에 다소 혼란도 있었지만 최근에는 기사단이 의지가 되거든. 생각했던 것보다 혼란은 적어졌어."

기사단을 사유화했던 부단장 오귀스트가 없어져서 꽤 나은 존재로 탈바꿈한 모양이다.

"최근에는 기사단 녀석들의 행실도 발라졌고 나쁜 소문이 있는 귀족님도 관청으로 끌려가서 알레사 시내도 상당히 조용해졌어. 듣자 하니 왕도의 쿠데타에 가담했던 귀족님이라던데? 오르메스 백작이나 알산드 자작처럼 원래 평판이 나빴던 귀족이 없어진 덕분에 장사도 하기 꽤 편해졌지."

반란에 가담했다고는 하나 오르메스 백작 본인은 큰 악행을 벌이는 대악당이라는 느낌이 아니라 소악당 같은 느낌의 인물이었던 모양이다. 권력과 재력을 이용해 상점에서 자릿세를 걷거나 상납금을 요구한 듯했다.

그게 없어지고 소매점은 상당히 편해졌다고 한다.

『역시 왕도의 소동이 여러 영향을 주고 있네.』

'응.'

그 후 고기와 향신료, 조미료와 야채 등을 산 우리는 다음 목적지로 향했다.

"어라? 혹시 프란 씨니?"

"응. 오랜만이야, 란델."

알레사에 도착하기 전 프란을 마차에 태워준 상인, 란델의 가게다. 여전히 너저분했다

"지금 화제인 흑뢰희 님이 찾아주실 줄이야!"

"알아?"

"하하하. 상인에게 정보는 무기야. 그야 내 경우에는 너를 알아서 보통 상인보다는 신경 쓰고 있었던 점도 있지만."

"그렇구나."

지인의 정보라면 조금은 귀에 들어오기 쉬워진다는 뜻인가.

란델은 활짝 웃으며 환영의 뜻을 밝혔다.

"설마 그때 만난 소녀가 이렇게까지 올라갈 줄은 몰랐어. 그래도 달라지지 않은 것 같아서 안심이야."

"달라졌어. 그때보다 강해졌어."

"아아, 그런 의미가 아니야. 내면, 마음을 말하는 거야. 모험가 중에는 랭크가 올라가면 갑자기 거만하게 구는 녀석도 있거든."

"흐음?"

프란의 경우 랭크가 높든 낮든 애초에 타인에게 겸손하지 않

다. 랭크가 낮을 때부터 건방졌으니까 랭크가 올라가도 여전히 건방지다고 말하는 편이 옳을지도 모른다.

"그래서 오늘은 어쩐 일이야? 설마 알레사에 돌아왔으니 인사를 하러 온 건 아니지? 아니, 나로서는 그래도 기쁘지만."

"냄비와 식기가 필요해."

"냄비? 식기?"

"응."

왕도에서 음식을 베풀 때 냄비와 식기도 함께 주는 경우도 많았기 때문에 새로운 요리를 만들어도 그것을 담을 그릇이 부족했다.

란델의 잡화점이라면 가짓수가 꽤 되지 않을까 해서 방문해 봤다.

"양이 어느 정도 필요해?"

"많이."

"으음……?"

"아주 많이."

대화에 약간 고생하면서도 어떻게든 원하는 냄비의 크기와 숫자를 전했다.

그러자 차츰 란델의 표정이 흐려져 갔다. 역시 란델의 가게에 전부는 구비되어 있지 않은 듯했다. 접시만 해도 200개가 넘으니 어쩔 수 없을 것이다.

"이거 다른 가게에도 말해도 될까?"

"괜찮아? 라이벌 아니야?"

"우리 같은 작은 가게는 횡적 유대가 중요하니까 괜찮아."

"그럼 부탁해. 얼마든지 살 테니까."

"맡겨줘! 잠시 기다려!"

란델은 프란에게 의자와 차를 권하고 그대로 가게에서 뛰쳐나갔다.

정말 근처 가게에 도움을 요청하러 간 모양이다. 좋은 녀석이다. 값을 깎지 않고 화끈하게 치르는 점도 마음에 들었을 것이다.

다만 이 상태로 손님이 오면 어쩌지. 가격표도 있으니 상대해야 되나? 이래 봬도 서비스업 경험은 있으니까 자신은 좀 있단 말이지.

"실례합니다."

아, 거짓말입니다. 죄송합니다. 자신 같은 건 없습니다. 왜냐하면 상대하는 건 결국 프란이니까!

일단 란델이 돌아올 때까지는 기다리게 하자.

토끼 수인 소녀이니 샐러드라도 꺼내주면 될까?

내가 허둥대는 동안 손님은 메고 있던 배낭을 내려놓고 안에서 접시와 컵 등을 꺼내기 시작했다.

"손님 아니야?"

"저는 저기 거리에 있는 잡화점 사람이에요. 란델 씨에게 말을 듣고 부족한 것을 가지고 왔어요."

란델의 상인 동료였습니다.

"당신이 흑뢰희 님이군요! 저, 정말로 진화했어!"

"응."

"설마 흑뢰희 님과 거래를 하다니……! 동료에게 자랑할게요!"

어린아이라는 이유로 꺼리지는 않을까 했지만 수인족에게 프란은 진화한 흑묘족이라는 신화급 상대다. 문제없는 모양이다.

그뿐 아니라 서비스까지 받았다.

그 후 상인 몇 사람이 란델의 가게를 찾아 식기나 냄비를 두고 갔다. 일부러 짐차에 식기 등을 싣고 옮겨준 점주도 있었다.

상인 사이에 흑뢰희의 이명이 놀랄 만큼 침투해 있는 듯했다. 큰 거래라며 분발해서 가게 전체의 냄비를 가져온 상인도 있을 정도다.

그리고 루시 상회의 사람도 왔다. 바르보라 등에서 거래가 있었던 대상회로, 알레사에도 작은 지점을 냈다고 한다. 크란젤 왕국의 주요 도시나 마을에는 대개 지부나 지점이 있는 모양이다.

최종적으로는 열 명 이상이 있었을 것이다. 덕분에 어떻게든 필요한 분량은 확보할 수 있었다.

"와, 잔뜩 샀네. 괜찮아? 무리하는 거 아냐?"

"괜찮아. 고마워."

"그럼 다행이야."

들떠서 사람을 너무 불렀다고 생각하고 있었나 보다. 실제로 많기도 했으니 말이다.

하지만 우리에게는 전혀 문제가 되지 않는다. 오히려 싸게 대량 구입을 해서 운이 좋았다.

『이로써 다양한 요리를 할 수 있어!』

"란델, 고마워. 또 봐."

"그래! 프란 씨도 힘내!"

입가에서 침을 흘리며 란델에게 인사하고 잡화점을 뒤로하는 프란. 구입한 접시와 냄비에 요리가 담긴 모습을 상상했나 보다.

"접시를 잔뜩 구했어."

『이제 식재료도 그릇도 준비됐으니 도시 밖으로 가서 조리하자.』

"응!"

이전에는 숙소 주방을 빌리지 않으면 본격적인 조리를 할 수 없었지만, 지금의 나라면 부엌이 없어도 마술로 어떻게든 할 수 있게 됐다. 오히려 도시 밖이 편해서 좋을 정도였다.

아무리 그래도 마랑의 평원까지 가면 뭘 하든 너무 위험하다. 산발적으로 마수가 공격해오는 장소에서 느긋하게 조리 따위를 하고 있을 수 없을 것이다.

고갈의 숲에서는 마술을 쓸 수 없어서 조리 자체를 할 수 없다.

『그러면 고갈의 숲 직전에 요리하는 게 딱 좋겠는데?』

"과연."

우리는 그런 이야기를 나누며 길을 돌았다

성문과는 반대 방향이지만 어쩔 수 없다.

'다섯 명?'

『응. 실력은 대단하지 않은 것 같은데…….』

잡화점을 나와 조금 걸었을 때 이쪽을 응시하는 시선을 느꼈다.

흥미를 가지고 있을 뿐인지, 달리 목적이 있는지 알 수 없어서 살짝 흔들 목적으로 적당히 걸어봤다. 그러자 기척은 접근하지도 않고 떠나지도 않고 이쪽을 쫓아왔다.

명백하게 흥미 본위가 아니었다. 시선에서 끈적끈적한 악의가 느껴졌다.

『내버려 두는 것도 기분 나쁘니 좀 유인해볼까?』

'응.'

'윙!'

지금의 프란은 유명인이다. 그 정보를 원하는 사람은 얼마든지 있을 테니 감시 목적으로 쫓아오는 정도라면 못 본 척해도 상관없었다.

하지만 그들은 뒷골목에 들어간 직후 기척을 지우는 것도 잊고 잰걸음으로 거리를 좁혀왔다. 기회라고 생각했을 것이다.

"야! 거기 수인!"

"나?"

"그래! 이쪽은 다섯 명이니까 얌전히 있어!"

여러 의미로 놀랍군.

상대는 어떻게 봐도 일반인 남성들이었다. 아니, 감정한 느낌으로는 전원 하급 귀족의 자제라는 느낌이려나? 일반인은 아니지만 거친 일의 전문가도 아니었다.

전투 기능은 검술 스킬이나 궁술 스킬을 가지고 있는데, 귀족으로서의 소양으로 훈련해 익힌 것이리라. 확연하게 실전 경험은 없어 보였다. 애초에 자신들의 숫자를 쉽게 드러내는 게 완전히 아마추어 집단이었다.

위로는 서른 살부터 아래로는 스무 살까지. 다섯 남성이 나란히 프란을 노려보고 있었다.

상태가 '분개'다. 프란에게 원한을 꽤나 품고 있는 건가?

"등에 멘 무기도 넘겨줘야겠어."

"쓸데없는 저항은 하지 마."

"이상한 짓 하면 날려버릴 테니까!"

이 녀석들, 진심인가? 변변한 전투 능력도 없는 주제에 무기도 들지 않으면서 이렇게 자신이 넘치다니. 솔직히 말해서 아마추어도 안 되는 상태였다. 날려버린다니……. 무기를 들고 있는 상대를 맨손으로 어떻게 할 수 있다고 생각하는 건가?

아마 명령하면 주위에서 따르는 환경에 지나치게 익숙해서 상대가 반항할 가능성을 상상하지 못했을 것이다.

"이 녀석이 진짜 그 모험가야? 전혀 강해 보이지 않는데."

"우리 집에 드나들던 상인한테 보고받았어. 틀림없을 거야."

"그 녀석, 믿을 수 있어?"

잡화상들 중에 밀고자가 있던 모양이다. 몰락했다고는 하나 귀족. 다양한 연줄이 있을 것이다.

"야. 뭘 멍하니 서 있어! 빨리 무기 넘겨!"

"싫은데."

짜증 내는 귀족에게 프란이 냉정하게 대답했다.

"뭐? 우리를 거스르려는 거냐!"

"그럴 건데."

나를 넘기라는 말을 듣고 프란도 살짝 짜증이 난 듯했다.

새어 나오는 위압감을 느끼고 겁먹었는지, 귀족들이 리더격인 남자에게 불만을 터뜨리기 시작했다.

"이, 이봐. 협박하면 바로 하는 말을 들을 거라고 했잖아! 얘기가 다르잖아!"

"그래! 수인 모험가는 귀족의 부하 같은 존재라고 자신만만하게 말했잖아!"

"아니, 우리가 누군지 모를 뿐일 거야. 우리는 오르메스 백작님을 따르는 사람들이다. 무슨 뜻인지 알겠지?"

"오르메스?"

"모, 모른다는 거냐!"

와, 나도 놀랐어! 프란, 벌써 잊어버렸어? 진짜?

프란의 망각력을 얕봤군!

"이러니까 천박한 모험가는 싫다는 거야."

"설마 오르메스 백작님을 모를 줄이야!"

"이제 됐어. 우리는 귀족이다. 세세한 사정을 이해 못 한다면 얌전히 따르면 돼!"

발끈해 소란을 피우고 있는 건 연장자 세 사람이다. 젊은 두 사람은 한 걸음 물러난 곳에서 약간 주춤대며 이쪽을 보고 있었다. 억지로 끌려온 것 같군.

"저, 저기. 이런 짓을 해도 정말 괜찮겠어요? 나중에 벌을 받는 게······."

"뭐? 왜지? 상대는 모험가야. 무슨 짓을 해도 문제없어."

"문제 있어요."

"애초에 그 애는 강한 거 아냐? 유명한 모험가잖아."

한 명은 그럭저럭 상식이 있는 듯했다. 그래봐야 연장자 세 사람에게 이끌려 시비를 건 시점에서 유죄지만.

또 다른 젊은 사람은 프란을 보고 경계하고 있었다. 다섯 명 중에서 검술 레벨이 가장 높은 수준답게 프란의 힘을 어렴풋이 감지했을 것이다.

그리고 젊은 두 사람의 상태는 보통이었다. 분개 상태인 것은 멍청한 세 사람뿐이었다.

"수인 계집이 강할 리 없잖아!"

"왜 그렇게 생각하는지는 모르겠지만 수인은 강해. 그리고 왕도에서 국왕 폐하에게 칭찬을 하사받을 만큼 활약했잖아? 그렇다면 강하지 않을 리 없다고 생각하는데."

"그, 그건……."

"아니, 그래도 어린애잖아."

"그래! 일단 붙잡으면 돼!"

뭐야, 이 녀석들. 태평하게 원으로 모여서 의논하기 시작했는데?

멍청하다고 생각은 했지만, 아무리 그래도 행동이 너무 멍청하군.

그렇게 귀족들을 관찰하다가 어떤 위화감을 깨달았다. 몸속에 미묘하게 이 녀석들의 것과는 다른 마력이 섞여 있었던 것이다. 나도 눈앞에서 차분히 관찰했기 때문에 겨우 알 수 있었을 만큼 아주 미약한 마력. 이건 뭘 의미하는 거지?

『프란. 이 녀석들에게 강한 마력을 부딪쳐봐.』

'응? 마력?'

『응. 아, 죽이지는 마.』

"알았어.

"뭐? 알았다고──흐젝!"

"네──쿠엑!"

"너──흐극!"

"잠깐, 기──커헉!"

"사, 살려──히에엑!"

내 생각에는 마력 방출로 살짝 위협하는 정도로도 괜찮았지만 직접 마력을 주입하기로 한 것 같다.

바보 세 명은 살짝 진심을 담은 보디블로에 피를 토하며 벽에 충돌. 젊은 두 사람은 따귀에 허공을 날고 있었다. 젊은 쪽에는 힘을 좀 조절해줬나? 그래 봐야 아마추어니까 낙하할 때 결국 골절로 괴로워하다 기절하겠지만.

프란은 만족한 얼굴이고 실험도 성공했으니까 됐다.

마력이 사라진 직후 귀족들의 상태가 분개가 아닌 상태로 바뀌어 있었다. 어떻게 생각해도 지금 프란에게 분노를 품지 않는 게 이상하다. 그 분개는 그런 의미의 분노를 나타내는 게 아니었을 것이다.

누군가에게 정신 조작을 당해 분노의 감정이 자극됐다는 뜻이었다.

거기에 프란이 마력을 불어넣자 체내의 마력이 흐트러져서 이상을 초래했던 의문의 힘이 사라졌다.

내가 생각에 잠겨 있는데 귀족들에게 힐을 가볍게 걸던 프란이 얼굴을 들었다. 그대로 골목 안쪽을 응시했다.

『왜 그래, 프란?』

'뭔가 있어.'

『뭔가? 기척은 안 느껴지는데…….』

'웡웡!'

『울시도!』

그렇다면 나만 아무것도 느끼지 못했다는 뜻이다. 프란과 울시는 야생의 감 같은 것이 작용하는지 나보다 예리할 때가 있다. 다만 이렇게까지 나만 아무것도 느끼지 못하는 경우는 드물었다.

『프란과 울시에게 있고 내게 없는 것…… 후각인가!』

아무래도 숨어 있는 무언가는 기척을 완전히 지웠지만 냄새는 완전히 지우지 못한 모양이다.

『프란, 어디야?』

'저기 골목.'

우리가 지금 있는 뒷골목에서 더 안쪽으로 나아가 오른쪽으로 꺾은 부근에 숨어 있는 듯했다.

『울시, 잡아 올 수 있겠어?』

'웡!'

내 지시에 울시가 즉시 움직이기 시작했다.

그림자 건너기를 발동했는지 프란의 그림자에서 울시의 기척이 사라졌다. 그리고 모퉁이 저편에서 비명이 들렸다.

"으아아악!"

"크르르르!"

묘하게 쉰, 감기에 걸린 노인 같은 목소리다.

비명이 들리고 몇 초 후, 울시가 뭔가를 끌고 돌아왔다.

"으ㅇㅇㅇ으윽······. 어떻게 내가 있는 곳을······."

진짜 영감인가? 꾀죄죄하고 너덜너덜한 로브를 걸치고 몸집이 작은 사람이다. 누더기 안으로 보이는 손발은 미라처럼 비쩍 말랐다.

"계, 계집! 네년 짓이냐!"

"웡!"

"크헉!"

일어나려 했던 노인을 울시가 다시 짓밟았다. 그 기세에 이미 누더기로만 보이던 로브가 더 찢어지고 말았다.

그러자 단숨에 노인의 기척이 흘러나오는 게 아닌가. 아무래도 로브가 마도구인 것 같았다.

『이 녀석…… 언데드인가!』

"응!"

놀랍게도 울시가 붙잡은 상대는 언데드였다. 주름 많은 노인이라고 생각했지만 그 정도 수준이 아니었다. 그 얼굴은 완전히 미라였다.

안구를 잃은 어두운 눈구멍. 수분을 잃어 쪼글쪼글해진 피부. 입술이 오그라든 탓에 드러난 누런 이.

그야말로 움직이는 시체였다.

원래 언데드는 기척이 옅고, 이 녀석은 은밀에 은폐, 기척 차단 등 척후 계열 스킬을 여럿 가지고 있다. 게다가 거기에 기척을 차단하는 누더기 마도구를 걸치면 보통 인간은 제대로 알아차리기도 어려울 것이다.

다행히 체취는 지울 수 없었던 모양이다. 그것조차 아주 미량이었지만 프란과 울시처럼 예민한 후각을 가진 상대는 속일 수 없었다.

그리고 은밀 능력과는 별개로 또 한 가지 수상한 능력이 있었다. 그 이름도 '정신 선동·분노'다. 아무래도 다른 이의 분노의 감정을 부추기는 능력인 모양이다. 이것으로 귀족들의 분노를 증폭시킨 건가.

제정신을 잃을 만큼 분노하지는 않은 점을 보아 능력의 효과는 그다지 강하지는 않은 것 같지만, 그게 편리할 때도 있다.

예를 들어 도시를 장기적으로 혼란시키는 경우가 그렇다.

누군가를 날뛰게 할 만큼 분노하게 만들어도 바로 붙잡히면 단기간에 혼란은 수습된다. 그보다 화나기 쉬운 정도로 그쳐서 정상적인 판단력을 오랫동안 떨어뜨리는 방식을 쓴다면? 권력자를 중심으로 많은 사람이 같은 상태에 빠지면 조만간 큰 혼란으로 발전할 것이다. 내분으로 일어나는 살육 등도 기대할 수 있을 것이다.

그렇게 생각하면 이 녀석은 아슈트너 후작, 혹은 레이도스 왕국의 부하로 보인다. 아마 레이도스 왕국일 것 같은데…….

『레이도스는 말이 가능할 정도로 수준 높고 강한 언데드도 사역해?』

'자연스럽게 말하는 언데드는 리치랑 장이 만든 것밖에 본 적 없어.'

『그렇겠지.』

말을 나누는 것뿐이라면 적당한 고위 언데드도 가능하다. 하지만 대부분의 언데드는 이성을 잃어서 제대로 이야기를 주고받기가 어렵다.

이성적으로 대화를 계속 나눌 수 있는 개체를 따지면 거의 없다고 해도 좋기에, 이 미라는 전투 능력은 낮아도 격으로는 상당한 고위 언데드라고 할 수 있었다.

"너…… 레이도스 왕국의 언데드야?"

"어, 어떻게 그걸!"

『……음. 말은 할 수 있어도 언데드의 멍청함은 물려받았다는 건가.』

그렇겠지. 이성이 있는 것과 지적이냐 지적이지 않느냐는 별개니까.

"뭘 하려고 했어?"

"크으으……. 너는 누구냐! 필요 없어진 귀족들에게 마지막으로 소동을 일으키게 하려고 했는데!"

오, 좋은 말을 들었군. 레이도스 왕국이 프란을 노린 건 아니고, 저 귀족들을 정신 조작했더니 멋대로 프란을 공격했다는 소린가 보다.

"우리는――크악!"

"응?"

"크아아아아아아아악!"

갑자기 언데드가 괴로워하며 몸부림치기 시작했다. 그 안쪽에서 강력한 마력이 한순간 일어나는 것이 느껴졌다.

몇 초 후. 언데드는 말하지 않는 송장으로 돌아가 있었다. 붙잡혔을 때는 자멸하도록 장치가 설치되어 있었을 것이다. 역시 사역자가 있나 보다.

골목에 쓰러진 언데드의 잔해를 내려다보고 있는데 뒤에서 한심한 비명이 들렸다.

"히, 히이이이이익! 그, 그 말라비틀어진 시체는 뭐야! 아파! 아파아아아아!"

"응?"

『깨어났나.』

귀족 중 한 명이 몸을 일으켜 이쪽을 보고 있었다. 정신을 잃었지만 프란이 죽지 않을 만큼 회복시켜서 눈을 뜬 듯했다.

언데드의 비참한 몰골을 보고 놀라거나 고통으로 비명을 지르느라 바빴다.

"젠장, 우리한테 이런 짓을……. 용서 못 해……! 크아아아악!"

"으음…… 무슨 일이……? 아아! 계집! 흐그윽! 아파 아파!"

소동 탓에 다른 귀족들도 눈을 뜨기 시작했다. 게다가 그들에게는 프란에게 얻어맞은 기억이 남아 있는 듯했다.

정신 조작은 어디까지나 화가 나게 만드는 것이지 기억이나 성격까지 왜곡하는 강력한 능력은 아니기 때문이다.

게다가 언데드에 대해서도 전혀 모르는 듯했다. 이런 녀석들은 직접적인 협력 관계가 아니겠지.

"이거 어떡해?"

『으음. 시체와 함께 기사단에 끌고 갈까?』

기사단상은 성실한 사람이었으니 사정을 이야기하면 나쁜 일은 겪지 않을 것이다. 애초에 이 녀석들은 오르메스 백작의 관계자여서 처분을 기다리고 있었을 테니 관할은 기사단이다.

하지만 우리가 대기소로 끌고 갈 것도 없이 기사 몇 명이 이쪽을 향해 왔다.

분노한 표정이기는 하지만 그건 프란에게 향한 것이 아니었다.

"어이, 있다!"

"이봐. 이런 짧은 시간에 뭔가 문제를 일으키려 한 건가?"

"이러니까 곱게 자란 귀족들은……!"

아무래도 근신용 숙소에서 탈출해서 기사단이 이 녀석들을 찾고 있었던 모양이다. 그리고 뒷골목에서 소동을 일으키고 있는 녀석들이 있다고 통보를 받았을 것이다.

"우왓……! 이, 이건 네가 한 거냐?"

"그 시체는 뭐지?"

이런, 언데드를 어떻게 처리할까 고민하느라 차원 수납에 넣지 않았다.

시체를 발견한 기사들이 자세를 살짝 취했다. 기사는 프란도 수상하게 보는 모양이다. 프란의 힘을 감지할 만한 실력이 있기 때문이겠지.

하지만 부단장 같은 남자가 프란의 얼굴을 알아봐 줬다. 이전에 알레사에 있을 때 나름대로 눈에 띄던 프란을 똑똑히 기억하고 있었던 것이다.

그에게 여기서 있었던 일을 설명했다.

결국 프란은 몇 번이나 감사 인사를 들었고 귀족들은 언데드의 잔해와 함께 기사에게 끌려갔다.

모험가가 귀족 다섯 명에게 폭력을 행사하고 기사에게 인사를 받을 줄이야. 아슈트너 후작이나 오르메스 백작 일파가 어떤 평가를 받고 있는지 잘 알겠군.

다만 언데드 건은 길드에도 보고해야 할 것이다.

길드로 돌아가 클림트에게 보고를 마치자 그는 머리를 감싸 쥐고 말았다. 그야 어떻게 생각해도 일이 늘어났으니 말이다.

"……보고는 감사하지만…… 휴우우우."

"괜찮아?"

"어떻게든요."

클림트는 미간을 찌푸리며 가냘프게 중얼거렸다. 앞으로 늘어날 업무량을 상상하고 있을 것이다.

괜찮다. 우리는 이제 도시를 나갈 거니까.

『그럼 이 이상은 클림트의 위가 붕괴할 것 같으니 가볼까.』

"응."

클림트가 부하들에게 이런저런 지시를 내리는 목소리를 들으며 프란은 걷기 시작했다.

하지만 클림트는 그런 프란을 불러 세웠다.

"자, 잠깐 기다리세요!"

"응?"

"당신에게 의뢰를 하고 싶습니다."

"의뢰?"

"네."

클림트는 언데드가 더 있을까 걱정인지, 지금까지 숨어 있던 언데드를 멋지게 발견한 프란과 울시에게 알레사의 순찰을 바라는 듯했다.

"하루만이라도 괜찮으니 받아주지 않겠습니까?"

"클림트나 아만다는 안 돼?"

"제 정령 마술은 세세한 일에는 적합하지 않고, 아만다 군에게는 도시 밖에서 마수를 사냥하는 임무가 있습니다. 그리고 적도 아만다 군이 있는 상태에서는 큰 움직임을 보이지 않겠죠."

클림트는 능력이 적합하지 않고, 아만다는 너무 유명해서 도시 안에서 비밀리에 수색을 하는 임무에는 어울리지 않는 모양이다. 애초에 아만다는 마수 사냥을 나가서 현재 알레사에 없었다.

"당신이 적임입니다."

"으음."

클림트의 말에 프란은 심각한 얼굴로 신음했다.

프란은 되도록 당장이라도 마랑의 평원을 향해 출발하고 싶을 것이다. 프란이 걱정해주는 건 기쁘지만, 나도 알레사는 신경 쓰인다. 이곳이 레이도스 왕국에 넘어가기라도 하면 이 나라 자체가 위기에 빠질 것이다.

크란젤 왕국이 너무 좋아서가 아니라, 적의 적은 아군이라는 논리다. 우리에게 적국으로 인정된 레이도스 왕국과 오랫동안 싸우고 모험가를 우대하는 이 나라는 돕고 싶다.

그리고 무슨 일이 생기면 프란도 속이 끓을 테니, 여기서 하루를 써서 대처해도 된다고 생각한다.

『프란, 이 의뢰를 받자.』

'그치만 스승이⋯⋯.'

『하루 정도라면 괜찮아. 아직 시간 여유는 있어.』

"⋯⋯알았어."

"감사합니다."

클림트가 안심한 얼굴로 머리를 숙였다.

여기서 프란에게 거절당하면 대역을 어떻게든 찾아야 할 테니 말이다.

"귀족가에 들어가도 돼?"

"이렇게 되면 할 수 없습니다. 모험가 길드의 길드 마스터인 저의 권한으로 알레사 안에서 언데드를 수색할 지휘권을 주겠습니다. 저는 영주님에게 레이도스의 방위를 부탁받았으니 이 권한은 귀족을 상대로도 유효합니다."

"귀족에게 명령해도 돼?"

"명령권은 아무리 그래도 없어요. 거부하는 상대에게는 나중에 길드에서 푸념이 갑니다. 최대한 그렇게 말해 위협하면 될 겁니다. 어차피 말단 귀족만 남아 있으니까요. 다만 영주님에게 폐는 끼치지 마세요. 그다지 미덥지 않은 분이라도 일단은 왕족이니까요."

클림트도 꽤 심한 말을 하는데? 하지만 영주는 만난 적도 없고 원한도 없다.

위험할 것 같으면 내가 프란을 말리면 되겠지.

"응. 알았어. 귀족한테도 팍팍 밀어붙일게."

"……잘 부탁합니다."

순간 클림트의 표정이 고뇌로 흔들렸군. 아마 프란에게 맡겨도 정말 괜찮을지 새삼 걱정이 됐을 것이다.

하지만 모험가가 레이도스를 상내로 출격한 현 상황에서 유능한 모험가를 놀릴 여유는 없을 터.

결국 프란에게 의뢰할 수밖에 없다고 결심한 모양이다. 포기했을 뿐일지도 모르지만.

길드를 나선 우리는 그길로 귀족가로 향했다

『레이도스의 공작원인지 아닌지 보기만 해서는 좀처럼 알 수 없으니 일단은 언데드의 흔적을 찾는 방향으로 가자.』

'응.'

『울시, 네 코만 믿고 있어.』

'웡!'

하지만 상대는 지금까지도 정체를 들키지 않은 채 알레사 안에서 계속 활동하고 있는 은밀 성능 발군의 공작원이다. 그렇게 간단히 꼬리를 잡지는 못할 것이다.

애초에 그 언데드 이외에 레이도스의 부하가 있는지도 알 수 없다.

뒷길을 걸어 조금 우회하며 귀족가로 향했지만 역시 흔적을 발견할 수 없었고, 일부러 틈을 드러내 봐도 공격받지 않았다.

한 시간 정도 걸려서 아무 일도 없이 귀족가에 도착했다.

『울시, 어때?』

"워후……"

"아무것도 안 느껴져."

『나도야.』

기척을 찾으며 걸었지만 수상한 건 걸리지 않았다. 울시의 코, 프란의 귀도 마찬가지인 듯했다.

탐색에 살짝 먹구름이 끼기 시작했을 때 울시가 어떤 저택 앞에서 멈춰 섰다.

그곳은 귀족가의 중심에 가깝고 특히 큰 저택 중 하나였다.

"울시, 뭔가 느꼈어?"

"웡!"

『언데드의 냄새야?』

"웡."

정말 희미하게 언데드의 냄새가 나는 모양이다. 다만 아주 미약해서 울시에게도 완전한 확증은 없는 듯했다.

『여기는 누구 저택이지?』

"인기척은 없어."

『미묘하게 잡초도 자랐고, 사람이 안 사는 것 같네.』

정원의 풀을 며칠이나 뽑지 않은 것 같다. 다만 대문 등의 상태는 비교적 나쁘지 않은 걸 보아 몇 년이나 손질을 하지 않은 건 아니다.

아마 이번 반란으로 실각한 귀족의 저택이겠지.

들어가도 되는지 알 수 없어서 밖에서 안을 들여다보고 있자니 길 저편에서 병사가 다가오는 것을 알 수 있었다.

귀족의 저택을 들여다보는 소녀를 보고 순찰 병사가 수상하게 생각한 모양이다.

"거기! 뭘 하고 있는 거냐!"

"응? 나쁜 사람 수색."

"윙!"

"뭐? 모험가 놀이는 다른 데서 해."

병사가 귀찮다는 듯한 표정으로 프란을 쫓듯이 손을 휘둘렀다.

"놀이 아냐."

"신입인가? 아무리 봐도 신입이 할 임무가 아냐. 랭크를 올리고 싶으면 착실하게 의뢰를 받아. 테이머라면 일거리는 얼마든지 있을 거다."

이 병사는 프란을 모르는지 대박을 노리는 신입 모험가라고 생각한 모양이다.

그런 병사에게 길드 카드를 보이자, 병사는 그제야 프란의 정체를 깨달았다.

"이건……! 실례했습니다!"

오, 전혀 의심하지 않는군. 아무래도 어느 정도의 정보는 알고 있었지만 길드 카드를 보일 때까지 눈앞의 소녀와 흑뢰희가 연결되지 않았나 보다.

"나, 나쁜 사람 수색이라고 하셨습니까? 뭔가 의뢰를 해결하는 도중이십니까?"

"응. 언데드를 찾고 있어."

"아아! 좀 전의 그!"

이미 언데드의 정보는 공유되고 있는지 그 말만으로 납득해줬다. 기사님들이 일처리가 빠르군.

"이 저택은 누구 거야?"

"넷! 여기는 오르메스 백작의 소유물입니다!"

『오오, 이럴 수가.』

가장 수상한 장소였어!

병사에 의하면 오귀스트 알산드 자작이나 그 사용인 등도 여기에 살고 있었다고 하며, 그들이 실각한 뒤에는 아무도 없이 방치되고 있었다고 한다.

"여기가 어쩌신 겁니까?"

"수상한 기척이 있어."

"이, 이럴 수가!"

"여기, 들어가도 돼?"

"……저, 저와 함께라면 괜찮습니다!"

"오오. 그럼 같이 들어가자."

"알겠습니다!"

프란은 상사가 아니지만 젊은 병사는 완전히 부하 무브였다.

모험가의 도시에서 랭크 B라는 존재는 그만큼 격이 높은 대접을 받는 거겠지. 게다가 도시를 소란스럽게 만드는 언데드를 찾고 있다면 도울 이유는 충분했다.

"열쇠를 가져오겠습니다!"

"알았어."

프란이 고개를 끄덕이자 병사는 맹렬하게 달려갔다. 대기소에 있는 열쇠를 찾으러 간 것이다.

『언데드의 기척은 아직 있어?』

"윙."

조금 소란스러운 탓에 도망치지는 않을까 걱정했지만 언데드 같은 상대에게 움직임은 없었다. 은밀 능력에 꽤나 자신이 있나 보다.

5분쯤 기다리자 병사가 돌아왔다.

"오래 기다리셨습니다!"

기세가 엄청나다. 우연히 내사건을 만나 흥분한 걸까.

"그럼 가자. 뒤에서 따라와."

"아, 네!"

병사가 열어준 문을 지나 오르메스 저택으로 발을 들였다.

긴장한 기색의 젊은 병사는 창을 쥐고 주위를 두리번거리고 있었다. 도움은 되지 않을 것 같지만 이 녀석이 없으면 불법 침입이 되니 어쩔 수 없다.

"울시, 어때?"

"윙!"

울시가 냄새를 킁킁 맡으며 백작 저택의 정원을 걸어갔다.

뭔가를 희미하게 감지한 모양이다.

"저, 저기, 뭔가 있는 건가요?"

"몰라. 하지만 울시의 코는 뭔가를 느꼈어."

"오오! 굉장해!"

그로부터 3분.

울시는 저택 뒷마당에 도달해 있었다. 그곳에서 겨우 발을 멈췄다.

"웡웡!"

"여기?"

"웡!"

울시가 북북 긁는 것은 저택의 뒷문이었다.

부엌문은 아니고 사용인 등의 출입구일 것이다. 뒤쪽 담장으로 이어지는 좁은 돌길이 뻗어 있었다.

"열 수 있어?"

"네! 맡겨주십시오!"

앞문뿐만 아니라 다른 열쇠도 가져온 듯했다.

병사가 바로 뒷문을 열어줬다.

천천히 문을 열고 안으로 들어가자 프란과 울시가 얼굴을 찌푸렸다. 아무래도 먼지 냄새가 엄청난가 보다. 안의 청소도 한동안 실시되지 않았을 것이다.

지금 있는 수수한 방의 앞에는 융단이 깔린 큰 통로가 보였다. 하지만 울시가 향하는 곳은 그쪽이 아니었다. 바로 오른쪽으로 돌아 허술하게 만든 복도를 나아갔다.

창고 등이 설치된 뒤뜰 같은 구획인 듯했다.

울시는 확신이 있는지 어두운 복도를 척척 나아갔다.

그리고 어느 방 중앙에서 이쪽을 돌아봤다.

"워웅."

"이 방이야?"

"웡."

그곳은 돌로 만들어진 반지하 창고였다. 아마 술 등의 보관고일 것이다.

울시는 그 방의 벽 한구석을 응시하며 고개를 갸웃거렸다. 그 장소에서 냄새가 끊긴 듯했다.

『비밀 통로라도 있는 건가?』

"흐음……."

프란이 벽을 통통 두드렸다. 동시에 반향정위 스킬을 사용해 소리가 돌아오는 것을 조사해봤다. 그러자 벽 저편에 동굴이 있는 것을 알 수 있었다. 여기서 아래로 내려가는 계단이 있는 모양이다.

"여기를 열 방법은?"

"모, 모르겠습니다. 이런 장소가 있었을 줄은……."

비밀 탈출 통로. 혹은 비밀의 방인가?

"그럼 구멍 뚫을게."

"네? 자, 잠깐 기다려주세요! 벽을 부수겠다는 말씀이십니까?"

"응. 언데드를 찾기 위해서."

프란의 결의에 찬 표정을 보고 병사가 허둥대기 시작했다. 언데드 수색의 중요성은 이해하지만 부수는 것에 대한 책임을 질 수 없는 입장인 거다.

"어어~, 하지만 도시를 위해서고~. 하지만 벽을 부수면 열쇠를 가져온 걸 병사장님에게 들켜……. 하지만 실적만 올린다면……."

이 녀석, 열쇠를 멋대로 들고 왔어! 게다가 프란에게 성실하게 의뢰를 처리하라고 했으면서 자신은 실적을 올리고 싶어 한 거냐! 아니, 자기부터 평소에 그런 생각을 했으니까 프란을 한탕 하려는 신입이라고 생각했던 걸지도 몰라.

『프란. 해도 돼.』

"응. 그럼 부술게."

"아, 아~!"

미안하다, 병사여. 알레사를 위해서다! 그러니 나중에 혼나줘.

울먹이는 소리를 지르는 병사의 앞에서 프란은 벽에 발차기를 날렸다. 콰앙, 하는 소리와 함께 벽에 사각형 선이 떠올랐다. 이 일격으로 조금 어긋난 비밀 문을 그대로 가볍게 밀자 벽이 그그 그그, 하고 앞으로 쓰러지고 그 앞에 계단이 나타났다.

벽이 계단을 미끄러져 내려가 콰앙, 하고 부서지는 소리가 울렸다. 완전히 들켰군. 어차피 힘껏 연 시점에서 상당한 소리가 울렸으니 새삼스럽기는 하다.

『프란, 적이 있을지도 몰라. 주의해.』

"응."

프란과 울시는 나란히 걸을 수 있을 만큼 넓은 계단에 발을 내디뎠다.

저택의 대계단보다 이쪽 비밀 계단이 더 넓은 거 아닐까? 뭘 옮기기 위한 장소일까?

30단 정도의 계단을 내려간 프란과 울시가 갑자기 자세를 잡았다.

"어? 어?"

"쉿! 뭔가 있어."

"크릉!"

무슨 일이 일어났는지 모르는 병사만이 당황하는 눈치였다

내게도 상대의 기척은 느껴졌다.

프란과 울시가 계단을 다 내려간 직후 그 기척은 갑자기 솟아났다.

『사령의 마력이야.』

'냄새가 나.'

소환된 건지 기동한 건지는 알 수 없지만 프란과 울시의 존재가 방아쇠가 된 건 틀림없을 것이다.

"물러나!"

"아, 네."

프란이 병사를 물리고 빛 마술로 빛을 생성했다.

그러자 열 평 정도 되는 어두운 지하실에 적의 모습이 떠올랐다.

"아우우우우우!"

"히이이이익!"

"시끄러워! 조용히 해!"

"죄, 죄송합니다!"

신입 병사가 비명을 지르는 것도 무리는 아닐 것이다. 나타난 것은 몸이 반쯤 썩은 좀비들이었기 때문이다. 내장도 보인다.

게다가 좀비 무리의 중앙에 있는 개체는 모습이 이상했다.

"……진짜 좀비야?"

"웡?"

『이런 모습이지만 종족은 좀비야.』

이 좀비는 오른팔과 왼쪽 옆구리에 얼굴이 있었다.

마치 다른 좀비의 머리를 떼어 그 부분에 붙인 듯한 외모.

그리고 강했다.

그 뒤에 있는 일반 좀비에 비해 한 랭크 위의 힘을 가지고 있던 것이다.

명백하게 특수한 존재인 걸 보면 술사의 실력이 특별할지도 모른다.

사역하는 사령술사의 실력에 따라, 언데드는 생전과 비슷하거나 그 이상으로 강해지는 것도 가능하다. 장이 소환하는 스켈레톤이 일반적인 것보다 강한 것과 마찬가지다.

다만 도시에서 발견한 언데드와 달리 이 녀석들에게는 이성적인 면이 남아 있는 것처럼 보이지 않았다.

초점이 맞지 않는 눈으로 허공을 노려보며 "아우아!"라는 고함을 지를 뿐이었다.

'어떡해?'

『얘기를 들을 수 있을 것 같지도 않으니 일단 쓰러뜨리자.』

나는 그렇게 제안했지만 프란이 이상한 표정을 지으며 좀비의 얼굴을 보고 있었다.

위쪽 얼굴을 보고 그대로 어깨, 옆구리를 보고는 다시 위의 얼굴로 돌아갔다.

『프란, 왜 그래?』

'왠지 낯이 익은 것 같아.'

『이 녀석들의 얼굴이?』

듣고 보니 나도 어디선가 본 것 같은데?

메인 소체가 된 것은 적견족 모험가일 것이다. 알레사의 모험가 길드에서 지나쳤나?

거기까지 생각하고 나는 겨우 떠올렸다.

『이 녀석들, 옛날에 프란에게 시비를 걸다 당한 녀석들이야!』

'그래?'

『그래! 생각 안 나?』

'음…… 무리야.'

『그, 그래? 생각해봐, 우리가 처음 길드에 갔을 때 마수의 매수 가격에 트집을 잡았던 모험가들이야.』

다문이라고 했던가? 감정을 해도 이미 이름은 표시되지 않고 좀비라고만 보이지만 틀림없을 것이다.

프란과 내게 쓰러져 위병에게 넘겨지고 빚이 생긴 전직 용병 모험가들. 그것을 떠올리자 다른 얼굴도 왠지 낯이 익었다. 아마 다문의 동료들일 것이다.

그렇게 설명해도 프란은 왠지 기억이 나지 않는 모양이다.

"으음?"

여전히 고개를 갸웃거리고만 있었다.

『저 녀석들이 왜 여기서 이런 꼴이 됐는지는 모르지만 지금은 좀비야. 쓰러뜨리고 클림트한테 보고하러 가자.』

'알았어.'

『산산조각 내면 증거가 남지 않으니까 힘을 좀 조절해.』

'응!'

프란은 우선 다리를 묶을 생각으로 힘을 조절한 참격을 날렸다. 하지만 첫 칼날은 허무하게 허공을 갈랐다.

"으."

"으아아오!"

좀비가 우리의 상상 이상으로 빨랐던 것이다. 발치를 노린 공격을 뒤로 날아 피했다.

『좀비라고는 생각할 수 없는 움직임이야!』

좀비에게 흔히 있는 삐걱거리는 부분이 없는 아주 유려한 움직임이었다.

"으으으으으으으!"

"오오? 마술?"

『저 얼굴이야! 얼굴이 몇 개나 있으니까 주문을 여러 개 다룰 수 있어!』

놀랍게도 좀비가 마술 두 방을 동시에 날렸다.

아무래도 어깨의 얼굴이 불, 옆구리의 얼굴이 물 마술을 다루는 모양이다. 감정해보니 어느 쪽 얼굴이든 독립적인 스테이터스가 있었다.

얼굴이 세 개 있는 좀비 하나가 아니라 한 좀비에 얼굴만 있는 좀비가 두 마리 붙어 있는 상태였다.

게다가 그 스테이터스에 변화가 있었다.

『프란! 이 녀석들 갑자기 강해졌어!』

"응. 마력이 굉장해."

세 얼굴 좀비의 배에서 빠직, 하는 뭔가가 갈라지는 소리가 나나 싶더니 느닷없이 그 마력이 늘어났다.

장이 썼던 언데드 강화 계통의 마술과 비슷한 걸까. 게다가 그 강화율이 장난 아니었다.

강하다고는 해도 어차피 좀비라고 부를 수 있는 정도의 능력이었는데, 지금은 하이 오우거조차 능가할 정도의 존재감을 내고

있었던 것이다

감정해보니 이름이 파워풀 좀비로 바뀌어 있었다. 스테이터스의 강화율은 다섯 배도 넘을 것이다.

아무래도 단순히 강화된 정도가 아니라 진화한 모양이다. 마술로 부하를 진화시키는 건 쉬운 일이 아니다. 원거리에서 쓸 수 있는 술법이라고도 생각할 수 없었다.

혹시 술사가 근처에 있는 건가? 하지만 아무리 기척을 찾아도 마술사 같은 기척은 어디에도 없었다. 그렇다면 사전에 어떤 방법으로 진화 술식을 주입했던 것일지도 모른다.

"오오오오오오!"

"그으아아아아!"

"크오오오오오!"

"웃!"

『마술의 발동도 빨라졌어!』

프란이 이쪽을 향해 날린 마술 두 방을 피했다. 아까보다 압도적으로 발동이 빨라졌다.

스테이터스가 상승했을 뿐만 아니라 스킬도 늘어난 듯했다. 본체에 검성술. 각각의 얼굴에는 영창 단축. 또한 세 마리 모두 마력 흡수가 추가됐다.

힘을 뺀 모드에서 전투 모드로 바꾼 프란은 날카로운 눈으로 세 얼굴 좀비를 관찰하고 있었다.

그 변화를 감지했는지 세 얼굴 좀비가 먼저 공격을 시도했다.

"으오오오!"

달려들면서 동시에 좌우에서 마술을 날렸다. 나쁘지 않은 연계다. 웬만한 모험가라면 당했을지도 모른다.

하지만 그만큼 강해졌음에도 프란에게는 미치지 못했다.

"핫!"

"으오오아?"

"하아압!"

프란은 마술을 간단히 피하고 좀비의 검을 막은 다음 되받아쳤다.

세 얼굴 좀비는 가까스로 프란의 공격을 피했지만 당황한 듯했다.

눈앞의 강해 보이지 않는 소녀가 필살의 연속 공격을 피하고 오히려 반격했으니, 힘과 외모가 일치하지 않아서 놀란 거겠지.

이성은 없어도 동물적인 사고 능력 정도는 있는 모양이다.

"아아아오오오!"

세 얼굴 좀비가 고함을 지르자 다른 잔챙이 좀비들이 단숨에 앞으로 나섰다. 부하를 지휘할 수도 있는 건가.

잔챙이 좀비들로 이쪽의 움직임을 제한하며 뒤에서 공격할 셈일 것이다.

머리를 꽤나 굴렸지만 프란에게 일반 좀비는 벽이 되지 못한다.

"느려!"

프란은 좀비들 사이를 뛰어다니며 앞으로 나선 잔챙이 좀비들을 순식간에 섬멸했다. 일격이살. 10초도 걸리지 않았을 것이다.

부하가 순식간에 전멸하자 세 얼굴 좀비는 경계하듯이 움직임을 멈췄다. 하지만 그게 큰 실수였다.

"하아앗!"

프란이 오늘 중 가장 빠른 속도로 파고들어 나를 휘둘렀다.

세 얼굴 좀비의 오른팔이 잘려 떨어졌다. 다음 공격에 왼팔. 세 번째 공격에 오른 다리까지, 순식간에 조각조각 나뉘어갔다.

"우오오오오오!"

남은 팔로 반격을 시도할 새조차 없이 폭풍 같은 연격에 조각조각 나뉘어가는 세 얼굴 좀비. 그럼에도 증거가 될 법한 얼굴은 상처를 입지 않고 남아 있었다. 여전한 실력이었다.

스무 개 가까운 조각으로 나뉜 세 얼굴 좀비의 잔해가 흩어지고 지하실에서 적의 반응이 사라졌다. 숨어 있는 적도 없는 것 같으니 이로써 끝이겠지.

"배에서 뭔가 나왔어."

『유리 조각인가?』

프란이 말한 대로 조각조각 나뉜 세 얼굴 좀비의 살점과 함께 투명한 유리 조각이 흩어져 있었다. 부서져서 알아보기 힘들지만 플라스크 같은 병이었을 것이다.

그게 배에서 나온 건 수상하다.

배는 세 얼굴 좀비가 진화했을 때 강렬한 마력이 나온 부분이기도 했다.

혹시 이 녀석의 진화에 뭔가 관계가 있나? 사령술사의 마술이 아니라 특수한 약품의 효과였던 건가?

『가능성밖에 없나…….』

'응.'

약으로 진화했을 가능성이 있다고는 하나 증거도 없다. 안에 들어가 있던 약품 등은 완전히 좀비에게 흡수됐는지 감정해도 검출할 수 없었다.

나중에 모험가 길드에 넘기기 위해 좀비들을 수납했다.

『마석은 없었나. 술사에 의해 소환된 타입의 언데드였던 것 같아.』

'응.'

여기의 경비용이었던 걸까?

"끄, 끝난 건가요?"

"응. 이제 괜찮아. 여기 조사할게."

"윙!"

"저, 저도 열심히 하겠습니다!"

좀비의 각종 액체로 젖은 바닥을 물 마술로 청소하고 프란과 울시는 방을 조사하기 시작했다.

그곳에는 조악한 침대가 몇 개 놓여 있었다. 여기에 좀비들을 재우고 있었는지 아무것도 깔리지 않아 드러난 나무에 사람 크기의 얼룩이 묻어 있었다.

아무래도 침입자에 반응해 기동하는 타입이었던 것 같다.

나나 프란이 알아차리지 못한 건 좀비로서 활동을 시작할 때까지는 단순한 시체였기 때문일지도 모른다.

살짝 돌아봤지만 그 방에 달리 마음에 걸리는 부분은 없었다.

지키고 있었으니 뭔가 비밀이 있을지도 모른다고 생각했는데, 어쩌면 언데드의 소재를 놓아둔 것 자체가 비밀일 수도 있다.

시각과 냄새 때문에 상태가 나빠지기 시작한 모습의 병사를 데리고 저택 밖으로 돌아갔다.

"나는 길드에 보고하러 갈게."

"저기, 제가 병사장님에게 보고해도 되겠습니까?"

"딱히 상관없어."

"가, 감사합니다!"

이 녀석 입장에선 여기서 보고하지 않으면 공적도 되지 않으니 따라온 보람조차 사라진다. 프란의 말에 펄쩍 뛰어오르며 기뻐했다.

"이로써 공적이⋯⋯!"

그런 병사의 앞에 프란이 좀비를 꺼내 놓았다.

"냄새! 어?"

코를 정화해 후각이 정상으로 돌아온 탓에 좀비의 냄새가 치명적이었을 것이다. 코를 쥐고 곤란해했다.

"그거 증거. 하나 줄게."

"즈, 증거⋯⋯. 확실히 필요하지만⋯⋯. 어? 이거 어떻게 하면 되나요?"

"? 가져가면 돼."

"그, 그건 그렇지만⋯⋯."

"그럼 나는 갈게. 바이바이."

"아, 잠깐——."

잡으려 한 병사의 말을 듣지도 않고 프란과 울시는 달려나갔다. 빨리 보고를 하러 가고 싶은 거겠지.

병사의 비명이 들리는데, 힘 좀 내줘. 원하던 공적이야. 다만 증거의 운반은 자력으로 어떻게든 해.

길드에 돌아오니 클림트가 환영하지만 살짝 싫은 듯한 표정을 짓는 재주를 펼치며 맞이해줬다.

"뭔가 진전이 있었나요?"

"응."

"그런가요."

그는 표면상으로는 다부진 얼굴로 고개를 끄덕였다. 내심으로는 일이 늘어나는 것에 비명을 지르고 있겠지만.

"역시 오르메스 백작이 얽혀 있었나요. 그런데 지하실이라……. 아주 교묘했군요."

그렇게 말하며 울시를 보는 클림트. 확실히 냄새를 쫓지 못했다면 발견하기는 어려웠을 것이다. 그런 의미에서 프란에게 맡긴건 정답이었다고 할 수 있다.

"밑에서, 쓰러뜨렸다는 좀비를 보여주겠어요?"

"여기서도 괜찮아."

"여기서는 하지 말아요."

클림트에게 이끌리듯이 해체실로 향해 좀비의 잔해를 꺼냈다.

클림트는 질퍽한 좀비에 겁먹지 않고 진지한 표정으로 그 얼굴을 확인했다.

"흐음……."

"알겠어?"

"그러네요……. 이 남성은 본 기억이 있어요. 전직 모험가가 틀림없을 겁니다."

"역시."

아무리 길드 마스터라고는 하나 모험가 전원의 이름은 모를 것이다.

다만 몇 명 낯익은 얼굴이 있었던 모양이다.

그건 그렇고 반응이 미지근한데.

"확실히 문제를 일으켜 길드에서 제명된 사람이군요. 넬 군, 기억하나요?"

"아, 네. 기억합니다."

뒤에 있던 넬 씨는 좀비를 보고 '으엑' 하는 얼굴을 하고 있지만 도망치지는 않았다. 역시 베테랑 접수원이다.

"의뢰인을 협박해 돈을 갈취해서 제명하고 위병에게 넘겼죠."

"아, 그게 이 녀석들이었나요."

클림트와 넬이 전혀 슬퍼하지 않는 건 좀비의 정체가 소행 불량 모험가들이었기 때문일 것이다.

다문 일당도 그랬고 다른 모험가도 위병에게 체포된 범죄자들 뿐이었다.

"이전의 병사장 등은 오르메스 백작의 부하였으니 거기서 시체가 흘러 들어갔나…… 아니, 어쩌면 사령 마술을 위해 죽였을 가능성도 있겠군요."

일반인보다는 강한 언데드가 될 테니 범죄 모험가라는 존재는 좋은 소재일지도 모른다.

그리고 범죄자가 몇 명 사라진다고 신경 쓰는 사람도 없을 것이다.

"이 좀비들은 일반 좀비보다 강했다고 했죠?"

"응. 일반 좀비의 두 배 정도. 그리고 그 후 진화했어."

"진화라고요?"

"응. 방법은 몰라."

프란이 뱃속에서 나온 병에 대해 설명했다.

클림트도 그 병이 진화의 열쇠라고 생각한 모양이다. 다만 진화한 이유가 약이든 마술이든 무시할 수는 없었다.

"즉 실력 좋은 사령술사가 이 도시에서 뭔가를 했을 가능성이 높다는 뜻인가요⋯⋯."

원격 조작이 가능한 수준의 술사라면 사령 마술은 아주 성가시다. 시체를 숨기고 이번 지하실처럼 멀리서 기동시키면 테러에도 이용할 수 있다.

"프란 군. 미안하지만 도시 탐색을 좀 더 부탁합니다."

"알았어."

"휴우. 겨우 처리가 끝났다고 생각했는데 계속 폐를 끼치는군요, 오르메스 백작은. 애초에 그런──."

"그럼 갈게."

불평을 시작한 클림트에게서 도망치듯이 프란은 길드를 다시 출발했다.

눈이 좀 공허한 걸 보아 클림트는 상당히 몰린 듯했다.

'넬 얼굴이 왠지 이상했지?'

『그, 그랬지. 피곤한 거 아닐까? 신경 안 써도 돼.』

넬 씨, 나가는 프란에게 매달리는 듯한 눈빛을 보내고 있었으니 말이야. 불평 모드의 클림트를 자기에게만 떠넘기지 말아달라고 생각한 거겠지.

알레사를 다가왔을지도 모르는 위기로부터 구하기 위해서야. 미안, 혼자서 힘내줘!

'스승?'

『아무것도 아냐. 그보다 탐색으로 돌아가자. 가능하면 사령술사를 찾고 싶어.』

"응."

"윙!"

사전에 장치한 것이라면 술사는 이미 알레사를 탈출했을 가능성이 높다. 그래도 아직 잠복하고 있을 가능성이 남아 있는 이상 좀 더 수색해야 할 것이다.

그리고, 온 도시를 아무리 돌아다녀도 수상한 건 발견할 수 없었다. 오늘 하루 만에 알레사를 한 바퀴 돌았다. 큰 거리는 거의 모두 다녔을 터다.

그러나 수확은 없었다. 아니, 뒷길에 있는 맛있어 보이는 노점이나 식당을 몇 개나 발견했으니까 제로는 아닌가. 쁘란과 울시는 나름대로 즐거운 모양이다.

하지만 가장 중요한 알레사에 숨은 레이도스의 공작원의 단서는 조금도 발견할 수 없었다.

『쁘란. 이 뒤에 어떡할래?』

"으…… 아까 못 들어갔던 식당에 갈래!"

"윙윙!"

『아니, 그게 아니라——아니, 그렇지. 식당에서 밥을 먹으며 작전 회의를 할까.』

"응!"

그런 애틋한 얼굴을 하면 각하할 수 없잖아!

도중에 샌드위치나 꼬치구이를 꽤 먹었지만 걷는 동안 소화가 됐나 보다.

쁘란은 밤의 장막이 드리워진 도시를 터벅터벅 걷기 시작했다.

향하는 곳은 저녁에는 너무 붐벼서 들어가지 못했던 뒷골목의 레스토랑이다. 귀족가에 가까운 곳답게 꽤나 세련된 느낌이었다.

손님이 줄어든 가게 안에는 좋은 옷을 입은 손님 몇 팀이 앉아서 제각기 디너를 즐기고 있었다. 귀족이 아니라 돈 있는 서민인가?

프란을 맞이한 여성 점원은 살짝 당황한 느낌이었다.

"저기, 지금은 디너 시간대여서 점심이나 저녁과는 메뉴가 다른데……."

낮부터 저녁때까지는 저렴한 런치가 나오지만 밤에는 좀 비싼 디너가 나오는 가게가 되는 듯했다. 착각한 어린아이가 들어왔다고 생각한 모양이다.

"괜찮아."

"그, 그러세요?"

본인이 그렇다면 괜찮다고 생각한 걸까, 부족하면 설거지라도 시키자고 생각한 걸까. 여성 점원은 걱정스러운 표정을 지으면서도 주문을 받기 시작했다. 하지만 도중에 얼굴이 점점 흐려져 갔다.

확연하게 5인분은 주문했기 때문일 것이다. 어쩌면 무전취식 목적의 아이라고 생각했을지도 모른다.

『프란, 먼저 돈을 보여줘. 금화 몇 닢을 꺼내기만 하면 되니까.』

"응? 돈?"

"앗! 시, 실례했습니다!"

"?"

힐끔거리던 이유가 들통났다고 생각했는지, 점원은 재빨리 머리를 숙이고 당황한 기색으로 물러났다.

울시를 위해 밖의 테라스에서 식사를 하기로 했다.

첫 번째로 나온 수프를 앞에 두고 프란이 두 손을 모았다

"잘 먹겠습니다."

"웡!"

잇달아 날라져 오는 요리를 차례차례 위장에 넣어가는 프란과 울시.

도중부터 가게 사람들이 초조해하기 시작한 것을 알 수 있었다. 요리가 오는 간격이 좀 벌어져도 딱히 상관없는데, 화가 난 건가? 구경꾼 같은 사람들이 환성을 지르기 시작한 탓일지도 모른다.

어쨌든 대량의 요리가 사라질 때까지 30분도 걸리지 않았다.

구경꾼과 점원들의 박수를 들으며 나는 울시의 이변을 눈치 챘다.

『울시, 왜 그래?』

'워홍.'

울시가 가게 안쪽을 응시하고 있었다. 미묘하게 고개를 갸웃거리고 있다.

『뭔가 이변이 있는 거야?』

'워웅.'

희미하게 위화감을 느낀 것 같지만 명확한 건 아닌 모양이다. 다만 뭔가가 걸린 듯했다.

『가게 안쪽이야?』

'웡.'

울시만 감지할 수 있다면 냄새와 관련된 것이리라.

단순히 맛있는 냄새가 나서 그런 건 아니겠지?

『좀 보고 올까. 프란은 쉬고 있어.』

'윙!'

'알았어.'

프란이 식후의 음료를 주문하는 사이에 울시가 가만히 그림자로 숨어 들어갔다. 그 뒤에는 그림자 건너기로 가게 안쪽으로 은밀하게 침입. 그림자 속에서 그림자 속으로 건너가기 때문에 가게 사람들은 전혀 눈치채지 못할 것이다.

나는 장식끈을 가느다란 실로 변형시켜 은밀하게 울시의 뒤를 쫓았다.

다만 밝은 가게 안에서는 아무리 실이라도 움직이면 보일지도 모른다.

나는 우선 가게 밖으로 실을 내보내 주방 창문으로 침입을 시도했다.

『울시, 어디야?』

'윙!'

『어? 그쪽?』

울시가 있는 곳은 주방 안이 아니었다. 그보다 더 나아간 뒤뜰, 그 구석에 있는 창고의 그림자였다.

『뭐가 있는데?』

'윙.'

울시가 창고 옆의 납작한 돌을 살짝 긁었다.

무슨 일이지? 뭐가 있는 것처럼 보이지는 않는데…….

나는 스킬을 더 써서 주위를 조사했다. 열원 감지와 마력 감지와 기적 감지. 그래도 이상을 느낄 수 없어서 반향정위를 써봤다.

『오? 이 아래 공간이 있네.』

'웡!'

울시가 가르쳐주고 싶었던 곳은 여기가 틀림없을 것이다.

빈틈을 찾았지만 들어갈 만한 곳은 없었다. 어쩔 수 없이 흙마술로 돌에 구멍을 살짝 내봤다. 50센티미터 정도 파가자 이번에는 나무판에 막혔다. 이쪽은 상당히 썩어서 흔하게 틈이 존재했다.

그곳으로 실을 침입시켜 내부를 조사했다.

『바닥이 안 보여.』

지면 아래에는 깊은 수혈이 존재하고 있었다.

굴뚝이라고 하기에는 좀 넓어서 줄사다리라도 내리면 사람이 오르내리는 것도 가능한 크기의 구멍이다.

그 구멍 바닥에는 더 큰 공간이 있었다. 하수도라고도 생각했지만 그렇지 않았다.

어딘가로 이어지는 지하 통로였다. 프란이라면 몸을 굽히지 않고도 걸을 수 있을 정도로 넓고 천장도 높았다.

아마 방향으로는 귀족가로 이어져 있을 것이다.

내가 통로를 관찰하고 있자 울시도 그림자 건너기로 다가왔다.

『왔냐. 어때?』

"웡."

지하 통로의 냄새를 쿵쿵 맡은 울시는 고개를 끄덕이며 한 번 울었다. 울시가 느낀 위화감의 근원은 이 앞이 틀림없는 듯했다.

주방 뒤로 이어져 있어서 위에서는 상당히 다양한 냄새가 섞여 있었을 터다. 거기서 희미한 지하의 냄새를 감지할 줄이야, 역시 울시다.

『잘했어.』

"웡."

울시의 콧김에 먼지가 흩날렸다. 아무래도 한동안 쓰이지 않았는지 먼지가 옅게 쌓여 있었다.

어디로 이어진 걸까?

이 앞을 조사해보고 싶지만 프란을 두고 갈 수도 없다. 나는 지하 통로에 전이용 표식을 설치하고 일단 프란에게 돌아가기로 했다. 시공 마술인 비콘을 쓰면 보이지 않는 장소로 전이할 때 사용하는 표식을 만들 수 있다.

『다녀왔어.』

'어서 와. 뭔가 있었어?'

『그래! 전이할 필요가 있으니까 우선 사람 눈에 띄지 않는 곳을 찾자.』

'알았어.'

계산을 마친 프란은 조용히 레스토랑 뒤로 이동했다.

하지만 주택이 밀집한 탓에 발견한 지하 통로 위에는 당연히 집이 지어져 있었다. 그리고 밤인데도 주위에는 나름대로 인적이 있었다. 레스토랑이 모여 있는 지구라서 그럴 것이다.

우리는 더 안쪽으로 나아가 겨우 인적이 없는 장소까지 갔다.

거기서 나는 전이를 발동했다.

『좋아, 성공이다.』

"윙!"

비콘을 사용한 장소로 확실하게 돌아오는 데 성공했다.

"여기는 어디야?"

『그 식당 지하야. 언데드의 냄새가 나는 것 같아.』

"윙."

"오. 그럼 이 앞에 언데드가 있어?"

『그걸 확인하러 가자.』

"웅!"

나를 뽑은 프란이 신중하게 지하 통로를 나아갔다.

바닥에 쌓인 먼지에 프란의 발자국이 찍혀서 마치 첫눈 같았다. 역시 한동안 인적이 없었나 보다.

경계하며 천천히 걸어 나아갔지만 결국 3분도 걷지 않아 바로 T자로와 맞닥뜨렸다.

여기서 나와 프란도 겨우 이변을 감지할 수 있었다.

『바닥에 뭔가 기어 다닌 듯한 흔적이 있군.』

"아주 살짝 이상한 냄새가 나."

『그리고 이쪽에는 먼지가 없어.』

청소된 걸까, 왕래가 빈번한 걸까. T자로 앞에는 먼지가 거의 떨어져 있지 않았다.

게다가 바닥에 검은 얼룩이 있었는데, 피라도 배어든 것 같았다. 지금까지 겪은 일을 생각하면 좀비 같은 게 지나간 걸까?

즉 여기를 알레사 안에서 은밀하게 움직이기 위한 비밀 통로로 사용하고 있다?

『문제는 어느 쪽으로 가느냐야.』

"이쪽."

『호오? 왜 그렇게 생각했어?』

"감."

『그, 그러냐.』

"응, 틀리면 돌아오면 돼."

그야 그런가. 지금은 고민하기보다 나아가는 게 나을 수도 있겠다.

우리는 프란이 지시한 대로 왼쪽으로 꺾어봤다. 검은 얼룩이 안쪽으로 점점이 이어져 있었다.

한층 더 경계하며 걸었지만 적과 만나는 일도 없이 막다른 길에 도달했다. 통로 반대편과 마찬가지로 이쪽에도 굴이 뚫려 있었다.

『이 위는 어디로 나가는 걸까. 잠깐 보고 올게.』

나는 다시 장식끈을 실로 변형시켜 구멍 위로 뻗었다.

이쪽의 입구는 돌로 막혀 있지 않았다. 원래 나무 문만 있는 것이고, 저 식당은 그 위를 돌로 덮어 숨기고 마당으로 개조한 듯했다.

어쩌면 저 가게 사람은 이 통로를 몰랐을 가능성마저 있었다.

『으음, 캄캄하네.』

어딘가에 있는 넓은 방이지만 이쪽에는 인기척이 전혀 없었다. 다만 이곳도 먼지가 적은 게 아예 쓰이지 않는 건 아닌 듯했다.

『기척은 없어.』

"윙."

올라가는 계단이 있는 걸 봐도 어딘가의 지하실인 건 틀림없을 것이다.

그 방의 거의 중앙에 커다란 상자가 놓여 있었다. 전체 길이 2미터 정도 되는 직사각형 나무 상자다.

아니, 상자가 아니라 관이었다. 희미하게 마력이 느껴지는 점에서 그것이 마도구의 일종이라는 사실을 알 수 있었다.

『이건 뭐지? 사령술에 관련된 것 같기는 한데…….』

감정해보니 휴면의 관이라고 나왔다.

언데드의 상태를 유지하고 재워서 기척을 지우는 게 가능한 마도구라고 한다. 사령술사가 부하인 언데드를 은밀하게 옮기기 위한 도구일 것이다. 관 모양으로 만든 시점에서 숨길 생각이 없다는 느낌인데, 형태가 중요한 걸까?

"윙윙!"

"아는 냄새가 나?"

"윙."

아무래도 어제 쓰러뜨린 은밀 언데드의 냄새가 배어 있나 보다. 녀석은 여기를 거점으로 활동을 했을 것이다.

언데드는 마력 보급을 못 하면 바로 움직임이 멈추는 존재다. 이 관에서 최대한 소모를 억제하고 활동 시간을 늘린 거군.

『술사는 없을지도 몰라.』

"어째서?"

『이 관형 마도구를 써야 한다는 건 술사에게 마력 보급을 받을 수 없다는 뜻이잖아?』

애초에 술사가 그 장소에 있다면 간단히 마력을 보급할 수 있으니 이 관은 필요 없다.

"그러네."

『일단 위를 조사해보자.』

"윙!"

관을 수납한 우리는 기척을 지우며 계단 위로 침입했다.

역시 어딘가의 저택이었다. 오랫동안 청소된 기색도 없고, 오르메스 백작 저택과 거의 같은 상태. 이곳도 소유주가 오르메스의 일가라서 붙잡혔을 것이다.

그 후 저택을 빠짐없이 탐색했지만 특별히 아무것도 발견할 수 없었다.

비밀 통로도 없고 뭔가 단서도 남아 있지 않았다.

지하로 돌아온 우리는 그대로 T자로의 반대편을 목표로 했다.

잠시 걷자 위로 올라가는 굴이 다시 모습을 드러냈다. 이 지하도는 입구가 세 개 존재하는 T자형 통로인 모양이다.

『빛이 좀 새어 들어오네.』

"풀 냄새가 나."

야외로 이어진 건가.

그렇게 예상하고 정찰해보니 이상한 장소로 이어져 있었다.

지면에 설치된 정사각형 나무 문의 사방을 높은 벽이 둘러싸고 있었다. 보통 사람은 여기서 나가기도 어려울 것이다. 아니, 자세히 보니 벽의 벽돌이 일부 들어가 있었다. 저것을 발판으로 삼아 올라가라는 건가?

장식끈을 더 늘려 주위를 확인하니 사방 전체가 귀족의 저택이었다.

본래는 네 저택의 모서리가 맞닿아 틈이 없는 장소일 터다. 그러나 어느 저택의 벽 모퉁이가 의도적으로 움푹 파이게 지어져서 작은 정사각형 공간이 생겨났다. 거기에 탈출용 통로의 출구를 만든 거다.

입구가 되는 나무 문에는 보수 흔적이 있어서 최근까지 누군가가 썼던 건 틀림없었다. 은밀 미라가 스스로 목수 노릇을 한 걸까?

『울시, 뭔가 냄새가 남아 있어?』

"웡!"

『좋아, 앞장서.』

"울시, 힘내."

"웡웡!"

벽에 둘러싸인 공산을 빠져나가서 울시의 코를 의지해 추적을 개시했다.

하지만 몇몇 귀족 저택을 경유해 우리가 도착한 곳은 낯익은 장소였다.

"여기는 낮에 간 장소."

우리가 은밀 미라를 쓰러뜨린 뒷골목이다.

『울시, 여기 이외에는 냄새가 남아 있지 않은 거지?』

"웡."

그 언데드는 관에서 나온 후 우리가 도달한 루트만 다닌 모양이다. 달리 냄새가 남아 있지 않았으니 나름대로 오랫동안 관 속에서 잠을 잤을 것이다.

역시 술사 본인은 이미 알레사에 없겠군.

도시를 혼란에 빠뜨릴 목적으로 부하만 남겨두고 간 것 같았다.

『오늘은 이미 늦었으니 보고는 내일 하고 숙소를 찾자.』

"길드 구석이라도 괜찮아."

『아니, 숙소에 묵자. 돈은 있어.』

랭크 B 모험가가 길드의 술집에서 숙박하는 게 소문나면 너무 곤란하다.

우리가 신경 쓰지 않아도 클림트가 신경 쓸 것이다. 길드 마스터의 위장 붕괴를 가속시키지 않기 위해서라도 어엿한 숙소를 찾는 편이 낫다.

내가 그렇게 말하자 프란은 뭔가를 떠올린 듯 손뼉을 치고 망설임 없이 걷기 시작했다.

"알았어. 그럼 거기 갈래."

『거기?』

"응!"

힘차게 고개를 끄덕인 프란이 향한 곳은 모험가 길드와 아주 가까운 한 숙소였다.

외관은 수수. 숙소 등급으로 따지자면 저렴한 숙소에 들어갈 것이다. 중하, 혹은 하상이려나.

다만 프란의 발걸음은 활기찼다.

"어서 오세요. 숙박……이신가요?"

"응. 빈방 있어?"

"있는데, 혼자니?"

숙소의 누님이 몸을 살짝 숙이고 프란에게 물었다. 어린아이 혼자니 말이다.

프란은 거기서 즉시 길드 카드를 꺼내 들었다.

"이거."

"어? 모험가? 진짜야? 으음……. 그러면 상관없나."

전에도 같은 대화를 나눴지. 프란이 길드 카드를 보이고 상대가 납득하는 것까지 완전히 똑같다.

그렇다, 이곳은 알레사에서 처음 묵은 숙소였다. 프란에게는 추억의 숙소.

여성 모험가 전용이라 믿을 수 있고, 방은 조금 좁지만 청소가 꼼꼼하게 돼서 청결하다.

"응, 이 방."

『그립네.』

침대뿐만 아니라 서랍장과 책상과 옷장이 구비된 좁은 방은 이전과 달라지지 않았다.

프란은 그리운 듯이 방을 둘러봤다.

지금의 프란이라면 더 좋은 숙소에 묵을 수 있다. 그야말로 최상급 숙소에 묵은 적도 있었다.

하지만 프란은 만족스러워했다.

내가 정화 마술로 몸을 깨끗하게 해주자 프란이 이불에 다이빙해 뒹굴거리기 시작했다. 그대로 베개에 얼굴을 묻고 부비부비 비볐다.

『야, 왜 그래?』

"이 냄새."

아니, 베개 냄새를 맡고 활짝 웃어도 말이야…….

『그, 그렇게 냄새가 좋아?』

"스승과 처음 같이 묵은 숙소의 냄새야."

그때도 프란은 이 숙소에 감동했다.

노예의 입장에서 해방되고 나서 처음 묵은 숙소. 아무리 좋은 숙소에 묵게 된다 해도 이 숙소야말로 프란에게는 행복의 상징일지도 모른다.

"지금은 울시도 같이 있어."

"웡!"

프란은 그렇게 말하고 침대에 뛰어든 울시를 끌어안았다.

작은 소녀가 애견을 부둥켜안은, 그야말로 행복해 보이는 그림이다.

"스승."

『왜?』

"고마워."

『갑자기 왜?』

"왠지 말하고 싶어졌어."

『그래?』

"응…….."

프란은 웃으며 고개를 끄덕이고 바로 숨소리를 내기 시작했다.

『……그때보다 강해졌지만 자는 얼굴은 변함없네.』

천진난만한 얼굴이라 나이에 걸맞아 보인다.

"새근새근."

"쿨쿨."

울시야, 늑대로서 배를 내놓고 자는 건 좀 그렇지 않냐? 뭐, 상관은 없지만.

"스승…….."

『그래그래. 여기 있어.』

"응……."

좋은 꿈 꿔.

제2장 레이도스의 잔향

"즉 술사는 이미 알레사에 없을 가능성이 높다는 건가요."

"응. 오늘도 아무도 없었어."

"프란 군이 조사한 결과라면 이쪽도 신용할 수 있습니다. 감사합니다."

숙소에 묵은 다음 날.

우리는 다시 지하를 확인하며 돌아다닌 후 모험가 길드에 보고하러 와 있었다.

발견한 지하도에 대해 전하고 관도 모두 제출했다.

클림트로서도 프란과 울시가 철저히 탐색한 결과라면 문제없다고 생각했는지 정확하게 의뢰 완료 대접을 해줬다. 그뿐 아니라 의뢰비를 추가해준 모양이다.

"이제부터 마랑의 평원에 가나요?"

"응."

"위험한 곳입니다. 결코 방심하지 마세요."

"위험하지 않으면 수행이 안 돼."

"그런가요……. 역시 대단하다고 해야 할지 어이없어해야 할지."

"?"

"조심하세요. 아무리 강한 모험가라도 절대로 지지 않는 경우는 없으니까요."

"고마워."

프란은 클림트의 말에 미소 짓고 머리를 살짝 숙인 후 집무실을 뒤로했다.

클림트는 이제부터 지하도 조사를 할 것이다. 프란을 보고 부러운 듯이 행동했던 건 착각이 아니라고 생각한다. 분명 모험에 몸을 던지는 프란이 눈부시게 보였을 것이다.

클림트가 부하들에게 각종 지시를 내리는 목소리를 등으로 들으며 프란은 길드를 나왔다.

『그럼 가볼까.』

"응."

목표는 고갈의 숲이다.

우리는 데르트에게 인사하고 알레사 밖으로 나왔다.

이전에는 란델의 마차에 타도 상당히 시간이 걸렸지만 지금의 우리라면 정말 엎어지면 코 닿을 거리다.

"울시, 가자."

"윙!"

하늘을 달리는 울시라면 한 시간도 걸리지 않을 것이다.

바람을 가르며 달리는 울시의 등에서 프란이 앞쪽을 가리켰다.

"스승! 저 숲!"

『응, 틀림없어.』

잊을 수 있을 리가 없었다.

불길하지도 성스럽지도 않았다. 보는 사람을 그저 불안하게 만드는 듯한 이상한 분위기를 내는 숲이다. 그리고 나와 프란이 만난 기념적인 장소이기도 하다.

『여전하네…….』

하늘에서 보면 이런 느낌이었구나.

저 장소야말로 고갈의 숲이었다.

두 시간 후.

『아, 그건 이쪽으로.』

"응."

고갈의 숲 앞 평원에 내린 우리는 알레사에서 산 식재료로 요리를 하고 있었다.

왕도에서 소비한 요리를 보충하기 위해서는 상당한 양을 만들어야 하기 때문이다.

대지 마술로 만든 오두막 안에 주방을 꾸미고 불 마술, 물 마술, 바람 마술을 이용해 요리를 양산해갔다.

『어때? 다 됐어?』

"이렇게?"

『그래그래. 그 정도 길이로 하면 돼!』

"알았어."

프란도 돕는 중이다. 놀고 있어도 딱히 상관없지만 어째선지 프란의 의욕 스위치가 눌린 모양이다. 아니, 자기도 도와서 마랑의 평원으로 빨리 가고 싶을 뿐일지도 모르지만.

『좋아, 새우 크림 파스타 완성이다!』

"오오. 맛있겠다. 후릅."

『잠깐, 침! 침이 흘러!』

"이런. 실수야."

좋은 기세로 요리를 계속 만들고 있는데, 오두막 입구에 누군가가 선 것이 느껴졌다.

입구를 노크하는 소리가 울렸다.

『여기에 접근하는 용자는 누구지?』

실제로 몇 번인가 모험가가 이 주위를 어슬렁대는 기척은 있었다. 다만 평원에 갑자기 나타난 석조 오두막은 너무 수상했는지 결국 무시하고 떠나갔다.

게다가 더 다가오려 하면 문 앞에 누운 울시가 눈치챌 것이다. 종마증을 걸고 있어도 박력이 있어서 강도가 목적이었던 녀석들은 그대로 도망쳤다. 실력 행사에 나서려 하면 그야말로 경비견 울시의 본분이 발휘된다.

문까지 다가오는 인간 따위는 없다. 그럴 터였는데……

아무렇지 않게 노크했다는 긴 이떤 빙법으로 울시를 회유했다는 뜻이다. 전투하는 기척은 없었으니까 혹시 아는 사람인가?

『기척은 한 사람이지만……. 마력이 꽤 높아. 신참 수준의 모험가는 아니야. 누구지?』

"보고 올게."

『응, 부탁해.』

프란이 잰걸음으로 문을 보러 갔다.

마술로 만든 즉석 오두막이라고는 하나 일단 문은 달려 있다. 그야 돌을 대충 잘라 문처럼 보이게 한 것뿐이지만. 프란의 완력이라면 열 수 있다──정도가 아니라 치우는 것도 가능할 것이다.

애초에 저 문을 진짜로 쓰는 경우는 가정하지 않았다. 두 시간쯤 걸려 요리를 마치고 이 오두막을 대지 마술로 소멸시키고 나갈 생각이었다.

울시에게 어지간히 긴급한 경우 이외에는 쫓아버리라고 했다.

예외는 모험가나 여행객이 마수 등에 쫓겨 도망쳐 온 경우다.

이런 기척의 소유주가 이 부근에서 위기에 빠지는 경우가 있을까? 그렇게 약해 보이지는 않는데.

『프란, 어때?』

"응. 아리스테아였어."

『뭐어? 아리스테아? 저번에 만난?』

"응. 아리스테아."

아리스테아는 이전에 신세를 진 신급 대장장이다.

신급 대장장이는 세계 최강의 초병기인 신검을 만들 수 있는 유일한 직업이다. 아리스테아는 현재 유일한 신급 대장장이이고 세계 각지를 방랑하며 각종 아이템을 만들고 있다고 한다.

밖으로 나오는 일이 적어서 환상의 존재라 해도 좋을 것이다.

『으음…… 일단 들어오라고 해.』

요리도 거의 끝났으니 말이다. 설거지가 남았지만 그건 나중에 해도 된다.

프란에게 안내를 받아 오두막에 들어온 건 정말로 신급 대장장이인 아리스테아였다.

"여어, 스승. 오랜만이야."

『진짜 아리스테아잖아. 이런 곳에 어쩐 일이야? 베리오스 왕국에 있는 거 아니었어?』

"그랬어야 했는데……. 신검끼리의 싸움을 감지해서 가만히 있기 힘들게 됐어."

『그러고 보니 신검 대장장이는 신검이 있는 곳을 어느 정도 감지할 수 있었던가.』

왕도에서 사용된 신검의 기척을 감지하고 급히 향하기로 한 모양이다. 내가 여기에 있는 걸 알았던 것도 그 힘 덕분일 것이다.

"개방 상태가 되면 상당히 멀리서도 느끼는 게 가능해. 크란젤 왕국의 왕도 근처에서 반응이 있었던 건 알고 있어."

베리오스 왕국은 북동쪽에 있는 나라였지. 확실히 그쪽에서 이 나라의 왕도를 목표로 하면 알레사 주변이 지나가는 길이 돼도 이상하지는 않을 것이다.

『그래서 신검에 대해 조사하러 가는 도중이었던 거야?』

"그런 거야. 이봐, 스승은 뭔가 아는 정보는 없나?"

뭔가 정도가 아니라 상당히 중심에 있었다. 아슈트너, 파나틱스 양쪽과 싸운 건 나뿐이지 않나?

『아는 거고 자시고 휘말려서 죽을 뻔했어. 아니, 부서질 뻔했다고 하는 편이 낫나?』

"뭐라고? 자세히 들려주겠어?"

으음. 뭐, 신검에 관한 이야기다. 아리스테아의 귀에는 들어가는 편이 좋을 것이다. 어떤 의미에서 관계자 같은 존재이니 말이다.

『알았어. 그럼 아는 걸 얘기할게.』

"고맙다."

그리고 나는 왕도에 도착한 것부터 다시 떠날 때까지 있었던 프란의 대모험 활극을 아리스테아에게 이야기했다.

"……."

『왜 그래, 아리스테아?』

"아니, 프란의 활약은 잘 알았지만 중요한 신검 이야기가 없는데."

『이런, 미안.』

도중부터 열이 너무 올라 프란 얘기만 하고 말았다. 나는 다시 파나틱스에 대해 아는 것과 그 뒤에 아스라스가 나타나 벌어진 격전을 이야기해 들려줬다.

"파나틱스인가……. 설마 완전히 망가지지 않고 가동하고 있었을 줄이야."

『반파 상태라 본래의 힘은 발휘하지 못했던 것 같지만.』

"그건 그렇고 파나틱스가 말했다고? 내가 아는 한 그 신검에 그런 기능은 없었을 텐데."

『내 소감인데, 그건 파나틱스에 통합된 온갖 인간 사념의 집합체가 아니었을까 해.』

"그렇군. 그렇다면——."

"아, 그건——."

그런 식으로 서로의 정보를 교환했다.

모든 것을 들은 아리스테아는 긴 한숨과 함께 멍하니 중얼거렸다.

"파나틱스는 완전히 파괴된 건가."

『응, 저기, 미안…….』

아리스테아가 신검에 대해 강한 감정을 품고 있는 건 알고 있다. 그것을 파괴했다고 하면 어떤 반응을 보일까……. 하지만 그 얼굴에서 의외로 비장감은 보이지 않았다.

"……아니. 재앙을 뿌리는 존재가 된 파나틱스는 파괴돼도 어쩔 수 없어. 뭐라 하지 않아."

약간 슬퍼 보이기는 하지만 납득도 한 모양이다. 악의를 가지고 자신의 장비자마저 조종해 혼란을 뿌리는 존재가 된 파나틱스. 많은 사람에게 해악이 된 이상 파괴돼도 어쩔 수 없다고 이해했을 것이다.

이쯤에서 마음에 좀 걸리던 것을 아리스테아에게 물어보기로 했다.

『내가 파나틱스를 파괴했을 때 동족상잔으로 그 힘을 흡수했는데……. 아리스테아가 봤을 때 변화는 없어?』

그 파탄 난 인격들을 거둬들인 영향이 발생한다면 결코 넘어갈 수 없다. 하지만 아무리 아리스테아라 해도 설비도 없이 나를 완전히 해석하기는 어렵나 보다.

"흐음? 변화? 스승의 경우 찬찬히 해석해보지 않으면 알 수 없는데…….."

『아아, 시간이 걸리는구나. 미안.』

"급한가?"

『뭐, 좀.』

이후 마랑의 평원에서 내 비밀을 이것저것 알 예정이지만 어디까지 아리스테아에게 이야기해도 좋을지 알 수 없었다.

전부 가르쳐줘도 좋을 것 같기도 하지만 상대의 정체를 완전히 모르니 말이다. 만약 신과 관련된 경우 섣불리 아리스테아에게 비밀을 말해도 용서받을 수 있을까?

입막음을 당하지는 않겠지만 반대로 아리스테아에게 폐를 끼치는 사태가 생기지 않을까? 상대는 신. 대체 어떤 이치나 사고방식을 가졌는지도 알 수 없었다.

『실은 이 뒤에 가야 할 곳이 있어. 거기서 어쩌면 나에 대해 조금 판명될지도 몰라.』

"뭐라고? 진짜인가? 그러고 보니 여기는 마랑의 평원에 가까웠군."

『그래.』

"큭. 신검만 아니라면 나도 같이 가고 싶지만……. 유사 광신검이라는 것을 무시할 수도 없어."

신급 대장장이에게 유사 광신검은 내버려 둘 수 없는 문제인 모양이다. 그러고 보니 나는 부서진 유사 광신검을 몇 개 가지고 있었다. 이걸 아리스테아에게 넘겨줄까.

『이게 유사 광신검이야.』

"아니! 가지고 있었던 건가!"

놀라는 표정을 짓는 아리스테아. 그 시선은 내가 꺼낸 반파된 유사 광신검에 못 박혀 있었다.

기대시켜놓고 미안하지만 이건 이미 죽었을 것이다.

『능력은 잃었을 거야. 내가 베었거든.』

"으음, 그래도 이건……."

아리스테아는 살짝 해석을 하고 한숨을 토했다.

"휴우. 틀렸어. 능력을 잃은 게 파괴의 결과인지, 본체가 소멸했기 때문인지 알 수 없어. 어쩌면 파나틱스의 분신 같은 물건이 남아 있고 그 녀석이 뭔가 행동을 일으킬 가능성도 제로가 아닐지도 몰라."

그건 솔직히 생각해보지 않았다. 파나틱스 본체를 쓰러뜨리고 끝났다고 생각했는데……. 유사 광신검이 독립해 남아 있을 가능성은 확실히 있는 건가?

"역시 자세한 정보가 필요한 시점이야."

아리스테아는 잠시 유사 광신검을 만졌지만 자세한 사실은 알 수 없었던 모양이다. 유사 광신검에서 손을 떼고 괴로운 듯이 고개를 저었다.

『그런가……. 그러고 보니 파나틱스에 조종당해 유사 광신검 제작에 가담한 대장장이가 아리스테아를 만나고 싶어 했어.』

"호오?"

『크란젤 왕국 명예 대장장이인 가르스야. 알아?』

"물론이지. 신급 대장장이에 가장 가깝다고 하는 사람이야."

그렇다면 이야기는 빠르다.

『아리스테아라면 환영받을 테니까 꼭 얘기를 들어줘. 나와 프란의 이름을 대면 바로 만나줄 거야.』

"알았다. 혹시 스승의 정체를 알고 있는 건가?"

그래. 그것도 가르쳐줘야지.

『맞아. 신세를 졌어. 내 칼집과 프란의 방어구를 만든 대장장이야.』

"그런가! 이거 사과를 해야겠군. 멋대로 작품을 개조했으니 말이야."

『만났을 때 꼭 잘 전해줘.』

"알았다."

아리스테아를 소개해달라는 가르스의 부탁을 생각 외로 빨리 달성할 수 있게 된 것 같다. 갑자기 신급 대장장이가 만나러 와서 허리를 삐끗하지 않으면 좋겠는데 말이야.

"맞다. 프란은 모험가지?"

"응."

"랭크 B 이상의 모험가에게 연줄은 없나?"

"응? 어째서?"

"실은 사소한 의뢰가 있어. 아주 간단한 의뢰지만 보수는 충분해. 의뢰주의 신원도 내가 보증하지."

『간단한 의뢰인데 랭크 B 이상의 모험가가 필요해?』

"그렇기는 해. 내용은 간단하지만 다른 부분이 어렵기도 하거든. 랭크가 높아도 성격에 결함이 있는 모험가는 좀 곤란해. 그래서 프란에게 알맞은 지인이라도 소개받을 수 있을까 해서."

그렇군, 하지만 소개라고 해야 할까 뭐랄까——.

"나는 랭크 B야."

"뭐? 이전에는 랭크 C였지?"

"응. 왕도에서 올랐어."

"그런가! 이봐, 어때? 의뢰를 받아주지 않겠나?"

"으음……?"

프란은 팔짱을 끼고 곤란한 얼굴을 했다.

"안 되나?"

"마랑의 평원에서 수행할 생각이야. 그동안 불필요한 의뢰를 받을 틈은 없어."

알레사에서 가볍게 의뢰를 처리하는 것과는 비교할 수가 없다.

"바로 하지 않아도 괜찮아. 의뢰주는 5년 이내에 데리고 오라고 했으니까."

『5년? 꽤 느긋한 의뢰네.』

"그만큼 여유 있는 의뢰라고 생각하면 돼."

아리스테아가 의뢰의 내용을 설명해줬는데, 정말 프란으로 괜찮을까? 프란에게 적합한 의뢰가 아닌 것 같다.

『마술 학원의 모의전 상대?』

"그래. 상대는 어린아이——뭐, 프란보다는 연상도 있겠지만. 그렇게 강하지는 않아."

그건 딱히 상관없다. 반대로 엄청나게 강해도 그건 그것대로 프란이 기뻐할 테고. 하지만 모험가를 스파르타로 단련시키는 것과는 다르잖아? 프란이 감당할 수 있을 것 같지 않다.

"다소 지나쳐도 상관없어. 오히려 실전에 나서기 전에 완패하는 건 좋은 경험이니까. 뭐, 대답은 지금 안 해도 돼. 기분이 내키면 부탁해."

"알았어."

아리스테아에게는 신세를 졌으니 그 부탁은 거절할 수 없다.

"아리스테아는 배 안 고파?"

"고프지만……. 괜찮겠어?"

"응. 막 만든 카레가 있어."

만든 건 거의 나였지만! 카레만큼은 프란이 만들다 계속 먹어서 나 혼자 만들어야 한다.

"오오! 카레인가! 그거 좋군!"

그러고 보니 아리스테아도 카레의 포로가 됐지.

레시피를 줬지만 만드는 건 요리용 골렘. 아마 기대한 맛은 나지 않았을 것이다.

아리스테아는 프란에게 받은 카레를 소중하게 안고 음미하면서 천천히 먹었다.

"여전히 맛있군!"

"카레는 최강이야."

짧은 점심 식사를 즐긴 프란과 아리스테아.

프란은 더 대화를 나누고 싶은 듯하지만 아리스테아도 시간은 없었다.

"무슨 일이 있으면 찾아와. 한동안은 왕도에 있을 거니까."

"응. 알았어."

"스승도 무리는 적당히 해."

『그래, 알았어.』

"울시도 또 보자."

"웡!"

마지막으로 내 도신을 가볍게 연마해준 후 아리스테아는 아쉬운 듯이 떠나갔다.

"……스승. 우리도 가자."

『그러자.』

"웡."

아리스테아의 등을 배웅한 우리는 오두막을 없애고 기합을 다시 넣었다.

맞은편은 바로 앞에 보이는 깊고 깊은 숲이다.

각오를 다시 하고 프란은 조금 천천히 걸음을 걸었다. 원래 근처에 있던 숲에 더 가까워지자 더욱 울창한 느낌이 전해져왔다.

심장도 없는데 살짝 두근거리는군.

『드디어 고갈의 숲이야.』

"응."

『울시. 저 숲은 방출 계열 마술도 스킬도 쓸 수 없어. 조심해.』

"웡!"

그리고 우리는 숲으로 발을 내디뎠다.

공포심이 폭발할 줄 알았지만 그 정도는 아니었다. 처음에 멀리서 고갈의 숲을 봤을 때 품은 불안감이 최대치이고 그 이상으로는 커지지 않았다.

이 정도면 왕도에서 파나틱스와 상대했을 때가 훨씬 더 무서웠다.

스스로 생각했던 것 이상으로 이 숲에 대한 트라우마는 가벼워진 모양이다. 프란과 만난 장소이기도 하기 때문일 것이다.

『어때, 프란?』

"응……. 느낌이 이상해."

이 숲속에서는 마력이 회복되지 않고 기척 감지 등의 스킬도 제대로 발동되지 않는다.

평소와 감각이 달라서 위화감이 있는 듯했다.

나와 만났을 때는 아직 마력을 다루지 못했으니 이 숲의 이상을 제대로 감지할 수 없었을 터다.

『고갈의 숲에서는 평소보다 적의 접근을 알아차리기 힘들 거야. 주의해.』

"응."

『울시는 어때?』

"끄응……."

원래의 거대 사이즈로 느릿느릿 걷고 있는 울시가 한심한 울음소리를 냈다.

울시는 프란보다 더 몸에 부담이 가지 않을까. 일상에서 무의식적으로 마력을 사용하는 부분을 자력으로 운용해야 하기 때문이다.

우선 신체 변화나 그림자 숨기 스킬을 제대로 쓸 수 없다. 신체 변화는 가까스로 발동하지만 장시간 유지할 수 없는 데다 크기 조정도 제대로 할 수 없는 듯했다.

게다가 울시는 큰 몸을 지탱하기 위해 무의식중에 몸을 강화했던 것 같지만, 그걸 못 쓰게 돼서 거구를 제대로 제어할 수 없는 듯했다

마주친 고블린과 싸웠을 때 힘 조절에 실패해 그 몸을 터뜨리고 말았다. 고블린의 피로 더러워진 앞다리를 붕붕 흔들며 슬픈 듯이 신음하고 있었다.

『나나 프란은 몸속의 마력까지 빼앗기지는 않았는데…….』

울시의 경우에는 고갈의 숲에 있는 한 마력을 항상 소모하나 보다. 신체 강화 등의 능력을 발동할 수 없을 뿐만 아니라 마력이 조금씩 사라져가는 상태다. 내가 마력을 공급해주지 않았다면 진즉에 움직일 수 없게 됐을 것이다.

아마 자각 없이 마력을 쓰고 그 마력이 흡수되는 사이클을 반복하고 있는 것 아닐까. 멈추라고 해도 울시 자신도 멈출 수 없는 모양이다. 인간으로 말하자면 피부 호흡처럼 멋대로 움직이는 생명 활동인 거다.

고위 마수가 이 숲에 존재하지 않는 이유를 알았다. 존재하는데 더 많은 마력을 필요로 하는 고위 마수일수록 이 숲에서는 더 빨리 행동 불능에 빠질 게 틀림없다.

"끄으응."

『자, 이제 곧 숲을 빠져나갈 수 있을 거야──프란.』

"응!"

기척 감지를 못 써도 이만큼 부스럭거리는 소리가 울리면 분명히 알 수 있다. 뭔가 커다란 생물이 우리를 향해 다가오고 있었다.

"카오오!"

수풀을 헤치고 뛰쳐나온 것은 머리가 두 개 있는 곰이었다. 불곰보다 더 크고 흉악한 외모의 쌍두 곰.

좌우 입에서 침을 질질 흘리며 식욕으로 탁한 눈으로 이쪽을 보고 있었다.

『트윈헤드 베어인가.』

"이거 기억해."

『오, 그래?』

"응. 내가 스승을 써서 처음 쓰러뜨린 녀석이야."

아무리 프란이라 해도 자신을 죽일 뻔한 상대는 똑똑히 기억하고 있었나 보다.

노예였을 무렵의 프란이 나와 만나는 계기가 된 마수이자 프란을 잡아먹기 직전까지 쫓은 상대이기도 했다.

하지만 그것도 옛날이야기. 지금의 우리가 고전할 상대는 아니다. 그것은 상대도 감지한 듯했다.

"크르르르르!"

"크, 크아아……."

트윈헤드 베어와 체격 차이가 없는 울시가 있는 데다 이 거리에서라면 트윈헤드 베어도 나나 프란의 마력을 감지할 수 있다.

냄새나 기척을 감지해 달려왔지만 상대가 상상 이상으로 강해 보여서 당황한 건지, 트윈헤드 베어는 엉거주춤한 자세로 초조한 표정을 보이고 있었다.

그럼에도 바로 전의를 되찾은 트윈헤드 베어가 이를 드러내고 울음소리를 내기 시작했다.

고위 마수가 없는 이 고갈의 숲에서 먹이사슬의 정점에 있는 마수다. 도망친다는 선택지가 처음부터 머리에 없을지도 모른다.

그래 봐야 의욕 가득한 프란의 앞에서 울시에게 순식간에 죽었지만 말이다.

다가가서 앞다리로 한 방. 정말 그 한 방이었다.

아무리 우리가 약해졌다 해도 스테이터스가 다르다. 울시가 질리도 없었다. 다만 곰의 기운을 보아 역시 마력에 의존하지 않고 살아갈 수 있는 하위 마수가 고갈의 숲에서 활동에 적합한 것 같았다.

"워후!"

앞다리 일격에 쓰러진 트윈헤드 베어에 발을 얹고 의기양양한 얼굴을 하는 울시. 하지만 그 모습을 보는 프란의 얼굴은 불만스러웠다.

"치이……."

"윙?"

"내가 쓰러뜨리려고 했는데……."

"워, 윙……."

추억의 상대라고 해도 되려나? 오랜만에 만난 트윈헤드 베어를 사냥할 생각이었던 프란은 사냥감을 가로채여 볼을 부풀리고 있었다.

황급히 다가오는 울시를 게슴츠레한 눈으로 노려보는 프란.

"끄으응……."

"흥."

"깨갱!"

"……다음에는 나야."

"웡!"

프란은 아직 화가 난 것 같지만 꼬리를 잡아당기는 것으로 일단 용서한 모양이다.

『프란. 일단 들어줘.』

"응."

『좋아, 그쯤이면 돼.』

차원 수납에 쌍두 곰을 넣었다. 고갈의 숲에서도 잠깐이라면 발동하는 것은 가능했다. 땅에 쓰러진 상태라면 마력 흡수 현상의 효과가 강해서 살짝 들게 했지만. 수납은 가능하지만 괜히 마력을 소모하니 말이다.

『그건 그렇고 이 숲의 마수는 아무렇지 않게 공격해 오네.』

"무슨 소리야?"

『울시의 기척이나 냄새가 나면 일반 잔챙이 마수가 다가올 리가 없는데 말이야.』

오히려 도망치는 게 일반적일 터다. 그러나 고갈의 숲에서는 이미 몇 번 전투가 일어났다. 이번에 쓰러뜨린 트윈헤드 베어에 아까 쓰러뜨린 고블린. 그 밖에도 코볼트와도 마주쳤다.

그림자에 숨어 있는 상태라면 몰라도 거대한 크기인 채로 있는 울시에게 이렇게 덤벼들 수 있을까?

"상대의 힘을 모르나?"

『그런 거 같아.』

기척 감지 등의 스킬을 쓸 수 없는 탓에 상대의 힘을 측정할 수 없는 걸지도 모른다.

『그리고 고갈의 숲에는 잔챙이 마수만 사는 탓에 위기 감지 능력이 저하된 것도 있지 않을까?』

"과연."

이러면 고갈의 숲에 텐트를 치고 생활하는 것도 꽤나 성가실 듯하다. 항상 마수의 습격을 경계해야 하기 때문이다. 우리가 대미지를 입을 리는 아마 없겠지만 숙면을 방해받는 것만으로도 충분히 성가시다.

물론 고갈의 숲에서 오랫동안 활동하는 건 마랑의 평원 바깥 둘레에 감당할 수 없는 수준의 미수가 생식하는 경우뿐이다.

과거에는 위협도 A 마수가 확인된 적도 있다고 하니 그 경우에는 도망칠 수밖에 없다. 위협도 A라면 그 리치와 같은 레벨이다. 성장한 지금의 우리라 해도 승리를 장담할 수 없는 상대였다.

가능성은 낮다고 생각하지만 그 수준의 마수가 대량으로 있는 경우에는 쉽사리 마랑의 평원에 돌입할 수 없을 것이다.

『어찌 됐든 마랑의 평원부터 관찰하자. 자, 이제 빠져나왔어.』

"응!"

"웡!"

드디어 그리운 마랑의 평원이다.

자, 현재 상황은 어떨까?

나무들 사이로 비치는 햇빛에 이끌리듯이 우리는 고갈의 숲을 빠져나왔다.

시야가 하얗게 타는 듯한 강렬한 햇빛.

프란은 순간 눈을 가늘게 좁혔지만 바로 크게 떴다.

"여기가 마랑의 평원……."

『후하하하하! 평원이여! 내가 돌아왔다!』

"스승, 왜 그래?"

『……미안. 아무것도 아냐. 그보다 주위의 기척은 어때?』

"……뭔가 이상한데?"

『기척은 미묘하게 나지만 어디에 있는지 모르겠네.』

여긴 고갈의 숲을 빠져나와 10여 미터 정도 마랑의 평원으로 들어온 곳이다. 위치상으로는 마랑의 평원 북동쪽 구역일 텐데.

확실히 뭔가가 있다. 그건 알지만 상대의 정확한 장소를 찾을 수 없었다. 주위에 찌릿찌릿한 기척이 있고 마력의 흐름도 어딘가 부자연스러웠다.

고갈의 숲을 빠져나왔으니 이제 스킬은 쓸 수 있지만…….

『울시는 어때?』

"워후……"

『모르겠어?』

울시의 코까지 속이는 수준의 은밀성이 있는 걸까, 아니면 냄새가 전혀 없는 타입의 마수일까?

"방심하지 말고 가자."

『그래.』

"윙!"

쓸 수 있게 된 탐사 스킬을 모두 펼치며 나아가기를 몇 분.

거리는 그다지 나가지 못했다. 이거 경계하며 천천히 나아가는 것보다 전력으로 통과하는 편이 빠르지 않았을까?

지금부터라도 단숨에 나아갈까? 하지만 그렇게 간단하지는 않은 모양이다.

"스슷!"

"크룽!"

프란과 울시가 단숨에 뛰어올랐다. 잠시 뒤에 나도 깨달았다.

『아래인가!』

역시 지면에 접해 있지 않은 만큼 나는 지면 아래에 대한 탐지력이 약하다. 매번 프란이나 울시에게 뒤처졌다.

"연기?"

『독가스일지도 몰라. 더 떨어져.』

"응!"

대지에서 솟아오른 건 대량의 흰 연기였다. 상당한 마력을 간직하고 있으니 단순한 연기는 아니었다.

그리고 그 연기가 마치 의사라도 가지고 있는 것처럼 이쪽을 향해 오는 것이 아닌가.

『이건──역시! 거스트 계열 상위 마수인가!』

감정해보니 이 연기 자체가 마수의 일부였다.

위협도 B 마수, 그레이터 베놈 거스트. 물리 공력 무효에 높은 은밀성과 재생 능력을 가졌다. 게다가 마력 흡수, 생명 흡수, 은밀을 고레벨로 갖추고 있었다.

이 연기를 하나도 남기지 않고 소멸시키거나 마석을 파괴하지 않는 한 끊임없이 재생하는 듯했다. 게다가 연기에는 독성이 포함되어 있었다.

프란이나 울시를 일격에 죽일 정도의 능력은 없지만, 달라붙어 있는 동안에는 힘을 계속 소모시키기에 성가신 상대다.

아니, 우리가 독 내성을 가지고 있어서 이 정도로 그치는 것이다. 약한 사람이라면 생명과 마력을 흡수당하면서 맹독에 노출되는 삼중고를 겪는다. 흰 연기에 둘러싸인 시점에서 치명적이다.

게다가 연기는 상당히 넓은 범위에 퍼져 있었다. 이미 대지에서 꽤 떨어진 프란에게도 문제없이 따라붙은 것을 봐도 100미터 정도가 아닐 것이다. 어쩌면 작은 마을 정도는 뒤덮지 않을까?

이 녀석이 국가를 멸망시킬 수 있다는 위협도 B에 랭크된 것도 꼭 잘못된 건 아니었다. 소국이라면 대처하는 데 상당한 시간이 걸릴지도 모른다.

『프란! 울시! 마석을 찾아!』

"응!"

"웡!"

프란과 울시가 마석을 찾는 동안 나는 연기에 마술을 날렸다.

갈라진 전격이 연기를 잇달아 태워 소멸시켰다. 얼핏 보기에 넓은 범위에 대미지를 준 것처럼 보이기도 하지만 그레이터 베놈 거스트의 온몸에서 보면 1퍼센트에도 미치지 못했을 것이다.

『뇌명 마술은 별로 효과가 없어!』

이어서 화염 마술, 바람 마술을 시험해보니 면으로 공격할 수 있는 화염 마술이 가장 유효했다.

그리고 마력 강탈과 생명 강탈도 유효했다. 힘을 잃은 연기가 공중에 흩어져가는 것을 알 수 있었다. 다만 지면에서 계속 솟아나는 연기에 의해 바로 보충됐지만 말이다.

『어때? 마석이 있는 곳은 알아냈어?』

"모르겠어."

"워후……."

연기에 담긴 마력에 교란되어 주위의 마력을 세세하게 조사할 수 없게 됐다. 프란과 울시의 감각이 뛰어나다고는 해도 이 상태로 땅속의 정확한 탐사는 무리인 듯했다

『마석은 지면 아래에 있다고 생각하는데…….』

"그럼 마술로 지면과 함께 짓누를까?"

『그러네, 그것밖에 없나.』

"응!"

거칠지만 그게 가장 효과적일 것이다. 이 근처에는 우리밖에 없으니 요란하게 일을 벌여도 상관없었다.

『자, 간다! 하아아아아압!』

"하압!"

우리가 다중 기동한 것은 그래비티 프레셔라는 대지 마술이다. 초중력으로 일정 범위를 짓누르는 술법이다. 이것을 연기가 솟아나는 구역을 덮듯이 빈틈없이 발동시켰다.

주변 지면 바로 위에서 힘이 걸리며 압축되어가는 것이 보였다.

이전에 아스라스가 신검을 써서 보여준 광경을 마술을 연발해 억지로 재현하고 있는 것이다. 이쪽이 위력도 범위도 부족하지만 말이다.

"해치웠어?"

『틀렸어. 아직 연기가 기운차게 움직이고 있어.』

"그러면 더!"

『그래!』

우리는 범위를 더 넓히고 더 깊이 대지를 압축했다. 그뿐 아니라 마지막에는 화염 마술과 뇌명 마술 폭격도 덤으로 날렸다.

그러나 그래도 연기가 사라지는 일은 없었다. 마석이 숨겨진 장소는 지면 아래가 아닌 건가?

『쳇. 이만큼 해도——.』

쉬익!

마석 탐색에 집중하고 있는데 하늘을 가르는 날카로운 소리가 들렸다.

"크읏!"

『우오옷!』

직후 엄청난 충격이 프란의 몸을 튕겼다.

바람을 가르는 소리를 들은 순간 프란이 나로 막아서 부상은 입지 않았다. 하지만 직격했다면 큰 대미지를 입었을 것이다.

내게 튕겨 떨어져 가는 의문의 물체를 즉시 염동으로 붙잡았다.

『흐음? 수정 덩어리네. 아니, 수정 재질의 비늘인가?』

수정처럼 투명한 재질로 만들어진 비늘인 듯했다. 이 수정 비늘에는 마력을 반사하는 효과가 있는지 이만큼 가까워져도 제대로 탐지할 수 없었다.

바람을 가르는 소리가 없었다면 알아차리지 못했을 것이다.

내가 수정 비늘을 조사하는 동안에도 연속해서 바람을 가르는 소리가 들려왔다. 누군가가 잇달아 공격을 한 모양이다.

"읏!"

하지만 기습이 아니라면 이 비늘의 은밀성도 반감된다. 공격이 오는 것을 대비하니 프란이라면 대처할 수 있었다. 몇 개를 쳐서 떨어뜨리고 몇 개를 차원 수납으로 무효화했다.

이쪽에서 공격을 하고 싶었지만 어디에서 습격하고 있는지 정확히 알 수 없었다.

적이 너무 멀리 있었던 것이다.

북서쪽 방향에서 공격한 건 알지만 상대의 기척이나 마력을 전혀 감지할 수 없었다. 우리의 색적 범위 밖에서 날린 저격인가 보다.

"스승, 갈게! 울시는 그림자로 들어가!"

『알았어!』

"윙!"

의문의 저격수에게 접근하려 한 프란이었지만 저쪽도 어중간한 상대가 아니었다. 저격 방향으로 나아갈수록 수정 비늘의 숫자도 위력도 현격하게 늘어나는 데다 때때로 산탄처럼 터지는 공격이 섞이기 시작했다.

위력만 말하자면 한 발 한 발이 랭크 D 모험가를 즉살시킬 수 준의 공격일 것이다.

게다가 성가신 일은 그뿐만이 아니었다. 예상외로 이동 속도가 빠른 거스트의 연기가 끈질기게 우리를 따라왔다.

『프란, 이대로는 거스트와 의문의 공격 상대 양쪽 모두 상대하게 돼! 그건 너무 위험해!』

"……으. 어떻게 하면 돼?"

『전이로 거스트를 따돌리느냐 고갈의 숲으로 물러서느냐야. 하지만 따돌리기만 하면 거스트가 계속 따라올 가능성도 있어.』

"……알았어. 일단 고갈의 숲으로 돌아갈게."

프란은 분한 것 같기는 했지만 바로 내 제안을 받아들여 그 자리에서 물러나기 시작했다. 스스로도 골치 아픈 상황이라고 이해했나 보다.

『역시 쉽게는 안 풀리네.』

"……응."

분해 보이는 프란을 데리고 전이를 펼쳤다.

성가신 마수에게서 도망쳐 고갈의 숲으로 물러난 우리는 이동하며 대책을 의논했다.

『거스트가 고갈의 숲까지 쫓아오지 못하는 건 알았어.』

"응."

아무래도 마력을 써서 연기인 몸을 움직이는 구조상 고갈의 숲에서는 활동할 수 없는 모양이다. 수정 비늘로 저격한 상대도 고갈의 숲 안까지는 공격을 하지 않았다. 아니, 마력으로 색적을 할 수 없는 탓에 노릴 수 없는 것뿐일지도 모르지만.

"어떡해?"

『거스트의 활동 구역을 피해 우회하느냐 단숨에 빠져나가느냐야.』

마랑의 평원은 중심에 가면 갈수록 적이 약해진다. 여기에 관해서는 모험가 길드의 자료에서도 이유가 해명되지 않았다.

펜리르의 마력이 영향을 끼치고 있다는 설도 기재되어 있었지만 그것도 아무런 근거가 없는 추측에 불과한 듯했다.

중요한 건 이 현상이 확실히 존재한다는 사실일 것이다. 어쨌든 내가 직접 체험했으니까.

『즉 단숨에 빠져나가면 상위 마수도 쫓아오지 않──을지도 몰라.』

실제로 막 전생했을 무렵, 위기에 빠지면 중심부로 도망치는 방법으로 나는 조금씩 마랑의 평원을 공략해갔다.

하지만 그건 내가 검이기 때문에 할 수 있었던 작전이기도 했다.

은밀성도 높고 마수의 식욕도 자극하지 않는 무기물. 솔직히 말해서 마수가 혈안이 되어 쫓아다닐 가치가 없다고도 할 수 있을 것이다.

하지만 프란과 울시는 어떻지? 부드러운 고기에 높은 마력. 마수에게는 알맞은 사냥감으로 보이지 않을까? 어쩌면 내가 예상하는 구분 구역을 넘어 쫓아올 가능성 역시 있었다.

하지만 강력한 마수를 굳이 쓰러뜨리는 것도 위험하다. 저 얼마 안 되는 시간 동안 거스트와 싸운 것만으로도 체력 소모가 심했으니 말이다.

그나마 안전한 방식을 꼽자면, 평원의 바깥 둘레 부분을 차지한 마수의 정보를 모은 뒤 가장 상대하기 쉬울 법한 마수를 쓰러뜨리거나 피하면서 곧장 평원의 중심부로 들어가는 것이다.

『어쩔래?』

"……지금은 마랑의 평원 중심으로 가는 게 먼저야. 수행은 그 뒤에 해도 돼."

『그 말은?』

"안전한 방식으로 갈래. 스승을 고치는 게 제일 중요해."

『오? 그래?』

"응."

프란이 어떤 아이인지 알기에 좀 감동했다. 전투를 아주 좋아하는 소녀 프란이 적을 눈앞에 두고 싸움을 피해서라도 목적을 달성하겠다고 한 것이다.

나는 사랑받고 있구나. 뭐, 프란이 제대로 성장했다는 증거이기도 하고.

생각해보면 자료실에서도 졸지 않았다. 포기하고 멍하니 있기는 했지만. 조는 것과 졸기 직전에는 큰 차이가 있다.

"일단 이것의 정체를 확인하러 가자."

『알았어.』

프란이 말한 건 수정 비늘이다. 투명한 결정체라서 수정이라는 표현을 썼지만 사실 그 강도는 수정을 훨씬 웃돈다. 웬만한 바위 정도라면 쿠키처럼 부수는 프란이 상당히 힘을 써서 겨우 부술 수 있었을 정도다.

『나도 찬성이야. 원거리 공격이 특기인 마수라면 접근전에는 약할지도 몰라.』

1킬로미터 이상의 거리에서 고정밀 저격을 연속으로 날리는 마수다. 위협도는 높겠지만 가까운 거리에서는 어느 정도일까?

우리는 고갈의 숲에서 마랑의 평원을 관찰하며 북서쪽 방향으로 이동했다. 그리고 어느 장소에서 울시가 반응했다.

"크르르!"

"뭔가 있어?"

"웡!"

울시는 코를 움찔거리며 날카로운 시선을 보내고 있었다. 마력으로 강화를 할 수 없어도 울시는 늑대로서 예리한 감각을 갖추고 있다. 그 코가 상대를 포착한 듯했다.

『흐음…… 어디야?』

"응? 모르겠어."

솔직히 나나 프란은 그 마수가 어디 있는지 알 수 없었다. 그러나 울시는 자신만만했다.

"울시, 안내해."

"윙!"

『프란, 주의해.』

"응!"

울시를 선두에 세우고 다시 마랑의 평원으로 발을 디딘 직후였다.

휘익!

"깨앵!"

"울시!"

울시가 비명을 지르며 발을 멈췄다. 틀림없이 그 저격이다. 울시는 제대로 공격을 본 것 같은데. 그런데도 고스란히 공격을 허용했어…….

아니, 그대로 피하면 그 거구가 시야를 가리게 돼서 프란의 반응이 늦을 가능성이 있었다. 그래서 일부러 그 몸을 방패로 삼은 것이다.

『울시! 잘했어! 아, 뼈까지 당했잖아…….』

"워후……."

몸에서 엄청난 양의 피를 흘리는 울시에게 회복 마술을 걸어주면서 지시를 날렸다.

『프란, 울시의 바로 뒤는 위험해!』

"응!"

프란이 일부러 거리를 벌리며 울시의 대각선 뒤로 이동했다. 이로써 울시는 문제없이 공격을 회피할 수 있고 프란도 반응이 가능해졌다.

그 후 공격은 더 격렬해졌지만, 프란과 울시가 맞는 일은 없었다. 프란은 내 도움이 없어도 문제가 없었고 울시도 회피력은 상당했기 때문이다.

그렇게 우리는 진행 속도는 느렸지만 대미지 없이 평원을 나아갔다. 하지만 아무리 나아가도 적의 모습을 포착할 수 없었다.

울시는 확증이 있는 것 같은데…….

『어디야…….』

"으응……."

그리고 울시가 발걸음을 멈췄다. 그 시선 끝에 마수가 있는 듯했지만 나와 프란은 전혀 알 수 없었다. 저쪽도 자신이 있는 곳이 들키지 않도록 공격을 멈췄다.

하지만 울시가 날린 암흑 마술이 상대의 모습을 떠오르게 만들었다. 울시가 생성한 어둠의 베일이 일대를 뒤덮자 20미터 정도 떨어진 장소에 이상이 일어난 것이다.

뭐라고 말하면 좋을까. 아지랑이? 아니, 굴절률이 이상한 거울? 아무튼 어느 일정 공간에 풍경이 일그러져 보이고 있었다.

『그렇구나, 광학 미채 같은 능력인가!』

빛을 굴절시켜 자신의 모습을 주위에 동화시키고 있었나 보다. 어둠 마술에 의해 빛이 급격히 차단되어 조절에 실패한 것이다.

"이상한 도마뱀?"

프란은 도마뱀이라고 했지만 내게는 수정을 몸에 두른 공룡으로 보였다.

몸길이 10미터 정도의 네 발로 걷는 마수다. 생전에 공룡 도감에서 본 안킬로사우르스라는 공룡과 아주 닮았다. 그 비늘이 모두 반투명한 수정이라는 걸 빼면.

저만한 거구인데 은밀 성능이 엄청나다. 이 거리에서조차 마력과 기적을 분명하게 포착하지 못했다. 게다가 저 광학 미채다.

『저 녀석, 위협도 B야!』

역시 평원에 출몰하는 마수의 힘이 전체적으로 상승했어! 내가 있던 무렵에는 최고가 위협도 C였는데!

광학 미채로 모습을 숨기고 있던 건 인비저블 데스라는 위협도 B의 마수였다. 군대가 영역에 침입했다가 그 모습을 발견하지 못하고 전멸한 적이 있다고 한다.

그야 저런 위력의 정밀 저격을 1킬로미터 이상 앞에서 연타하면 일반 병사는 대응 못 하겠지.

단순히 스테이터스가 높을 뿐만 아니라 빛 마술, 뇌명 마술, 불 마술 등의 마술 스킬도 고레벨로 갖추고 있었다.

나아가 온몸에 두른 수정 같은 겉껍데기가 장난 아닌데, 마력을 반사하는 성질이 있다고 한다. 게다가 은밀 계열 스킬이 충실했다. 여기다 광학 미채를 같이 쓰면 눈앞에 있어도 눈치채지 못하는 경우도 충분히 있을 법했다.

이런 능력에 우리가 접근하면 공격을 멈추는 지능까지 가졌다니. 임기응변이 가능하다는 점이 소름 끼친다.

이 세계에서 강한 존재라면 어느 정도 마력이나 기척을 감지하는 능력이 높고, 그에 따라 색적에 익숙하다. 인비저블 데스의 은밀성은 그야말로 그런 강자를 상대로 효과를 발휘할 것이다. 우리가 울시가 가르쳐줄 때까지 눈치채지 못했던 것처럼.

알레사에서도 느꼈지만 이 세계에서 후각은 아주 유용하구나. 기척이나 모습과 달리 속일 방법이 한정되니 인비저블 데스를 울시만 발견한 것도 당연하다.

물론 원거리에서 하는 저격 때문에 발견한다 해도 접근하기는 쉽지 않다. 하지만 그건 곧, 은밀과 저격 능력에 특화된 만큼 접근전에는 약할 가능성이 높다는 뜻이다. 실제로 방어력은 높아 보이지만 움직임은 둔해 보였다.

"아우우!"

울시가 인비저블 데스를 향해 암흑 마술을 날렸다. 그러나 저 수정은 마술에 대한 내성도 가지고 있는 듯했다. 거대한 암흑 창은 수정의 표면에서 간단히 흩어지고 말았다.

"부오오오오오오!"

위치가 들통난 걸 깨달은 인비저블 데스가 광학 미채를 완전히 해제하고 자세를 잡았다.

이제부터가 진짜 싸움이다.

"스승은 마술!"

『그래!』

"울시는 뒤에서 공격!"

"윙!"

프란은 지시를 내리며 단숨에 파고들었다. 우선 한칼을 날리며 상황을 보려던 걸까.

하지만 공격을 하려던 프란은 오른쪽으로 크게 물러서야만 했다.

곧바로 프란이 방금 있던 장소가 크게 함몰됐기 때문이다.

『꼬리인가!』

"응!"

내게 고개를 끄덕이면서도 프란은 연속해서 대지를 박찼다.

그 프란을 쫓듯이 꼬리가 잇달아 지면에 내리쳐졌다. 크게 거리를 벌리자 겨우 꼬리의 공격이 멈췄다.

『쳇. 접근전에도 강한 거냐.』

"응! 꼬리가 강해."

안킬로사우르스와 비슷한 외모 중에서도 내가 가장 닮았다고 생각한 게 얼굴과 꼬리다.

그 긴 꼬리는 끝에 추 같은 것이 달려 있어서 휘두르면 상당한 위력이 있을 법했다. 게다가 방금 봤듯이 엄청난 속도에 겨냥도 정확했다.

게다가 인비저블 데스의 공격은 꼬리에서 끝이 아니었다.

온몸에 난 뾰족한 수정 비늘을 프란과 울시를 향해 발사하기 시작한 것이다. 어떤 방법으로 쏘는지는 알 수 없지만, 비늘이라면 모두 쏠 수 있는 모양이다. 게다가 쏜 뒤에 바로 새 수정 비늘이 돋아났다.

"하아압!"

카아아앙!

비늘과 꼬리를 필사적으로 피하며 인비저블 데스에게 다가간 프란이 견제 겸 검을 내리쳤다.

『틀렸어! 대미지가 제대로 들어가지 않아!』

역시 온 힘을 다한 공격이 아니면 변변한 대미지를 줄 수 없었다. 단단한 것도 있지만 마력을 확산시키는 능력이 성가셨다. 속성검 등의 위력이 약해지기 때문이다.

프란은 다시 공격을 펼치려고 자세를 잡았지만 강력한 집진기를 풀 파워로 움직이는 듯한 날카로운 소리가 들려왔다.

키잉──피유웅!

"큭!"

꼬리 끝에서 엄청난 속도로 뭔가가 사출됐다.

프란은 어떻게든 회피했지만 간발의 차이였다. 그 공격은 정말 빨랐다.

『저격의 정체는 이건가!』

온몸에서 쏘는 비늘에서는 아까만큼의 정밀도가 느껴지지 않았는데, 저격 비늘은 꼬리를 포신 삼아 쐈던 특제인 모양이다. 마력을 폭발시킬 뿐만 아니라 압축 공기와 뇌명 마술도 병용하고 있었다. 거기에 기류 조작과 공기 조작으로 탄도를 안정시킨 건가.

스킬이 있는데 뇌명 마술도 화염 마술도 쓰지 않아서 이상하다고 생각하고 있었는데 저격용인 듯하다.

다시 사출된 저격 비늘을 회피하는 프란. 저격 비늘은 이 지근거리에서도 상당히 위협적이었다.

『프란! 온다!』

"응!"

돌진해온 인비저블 데스가 그 다리로 프란을 짓밟으려 했다.

움직임은 확실히 그렇게까지 빠르지 않았지만 거구라 한 걸음이 커서 의외일 만큼 돌진은 빨랐다.

"부오오오오!"

"흐읍!"

접근전이 약하다고 누가 그랬어! 하여간에! 죄송합니다, 저였습니다!

두 종류의 비늘 공격에 더해 꼬리와 돌진에 의한 직접 공격. 이녀석, 어쩌면 접근전이 더 강할지도 모르겠다.

『하아아압!』

그렇다면 거리를 벌려 마술이다. 수정 비늘이 가진 마력을 흩트리는 성질을 감안해도 위력 높은 마술이라면 통할 것이다.

나는 뇌명 마술 토르 해머와 화염 마술 플레어 익스플로드를 연속으로 날렸다. 비늘 때문에 다소 위력은 떨어졌지만 그래도 대미지는 입힌 듯했다.

일부 수정이 파괴되어 인비저블 데스의 입에서 비명이 새어 나왔다. 하지만 저쪽도 당하기만 하지는 않았다.

"부오오오오!"

『위험해!』

"웃?"

나는 강렬한 마력이 모이는 것을 느끼고 즉시 단거리 전이를 펼쳤다. 그와 거의 동시에 지금까지 우리가 있던 장소를 눈부신 광선이 꿰뚫었다.

빛 마술에 의한 공격이었다. 아니, 이미 레이저빔으로밖에 보이지 않았다. 지면은 충격과 열기로 크게 파여 있었다. 빛 마술이 이렇게 강한가?

하지만 그것을 깊이 생각할 새도 없이 인비저블 데스는 이쪽이 전이한 곳을 감지하고 비늘을 쐈다.

전이 직후에 날아왔기에 피하지 못하고, 지근거리에서 폭발한 산탄 비늘을 나로 튕겨내는 프란. 하지만 어떻게든 지킨 건 급소뿐이었다. 팔이나 다리에 몇 발을 맞고 말았다. 비늘이 가진 마력을 교란하는 성질 때문에 장벽도 의미를 잃었잖아!

"크윽!"

『그레이터 힐!』

프란이 적지 않은 부상을 입고 말았다. 하지만 저 빛 마술을 맞는 것보다는 훨씬 나았다.

'스승, 고마워.'

『빛 마술은 제일 먼저 피할게. 전이 뒤에 조심해.』

'부탁해.'

성가신 건 발동의 빠르기뿐만 아니라 발사된 뒤의 속도다. 발사된 뒤에 반응할 수 있는 수준이 아니었다. 사전에 모이는 마력을 최대한 감지할 수밖에 없다.

"스승, 마술! 이번에는 쓰러뜨릴 생각으로!"

『알았어!』

우리는 다시 토르 해머, 플레어 익스플로드를 발동했다. 힘을 소모할 각오로 펼친 다중 기동이다. 기회를 엿보고 있던 울시도 우리에 맞춰 암흑 마술을 날려줬다.

대폭발이 인비저블 데스의 몸을 뒤덮어 아까 이상의 대미지를 줬다. 등을 덮고 있던 수정 껍데기가 반 이상 벗겨지고 그 몸에서 연기가 피어올랐다.

"부오오오오오!"

"밀어붙일게! 쓰러뜨려!"

『그래!』

파고들려 하다가, 바로 그 발을 멈췄다.

"응? 뭐야?"

『아르마딜로 같은 부분도 있었나!』

놀랍게도 머리와 다리를 안으며 몸을 둥글게 만 것이다. 게다가 수정 비늘이 단숨에 재생하며 커져서 마치 거대한 수정 덩어리가 지면에 놓인 것 같았다.

몸속에서 마력이 높아져 가는 것을 알 수 있었다. 방어를 굳히고 일발 역전의 공격을 준비하는 형태다.

"……어떡해?"

『일단 마술을 퍼부어보자. 다만 카운터에 조심하면서.』

"알았어. 스승에게 맡길게."

모처럼 상대의 움직임이 멈췄으니 보고 있기만 하는 건 너무 한심하다.

나는 마술을 가다듬어 인비저블 데스를 향해 날렸다. 연속으로 쏘아진 마술이 수정 등딱지에 직격했다.

인비저블 데스는 그저 둥글게 몸을 말기만 한 게 아니었다. 아무래도 마술에 대한 방어력이 늘어났는지 이번에는 토르 해머도 플레어 익스플로드도 눈에 띄는 대미지를 주지 못했다.

이쪽의 공격과 거의 동시에 빛 마술과 수정 비늘 공격이 날아왔다. 과연. 어떤 인간이나 마수라도 고속으로 이동하며 마술을 쏘기는 어렵다. 일부러 상대의 큰 기술을 유도하고 그 틈을 찌르는 카운터 전법인 것이다.

뭐, 우리의 경우에는 문제없지만 말이다. 프란이 고속으로 움직여 피하고 마술은 내가 날리니까.

『다시 한번 간다!』

"응!"

『왕도에서 그걸 본 뒤라서 이걸 칸나카무이라고는 부르고 싶지 않지만……..』

내가 쓸 수 있는 최강의 술법, 칸나카무이.

극대 마술이라고 부를 수 있는 등급의 마술이지만 왕도에서 본 베르메리아의 칸나카무이에 비하면 가짜 같은 위력이다.

그래도, 이게 지금의 내 최대.

『받아라아아아아아아!』

하늘에 거대한 마법진이 그려지고 빛을 늘려갔다. 그리고 마법진이 폭발했나 싶을 정도의 섬광을 낸 직후 흰 번개가 쏟아져 인비저블 데스에게 직격했다.

"부오오오오오아아아오오오오오오오!"

『좋았어!』

이 위력의 마술은 역시 막을 수 없는 모양이다. 몸을 뭉개버리는 듯한 전격에 방어 태세가 강제로 풀린 인비저블 데스가 그다음 일어난 대폭발에 몸이 떠올라 뒤집히고 말았다.

"부오오오오오!"

"지금!"

"윙!"

자세가 무너진 데다 그 몸을 덮고 있던 수정이 절반 가까이 부서졌다. 칸나카무이의 직격을 받은 것치고는 놀랄 만큼 대미지가 적지만, 그 몸을 지키는 갑옷의 대부분을 잃어 거친 바위 같은 피부가 드러났다.

"크르르릉!"

거기로 울시가 공격을 가했다.

일부러 크게 짖어 인비저블 데스의 주의를 끄는 울시. 쓸데없이 크기 변화를 반복하며 눈앞에서 얼쩡거리는 울시에게 인버저블 데스의 의식이 완전히 끌려갔다.

그 틈을 찔러 프란이 옆에서 돌진했다.

날린 것은 검성술 스파이럴 팽. 찌르기에 마력 회전을 더한 강력한 기술이다. 프란은 칸나카무이로 인해 수정 비늘이 벗겨진 등을 노렸다.

이미 얇은 막이 퍼지듯이 가늘고 작은 비늘이 생기기 시작했지만 다른 곳보다는 나을 것이다.

"하아아압!"

"부오오오!"

내 도신이 수정 비늘 아래의 껍데기를 뚫고 인비저블 데스의 몸에 깊이 파고들었다. 수정 비늘의 특성상 마석의 위치를 특정할 수 없어서 일격필살이라고는 할 수 없지만, 거대 짐승의 생명력은 크게 줄어들었다.

『하아아압!』

"추가!"

우리는 그 상태로 화염 마술을 더 날렸다. 불어 닥친 폭염이 우리까지 휩쓸었지만 장벽으로 막아냈다.

"부오오……!"

화염에 살이 타서 몸에 깊은 구멍이 뚫린 인비저블 데스가 약한 신음소리를 냈다. 아직 내장까지 이르지는 않았지만 등뼈로 보이는 희푸른 덩어리가 드러나 있었다.

그래도 즉시 상처 주위에서 수정 비늘이 돋아 그 부분을 막으려 하고 있군. 역시 이 비늘이 성가셔.

게다가 인비저블 데스는 재생에 모든 힘을 기울이기 시작한 모양이다.

기껏 뚫은 구멍도 순식간에 재생하려 했다.

『이대로는 재생하는 비늘에 끼어!』

"아우우우우우우!"

"울시?"

『아니?』

재생하는 수정에 파묻히기 전에 일단 거리를 벌린 프란 대신 울시가 추가타를 가했다. 하지만 그 방법을 보고 나도 프란도 놀랐다.

놀랍게도 몸의 크기를 가장 작은 사이즈로 바꿔서 인비저블 데스의 몸속으로 뛰어든 것이다. 수정 비늘이 재생해서 안에 갇히지만 그런 건 상관없었다.

울시는 거대 짐승의 몸에 뚫린 구멍 속에서 근섬유나 살, 뼈 등을 먹어치우고 더 안쪽으로 파고들기 시작했다.

"부오오오오오오오오오오오오오!"

칸나카무이의 직격조차 짧은 신음소리로 견딘 거대 짐승이 팔다리를 버둥대며 몸을 비틀었다. 마치 울부짖는 듯한, 비명으로밖에 들리지 않는 포효였다.

안쪽에서 몸이 마구 먹히는 건 우리가 상상도 할 수 없는 격통일 것이다.

"빈틈투성이야."

『그래! 이대로 숨통을 끊자!』

목표는 머리. 울시 덕분에 큰 빈틈을 드러내고 있는 인비저블 데스를 검왕기로 단숨에 해치우려 했지만——.

"부오오오오오오오오오오오!"

인비저블 데스의 몸속에서 마력이 높아지는 게 느껴졌다. 온몸의 수정이 흰 빛을 내기 시작했다.

『이건 위험하겠어! 일단 거리를 벌리자!』

"응!"

전이로 상공으로 도망치자 대지에서 무시무시한 빛이 솟아오르는 모습이 보였다.

『울시…… 괜찮을까?』

인비저블 데스를 둘러싸듯이 빛의 돔이 생성되어 있었다. 돔 주변의 지면이 고열에 유리로 변한 모습을 통해 그 열량을 알 수 있었다.

눈 아래서는 돔이 단숨에 커져 넓은 범위를 둘러쌌다. 그뿐만이 아니다. 거대화한 돔이 단숨에 튀어 대폭발을 일으켰다.

무시무시한 충격과 폭풍이 모래 먼지를 말아 올리고, 근처의 풀이나 키 작은 나무를 쓰러뜨렸다. 상당히 떨어진 곳에 군생하던 흰 꽃의 꽃잎이 일제히 날아올라서 전투 중이라고는 생각할 수 없는 아름다운 광경이 태어났다.

"……크르……."

"울시! 지금 갈게!"

인비저블 데스의 공격이 끝난 후 몸에서 연기를 내며 쓰러지는 울시의 모습이 보였다. 온몸이 짓무르고 털이 후두두둑 떨어졌다. 살도 곳곳이 파여서 정말 딱한 모습이었다. 열기와 폭발을 고스란히 받은 것이다.

큰 부상을 입은 건 인비저블 데스도 마찬가지였다. 울시를 떼어내기 위해 자신이 말려드는 공격을 했기 때문이다. 스스로가 높은 마술 내성을 가졌기에 취할 수 있는 최종 수단.

우리가 서둘러 울시에게 달려가는 사이 갑자기 그곳을 향해 공격이 날아왔다. 하지만 인비저블 데스가 아니었다.

"쏴라!"

"""아이스 재블린."""

프란과 울시를 향해 대량의 얼음창이 쏟아졌다.

"칫!"

프란이 즉시 장벽을 펼치고 몸을 날리며 울시를 지켰다. 자신에게 꽂히는 것도 신경 쓰지 않고 울시에게 날아가는 궤도의 마술만을 튕겨낸 것이다.

격하게 움직이는 프란의 몸에서 붉은 피가 흩날렸다.

"……크으…… 누구야?"

"──맛있어 보이는 계집이로군……."

『언데드 무리야!』

나타난 것은 위협도 B의 마수, 와이트 킹이었다. 알레사에서 만난 언데드와 아주 비슷하게 비쩍 마른 시체형 사령이지만, 이쪽이 걸친 새빨간 로브는 보기에도 비싸다.

어떻게 접근했나 했더니 시공 마술을 소지하고 있었다. 전이로 접근해 어부지리를 노린 건가.

와이트 킹이라면 보통은 약한 저급 언데드를 무수하게 소환하는 마수. 하지만 프란과 울시를 공격한 와이트 킹이 이끄는 부하는 여섯 마리뿐이었다.

와이트 하이 위저드 네 마리와 와이트 임페리얼 가드 두 마리라는 위협도 C의 마수들이다.

하나하나가 아주 강력한 걸 보면 아무래도 양보다 질을 선택한 모양이다. 이런 타입의 와이트 킹도 있구나.

"전이의 기척을 감지하고 망을 세워놨는데…… 극상의 먹이다!"

"부오오오오!"

인비저블 데스도 아직 건재하다.

이대로 내버려 두면 순식간에 회복할 것이다.

"크으……."

"워후……."

마술로 상처를 막은 프란과 울시는 기력을 소모한 기색으로 일어섰다.

이대로 계속 싸워야 하나…….

"스승! 저거!"

『응?』

갑자기 프란이 날카로운 소리를 질렀다.

『아니, 이런 곳까지……. 우리를 쫓아온 건가?』

우리의 시선 끝에는 하늘에서 꿈틀거리며 접근하는 흰 연기의 모습이 있었다.

따돌렸다고 생각했던 그레이터 베놈 거스트다.

위협도 B 마수 세 마리가 사방을 둘러싼 상태.

위협도 B 마수를 혼자서 쓰러뜨릴 수 있는가. 그것이 랭크 A 모험가의 기준 중 하나다. 즉 아만다나 포룬드가 사력을 다해 일대일로 싸우는 상대가 세 마리라는 뜻이었다.

우리는 강해졌지만 아만다와 포룬드를 넘어섰다고는 도저히 말할 수 없다. 솔직히 상당한 위기였다.

『곤란한데……!』

싸움을 계속할까? 인비저블 데스는 아직 상당한 부상을 입은 상태이고, 거스트는 성가시지만 공격력은 낮다. 전혀 싸움이 안 될 건 또 없는 것 같은데…….

'스승, 연기의 마석은?'

『나는 감지할 수 없어! 프란과 울시는 어때?』

'틀렸어.'

'워웅……'

즉 마석은 어딘가에 숨긴 채 연기를 여기까지 늘렸다는 건가? 아니면 연기 안에 있는 마석이 감지당하지 않도록 은폐하고 있는 거야?

"그럼 저쪽 언데드의 마석은?"

『그것도 틀렸어!』

위협도 B의 마수쯤 되면 마석의 위치를 숨기는 방법을 가지는 모양이다. 와이트 킹이나 그 부하들에게서는 마석의 기척조차 감지할 수 없었다. 뭐, 술사 타입인 것 같으니 마력을 은폐하는 것도 식은 죽 먹기겠지.

"파이어 재블린!"

프란이 와이트를 향해 마술을 날렸지만, 닿기 직전에 불의 창이 크게 흔들리며 사라지고 말았다.

"소용없다! 맛있구나, 맛있어!"

마력을 흡수하는 능력이라도 있나 보다. 도발하듯이 히죽 웃고 있었다.

저 정도 마술을 순식간에 없앨 줄이야, 상당히 강한 흡수 능력이다.

이 상태라면 섣부른 견제는 와이트 킹에게 힘을 주기만 할 수도 있었다.

"아이시클 버스트!"

"""아이시클 버스트!"""

"큭!"

『생각할 틈도 없는 건가!』

와이트 일행이 다시 빙설 마술을 날렸다.

즉시 화염 마술로 막아서 무사했지만 느긋하게 고민하고 있을 틈은 없는 듯했다.

'스승! 위로!'

『그렇구나, 알았어.』

"응!"

나는 프란의 지시를 따라 전이로 단숨에 상승했다. 그 후 프란이 내 몸에 올라타 염동 에어 라이드로 더욱 고도를 높여갔다.

『어때?』

"연기는 쫓아와."

『그래도 와이트 일행은 안 오는구나!』

"큰 녀석의 공격도 피하기 쉬워."

인비저블 데스의 공격은 중거리가 가장 회피하기 쉬운 듯했다. 너무 가까우면 피할 여유가 없고, 너무 떨어지면 공격 시의 마력을 감지할 수 없다.

그리고 하늘을 나는 능력이 없는 와이트 일행의 마술도 이 거리에서는 정밀성을 잃는 모양이다. 닿기는 하지만 그 겨냥은 상당히 빗나갔다.

거스트는 쓰러뜨릴 수 없지만 잠시 무시해도 된다. 그리고 와이트 일행과 거스트는 상성이 나쁘다. 언데드는 마력을 흡수당하면 존재를 유지할 수 없게 되니까.

실제로 와이트 킹 일당은 흰 연기를 피하듯이 이동하고 있었다.

그렇다면, 거스트와 와이트가 서로 견제하는 사이에 인비저블 데스를 어떻게든 처리한다. 그렇게 해서 빠져나갈 수 있을지도 몰랐다.

"윙윙!"

『울시? 왜 그래?』

공격을 피하며 울시가 뭔가를 호소했다.

"카릉!"

"혹시 큰 녀석의 마석이 어디 있는지 알아냈어?"

"윙!"

『그렇구나!』

인비저블 데스의 몸속에 침입했을 때 마석의 위치 특정까지 한 모양이다. 아주 잘했어!

"스승, 큰 도마뱀은 꼭 여기서 해치울래."

『……알았어.』

나는 일단 물러나 재정비를 하는 게 낫다고 생각하지만 프란이 의욕을 보이면 함께할 것이다.

"검신화는 안 쓸 거야."

『왜?』

"여기서 검신화를 써도 임시방편밖에 안 돼. 그걸 안 쓰면서 이길래. 어떻게 해야 돼?"

프란 나름대로 연전을 벌이기 위해서는 힘의 소모를 억제해야 한다고 생각한 걸까.

『알았어. 이런 건 어때――.』

"그렇구나――."

나는 생각한 작전을 프란에게 설명했다. 상당히 어렵기는 하지만 프란도 마음에 들어 했다.

『할 수 있겠어?』

"해볼게!"

『좋아. 울시는 마석의 위치를 가르쳐줘. 우리는 거기로 공격을 시도할게.』

"응!"

"윙!"

우선 울시가 전속력으로 낙하하며 암흑 마술로 만든 창을 날렸다. 이건 대미지를 주는 게 아니라 나와 프란에게 마석의 위치를 알리기 위한 것이다. 그렇군, 중심보다 약간 꼬리 쪽. 수정이 가장 두꺼운 부분인가.

"크르르!"

울시는 그대로 와이트 킹 일당을 향해 달려갔다. 녀석들을 견제하며 마수들의 의식을 끌기 위해서다. 와이트 킹은 그림자 숨기를 쓰면서 돌아다니는 울시에게 완전히 주의가 쏠려 있었다.

인비저블 데스도 울시를 신경 쓰고 있는 듯했다. 몸속을 뜯어 먹힌 통증을 기억하고 있기 때문일 것이다.

"갈게."

『그래!』

그리고 나와 프란이 은밀하게 행동을 개시했다.

『우선 움직임을 멈출게!』

"응."

내 대지 마술이 인비저블 데스의 사지 아래 구멍을 뚫어서 각각의 다리가 지면에 파묻혔다. 나아가 지면으로 다리를 졸라 일시적으로 움직임을 취하지 못하게 하는 데 성공했다.

거북 같은 체형의 인비저블 데스는 다리 버팀이 좋지 않으면 움직이기 어렵기 때문이다.

저래 봬도 상당히 날래서, 우리의 작전을 실행하려면 반드시 움직임을 멈춰 둬야 했다.

"부오?"

"하아아아아압!"

혼란스러워하는 인비저블 데스에게 프란이 날린 칸나카무이가 쏟아졌다. 굵직한 번개 기둥이 인비저블 데스를 때려눕혔다.

내 칸나카무이보다 위력은 낮지만 겨냥한 대로 수정을 벗길 수 있었다. 프란이 술법을 담당한 것은 나를 다음 공격에 집중시키기 위해서다.

『잘했어, 프란!』

"응!"

우리의 진짜 목적은 상공에서 펼치는 염동 캐터펄트다. 하늘로 달려 올라간 프란이 눈 아래의 마수를 향해 힘껏 나를 던졌다.

나는 바람 마술과 화염 마술, 더 나아가 뇌명 마술, 마그네틱 머니플레이션을 동시에 사용했다.

이전부터 자력을 이용한 물체 가속은 쓰고 있었다. 왕도에서 파나틱스에게 결정타를 날릴 때도 같이 사용했다. 다만 거기에는 화염 마술이나 바람 마술의 가속에 비하면 아주 작은 위력밖에 없었다. 가속 때 잠시 튕기는 듯한 사용법을 썼기 때문이다.

그러나 나는 이 싸움에서 인비저블 데스에게 다양한 힌트를 얻었다.

염동으로 만든 긴 포신에 인비저블 데스를 흉내 내 코일 모양으로 마그네틱 머니플레이션을 두르는 방법을 써본 것이다.

덕분에 포신을 빠져나갈 때까지 연속으로 가속이 가능해져서 더 빠른 속도를 얻는 데 성공했다. 뭐, 제어가 몇 단계 어려워지고 마력의 소모는 두 배 이상이 됐지만 말이다.

『으랴아아아아아압!』

프란에게 비늘이 파괴된 인비저블 데스의 등딱지에 내 도신이 깊이 박혔다. 그러나 관통은 하지 못했다. 그만한 가속을 얻었는 데도 안 된 건가.

역시 위협도 B의 마수. 여간내기가 아니다.

"부오오오오오오오오!"

『프란!』

"응!"

하지만 이건 예상했다. 오히려 이제부터가 작전의 요점이다.

나를 배제하기 위해 빛 마술을 쏘려 하는 인비저블 데스보다 먼저, 프란이 고공에서 전속력으로 내려왔다.

섬화신뢰를 두르고 쓸 수 있는 마술도 모두 이용한 데다 낙하 속도도 살린 진정한 전속력이었다.

마치 프란 자신이 검은 번개로 변한 듯한 속도.

프란이 향하는 그 앞에는 내가 있었다. 정확히는 형태 변형으로 자루 부분을 쟁반 같은 형태로 변형시킨 나다.

『와! 프란!』

"하아아아압!"

흑뢰를 길게 뻗치며 허공을 달려 내려온 프란이 그 기세를 전혀 죽이지 않고 내 자루에 착지하는 듯한 형태로 발차기를 날렸다.

"부오오오오오오오오오오오오!"

원래 인비저블 데스의 몸에 박혀 있던 내가 프란의 슈퍼 이이즈마 킥(애니메이션 《톱을 노려라》에 등장하는 기술 '슈퍼 이나즈마 킥'을 말한다)에 의해 그 몸속으로 더 밀려 들어갔다.

"부오오오오!"

"크으으으으!"

프란의 다리뼈가 분쇄되는 소리와 거대 짐승의 등딱지가 부서지는 소리. 그리고 내 자루와 도신이 부서지는 소리가 어우러져 귀에 거슬리는 불협화음을 연주했다.

그 강렬한 발차기로 인해 내 내구도도 단숨에 줄어들었지만 지금이 기회다. 나는 형태 변형을 발동해 도신을 더욱 늘렸다.

인비저블 데스의 살을 도려내며 도신이 더 안쪽으로 들어갔다.

"부오오오오오오!"

마수의 단말마와 함께 마석을 부수는 감촉이 똑똑히 느껴졌다.

하지만 내게 기뻐하고 있을 여유는 없었다.

"크으……!"

나를 걷어찰 때 생긴 커다란 충격으로 프란의 다리가 엉뚱한 쪽으로 부러졌기 때문이다. 아무래도 다리뿐만 아니라 허리와 등뼈에도 이상이 일어난 모양이다. 나 자신의 내구도도 위험 영역에 도달해 있었다.

『하지만 우리의 승리야……!』

"응……!"

"부…… 오…….."

유례없는 만족감. 칼끝에서 흘러들어오는 마력의 양은 과거에 느낀 적 없는 수준이었다. 이전에 쓰러뜨린 악마를 넘어섰다. 같은 위협도 B의 마수라도 이쪽이 위일 것이다.

프란과 울시의 레벨도 오른 듯했다. 다만 지금 확인하고 있을 여유는 없었다.

나는 즉시 인비저블 데스의 사체를 수납하고 그대로 프란에게 돌아갔다.

『일단 도망치자!』

"응……."

"윙!"

프란에게 회복 마술을 걸며 이 자리에서 이탈을 시도했다.

일단 하늘로 도망간 우리는 와이트 킹에게서 오는 압력이 약해지는 것을 느꼈다. 역시 하늘을 향해 효과적인 공격은 하기 어려운 모양이다.

"스승. 이대로, 더 위로……."

『알았어! 알았으니까 아직 말하지 마! 아직도 회복이 안 될 만큼 큰 부상이잖아!』

"윙!"

우리는 프란의 지시대로 고도를 더 높였다. 이미 100미터 이상은 올라왔을 것이다.

『이제 거스트를 뿌리치면——오?』

"도망쳐?"

겨우 모두 회복한 프란이 뒤를 돌아보고 고개를 갸웃거렸다.

"윙!"

무시무시한 속도로 우리를 따라오던 그레이터 베놈 거스트가 어느 곳에서 갑자기 그 움직임을 멈췄다.

아무래도 녀석의 한계 거리에 도달한 모양이다. 마석을 어딘가에 숨겼으니 이 정도까지가 떨어질 수 있는 한계인 건가.

『처음부터 하늘로 갈 걸 그랬어.』

"응."

"워후."

139

이대로 좀 더 고도를 올려 중앙으로 향할까. 그런 이야기를 한창 나누던 중이었다.

"어?"

『이, 이건……! 위험해!』

우리는 갑자기 균형을 잃을 뻔했다.

나는 부력을 잃은 종이비행기처럼 급격하게 고도가 내려가기 시작했고 프란은 몸이 흔들리고 있었다.

울시는 더 위험한 상태였다. 공중 도약을 발동시키려고 몇 번이고 다리를 움직였지만 하늘을 밟을 수 없어서 단숨에 낙하했다.

잠시 다리를 버둥거리다 그대로 떨어져 가는 모습은 개그 애니메이션의 한 장면 같기도 했다. 다만 이쪽은 개그가 아니어서 아주 위험하지만 말이다.

프란이 공중 도약으로 뒤쫓으려 했지만 역시 발동하지 않았다.

"응?"

『잠깐, 프란!』

횡, 하는 소리가 들릴 듯한 기세로 낙하하는 울시와 프란.

나는 황급히 전이를 발동시키려고 했지만 되지 않았다.

마치 고갈의 숲에 있는 듯한 감각이었다. 아니, 실제로 고갈의 숲과 같은 현상이 덮친 거겠지.

『거스트가 도망친 건 거리나 고도 문제가 아니라 이것 때문이었구나!』

아마 상공으로 가면 갈수록 마력 흡수 현상이 덮칠 것이다.

그 추측을 뒷받침하듯이 어느 정도 고도가 내려가자 다시 염동을 발동시킬 수 있었다.

프란과 울시도 다시 공중 도약을 써서 균형을 잡았다.

이전에 이 평원에 있을 때는 눈에 띄는 것을 우려해 그다지 높이 올라가지는 않았기에, 설마 하늘에서도 마력 흡수 현상이 일어날 줄은 몰랐다.

『프란, 괜찮아?』

"응! 하지만 연기가 왔어!"

"크릉!"

우리가 떨어지는 걸 예측하고 기다리고 있던 건가? 아니면 그냥 끈질긴 거? 아무튼 다시 흰 연기가 우리를 둘러싸려 하고 있었다.

『다시 한번 상승하자!』

"어? 하지만……."

『아슬아슬한 지점을 확인하는 거야!』

하늘로 도망치는 작전은 나쁘지 않았다. 아이디어는 고갈의 숲을 퇴각 장소로 삼는 전법과 동일하다. 거스트가 쫓아오지 못하고 우리가 아슬아슬하게 마력을 쓸 수 있는 고도를 확인한다.

『어렵지만 그것밖에 없어!』

"알았어."

"윙!"

우리는 흰 연기에서 도망치듯이 다시 고도를 올렸다. 실제로 완전히 똑같은 고도를 줄곧 유지하기란 상당히 어렵다. 공중에는 표식이 전혀 없으니 말이다. 수평으로 날 생각이라 해도 실은 조금씩 고도가 변화하는 것이다.

몇 번인가 낙하를 경험하면서도 우리는 아슬아슬한 고도를 알아냈다. 거스트가 올라올 수 없고 우리는 기력을 상당히 소모하지만 어떻게든 떨어지지 않는 높이다.

전이로 거리를 벌리지는 않았다. 아니, 처음에는 하려고 했지만 단거리 전이가 아니면 출현 지점이 꽤나 어긋났다. 원래 중거리 이상의 전이는 제어가 어려운 데다 마력 흡수 현상 때문인지 정밀도가 상당히 떨어졌기 때문이다.

전이 직후에 스킬 등을 전혀 쓸 수 없는 상태로 위아래가 뒤집혔을 때는 프란조차 상당히 초조해했을 정도다. 더 큰 사고가 생길 뻔했다.

단거리 전이는 제어는 괜찮아도 이곳에서는 피로가 엄청나니 얌전히 공중 도약으로 나아가는 편이 무난할 것이다.

처음에는 거스트도 우리 아래를 집요하게 쫓아왔지만 5분이 지나자 추적을 포기했다.

어쩌면 구역 때문에 쫓아올 수 없는 것일지도 모른다. 중앙 구역에 접근했으니까. 어쨌든 성가신 마수를 뿌리친 건 다행이었다.

그리고 이 아슬아슬한 고도 작전은 도중에 마주친 마수들도 피해 도망칠 수 있어서 상당히 유익했다. 조류형 잔챙이 마수와 몇 번이나 마주쳤지만 위협하니 바로 도망쳤다.

이동 중에 나는 인비저블 데스에게서 입수한 스킬을 확인했다.

빛 마술이나 뇌명 마술, 비늘 재생과 돌진 등은 이미 가지고 있었지만 재미있는 스킬을 네 개나 얻었다. 하나는 정말 재미있어 보이기만 할뿐 도움은 될 것 같지 않았지만.

하나가 '마력 교란'. 아마 수정 비늘의 마력을 흩뜨리는 능력이 이 스킬일 것이다. 장비해보니 확실히 주변의 마력이 흩어지는 것을 느꼈다.

다만 문제도 있었다. 마력 강탈 등 내가 쓰는 스킬에도 간섭이 일어난 것이다. 게다가 내가 프란에게 마술을 걸려고 할 때 나쁜 영향이 생길지도 모른다. 상시 장비는 하지 않는 편이 나을 것 같다.

두 번째가 '사격 보정'이라는 스킬. 이건 원거리 공격의 명중률 등을 상승시키는 스킬이었다. 염동 캐터펄트나 마술의 명중률이 확실히 올라가지 않을까.

패시브 스킬인데 장비해보니 확실히 달랐다. 시야가 갑자기 좋아진 건 아니나 명백하게 먼 표적에 대한 감도가 올라갔다. 가볍게 겨냥을 해보니 표적이 선명하게 보이는 느낌에 명중시킬 수 있다는 자신감이 샘솟았다.

『이 스킬은 재미있네.』

세 번째 스킬이 '빛 교란막'. 반원형 필드를 생성해 그 표면에 닿은 빛을 반사시키는 모양이다. 다만 출력이 낮고, 적의 빛 마술을 반사하는 사용법은 불가능한 모양이었다. 어디까지나 자연광이나 약한 빛에 대한 스킬이다.

광학 미채는 이 스킬을 응용했던 것 같지만 내가 흉내 내기는 어렵다. 아니, 불가능에 가깝다. 왜냐하면 빛을 반사하는 양이나 각도를 전부 세세하게 계산해야 하기 때문이다. 적당히 반사시키기만 해도 어느 정도 효과는 있는 듯하지만, 인비저블 데스와 같은 수준의 완벽한 광학 미채는 따라 할 수 없을 것 같았다.

그 점을 야생의 본능으로 보완할 수 있는 건 고위 마수이기 때문이겠지. 다만 나도 응용은 할 수 있을 법하다.

마지막 스킬은 수정 변형 스킬이다. 그 이름대로 수정의 형태 등을 임의로 변형시키는 스킬이었다.

아마 인비저블 데스는 자신의 비늘을 이 스킬로 변형시켜 탄환으로 만들거나 이쪽의 공격에 맞춰 일부러 무르게 변형시켜 마력 방출로 튕겨내며 리액티브 아머처럼 사용했을 것이다. 재미있지만 나는 사용할 방법이 없는 스킬이기도 했다.

지금 생각하면 거대한 전자포에 광학 병기. 리액티브 아머에 레이더 재머에 광학 미채까지. 마수라기보다 조○드(동물이나 환수를 모티브로 디자인된 거대 로봇 프라모델 조이드를 말한다) 같은 상대였군.

스킬 말고도 여러모로 공부도 됐다.

특히 염동 캐터펄트의 위력 상승은 큰 수확이다. 뭐, 어디서나 쓸 수 있는 건 아니겠지만 말이다.

위력이 올라가서 제어가 더 어려워졌기 때문이다. 발사되는 나 자신을 날뛰지 않도록 안정시키는 데만 해도 엄청난 위력의 염동이 필요해졌다. 이거 염동 캐터펄트 때 쓰는 스킬을 좀 더 세심하게 고를 필요가 있을지도 모른다.

염동을 자세 제어 등에 쓰면 중요한 사출 속도가 떨어진다. 그걸 마술이나 스킬로 보충하려 하면 괜히 제어에 쓰는 힘이 늘어나고 소모도 늘어난다. 최악의 경우 지금까지 쓰던 것의 몇 배나 힘을 소모하는데 위력은 10퍼센트도 늘어나지 않는 경우가 생길지도 몰랐다.

그런 생각을 하는 동안에 목적지가 보이기 시작했다. 생각을 중단하고 무심코 소리를 지르고 말았다. 그만큼 반가웠기 때문이다.

『프란! 보이기 시작했어!』

"저기야?"

『응, 저 유적 같은 장소가, 내가 시작한 장소야!』

제3장 다시 찾은 대좌

광대한 평원의 중앙에 쇠퇴한 유적이 덩그러니 존재하고 있었다.

오랫동안 비바람에 노출되어 더럽고 변색된 석조 건물. 이끼가 끼고 푸른 풀에 둘러싸인 포석. 상공에서 보니 지어진 목적도 알 수 없는 건축물이 같은 간격으로 원형 광장을 둘러싸듯이 배치되어 있는 것을 알 수 있었다.

"저게 스승이 말한 대좌야?"

『아니, 그렇기는 하지만 다르다고 해야 하나…….』

"무슨 소리야?"

『여기가 목적지인 건 맞는데 중요한 대좌가 없어.』

그렇다. 내가 눈을 떴을 때 꽂혀 있던 대좌. 그게 흔적도 없이 사라졌다.

프란은 유적 전체를 가리키고 "대좌야?"라고 물었지만 중심에 있었을, 내가 대좌라고 불렀던 것이 어째선지 존재하지 않았다.

그 자취는 광장 중앙에 있는 풀이 거의 자라지 않은 정사각형 공간일 것이다. 위에서 보면 다른 곳과의 차이가 일목요연했다.

명백하게 얼마 전까지 뭔가가 놓여 있었고 그것이 치워졌다는 뜻이다.

대좌가 사라지고 몇 개월은 지났는지, 풀이 희미하게 그 자리를 침식하기 시작했다.

『내, 내려가 보자.』

"응."

"웡!"

전에 대좌가 있었던 빈터에 내려가 봤다. 프란이 포석을 톡톡 두드리고 울시가 지면의 냄새를 쿵쿵 맡았지만 이상은 없었다.

『역시 없네…….』

"정말 있었어?"

『물론이지. 이것만큼은 절대 안 잊어버려.』

그런 대화를 나누고 있는데──내 주위가 한순간에 하얗게 물들었다.

프란도 울시도 모습을 감췄다. 그저 하얀 공간이 나를 둘러싸고 있었다. 하지만 이제 놀라지 않는다. 전에 왔던 그 장소니까.

『왔나.』

『그래, 왔어.』

목소리만 들리지만 틀림없다. 매번 본 남자다.

『다만 대좌가 없는데, 어떻게 된 거야?』

『그것 역시 신기 같은 물건이거든. 역할을 다해서 모습을 감췄어. 뭐, 이번에 필요해졌지만. 프란과 울시를 좀 물려줘. 지금 대좌를 출현시키지.』

『아, 알았어.』

신기? 역시 단순한 대좌가 아니었던 건가.

남자의 말에 묘한 납득을 하고 있는데 주위 경치가 원래대로 돌아왔다.

내게 일어난 일을 이해하지 못하는 프란과 울시에게 빈터에서 물러나라고 전했다.

"? 알았어."

"윙."

프란과 울시가 몇 걸음 걸어 이동하자 반투명하게 실체가 없는 대좌의 모습이 그 자리에 떠올랐다. 묘하게 노이즈가 퍼지는 그 환영은 마치 SF 영화에 등장하는 홀로그램 영상 같았다.

환영 같은 대좌에 강한 마력이 퍼지나 싶더니, 이내 그 실체가 자리에 나타났다.

전이라기보다 대지에서 솟아난 듯한 신기한 마력 흐름이었다. 다만 나타난 물건은 확실히 낯익은 대좌였다.

『오오…… 틀림없어. 대좌야. 내 대좌야.』

아직 몇 달 전 일인데 묘하게 그리웠다.

"이게 스승의…… 집이야?"

『아니, 집이라는 느낌은 없는데……. 뭐, 침대 겸 방 같은 느낌이려나?』

"다음에는 어떻게 할 거야?"

프란의 질문에 대답한 것은 내가 아니었다. 차분한 목소리가 뒤에서 들렸다.

"그 검을──스승을 대좌에 꽂아. 프란 아가씨."

"누구야?"

돌아본 프란의 앞에는 반투명한 유령 같은 존재가 서 있었다.

올백 은발에 기모노 같은 옷을 입은 멋쟁이 남자. 프란은 처음 보지만 내게는 낯익은 남자다.

"바로 밝히지. 다만 그 전에 스승을 꽂아."

"……."

프란은 자신의 이름을 부른 의문의 남자를 수상쩍은 표정으로 바라보고 있었다. 무척 수상해 보일 만도 하다. 그런 프란에게 남자가 부드럽게 말했다.

"아가씨는 나를 모르겠지만 나는 잘 알고 있어. 스승의 안에서 줄곧 지켜봤으니까."

"스승의 안?"

『응, 진짜야.』

허언의 이치를 쓰지는 않았지만 거짓말을 하지 않는다는 것을 이해할 수 있었다. 믿을 수 있다의 수준이 아니라 자신의 말이 거짓말인지 진짜인지 고민할 필요가 없는 것과 같다. 남자의 말의 진위를 의심할 필요를 느끼지 못한 것이다.

뭐지? 나와 남자 사이에 있는 신기한 연결이 의식됐다. 유대나 인연 같은 불확실한 것이 아니라 더 직접적인 연결이다. 접속했다고 말하면 좋을까?

마력적인 연결을 직접적이라고 불러도 좋을지 알 수 없지만 거기에 가까울 것이다.

『프란, 괜찮아. 나를 대좌에 꽂아줘.』

"⋯⋯알았어."

내게 부탁을 받은 프란이 대좌로 다가갔다.

『좀 높나?』

"괜찮아."

그 말대로 프란은 손쉽게 나를 거꾸로 쥐고 힘차게 대좌에 꽂았다. 그 순간 뭔가 따뜻한──아니, 뜨거운 것이 내 도신을 감쌌다. 하지만 불쾌한 느낌은 들지 않았다.

뜨겁다 해도 도신이 녹는 듯한 공격적인 열기가 아니었으니까.

뜨끈한 욕탕에 온몸을 담근 듯한 느낌이다.

어딘가 아리스테아에게 수복받았을 때와 비슷한 느낌이 있었다.

"스승, 괜찮아?"

『응, 오히려 좋은 기분이야~.』

"그래?"

내 목소리를 듣고 정말 문제가 없다고 판단했는지 프란이 안심한 기색으로 중얼거렸다. 내게는 그리워도 프란에게는 미지의 장소다. 역시 걱정되는 모양이다.

"그럼 이것으로 준비는 끝났군."

남자가 그렇게 말하고 대좌로 걸어왔다.

"준비?"

"그래, 스승의 봉인을 재강화하는 준비야."

『나의 재봉인?』

"괜찮아. 오늘은 분명하게 설명할 거야. 뭐, 내가 허락받은 범위에서 말이지. 이 대좌에 꽂힘으로써 스승의 상태도 안정됐어. 기억도 문제없을 거야."

남자가 한 말의 뜻을 이해할 수 없어서 나와 프란이 동시에 되물었다.

『기억?』

"기억?"

"그래. 어설프게 이야기하자면 스승의 기억의 봉인이 풀릴지도 몰라."

"그럼 안 돼?"

"그건 스승에게 최악이야. 뭐, 그것도 설명해주지. 대좌에 꽂혀 있는 동안에는 기억의 문도 안정될 테니까."

역시 내 기억은 누군가에게 의도적으로 봉인되어 있는 모양이다.

남자의 말투로는 악의가 없는 것 같은데…….

"우선 내 얘기를 들어줘."

"알았어."

『부탁해.』

남자가 손가락을 가볍게 튕기자 지면이 솟아올라 다리 네 개를 가진 간소한 의자가 생성됐다. 다만 그건 남자의 능력이 아니라 내 대지 마술을 내 마력을 써서 발동한 것이다. 아니, 내가 아니라 우리라고 해야 할지도 모른다.

내 힘이기도 하고 남자의 힘이기도 한 것이다.

"잠시 동안 이곳에 접근할 마수도 없으니 좀 길어질 거야. 앉는 게 어때?"

"응."

"울시는 옆에 앉아줘."

"웡."

울시가 빌려온 고양이처럼 얌전하다. 아무래도 남자가 위라고 이해한 듯했다. 아니면 나와 연결되어 있어서 울시에게 주인으로 인식되고 있든가.

"그럼 우선 자기소개부터 하지."

"응."

드디어인가.

두근거리면서 남자의 얼굴을 응시했다. 단정한 얼굴이로군. 용감한 외모의 와일드한 미남이다. 아니, 무슨 시시한 생각을 하는 거야! 하, 이게 혹시 흔들다리 효과? 긴장해서 두근거리는 걸 설렘이라고 착각해서……?

'스승?'

이런! 지나치게 긴장해서 허둥댔어! 얘기를 제대로 들어야지!

"내 이름은 펜리르. 전 신수이자 사신을 먹고 정신이 나간 사수(邪獸). 그리고 스승의 안에 영혼이 봉인된 세입자야."

"!"

『!』

남자의 자기소개를 듣고 프란은 눈을 동그랗게 떴다.

아니, 나 역시 같은 마음이다. 가능성이 있을지도 모른다고는 생각했어도 본인에게 들으니 역시 놀라웠다. 소리를 지르지 않은 게 신기할 정도다.

"펜리르? 위협도 S 마수?"

"그래. 그 펜리르야."

『역시 그랬나……』

"스승은 이미 확신했던 것 같지만. 본래라면 좀 더 빨리 밝힐 예정이었지만 조금 늦어졌어."

"어째서?"

"거기에 대해서도 지금 얘기하지. 뭐, 우선 나에 대해 좀 더 얘기해볼까."

그의 이름은 펜리르. 사람의 모습은 우리와 의사소통을 나누기 위해 생성한 가짜 모습이고 본래는 몸길이 100미터를 가뿐히 넘는 거대한 늑대라고 한다.

정확한 크기를 들은 건 아니고, 인비저블 데스 정도는 한입에 죽일 수 있다고 호언장담했기에 그 정도 크기일 거라 상상한 것이다.

"옛날에는 신수라고 불린 적도 있어."

『신수라는 건 신과 뭔가 연결이 있다는 뜻이야? 아니면 그냥 그렇게 이름이 붙은 거야?』

"자칭 신수는 너무 없어 보이잖아?"

펜리르가 쓴웃음을 지었다

『그럼.』

"아아, 그래. 내 주인은 십대 신 중 하나인 은월의 여신님이야."

『그렇군.』

펜리르의 말로 나는 포룬드와 나눴던 대화를 떠올렸다.

포룬드가 소지하고 있던 '검신의 총애'라는 엑스트라 스킬은 접촉한 마검을 분석해 복사본을 생성하는 게 가능한 스킬이다. 그는 그 능력으로 나를 분석한 결과 이상한 광경이 보였다고 했다.

나로 보이는 남자가 신의 권속으로 짐작되는 여성들과 대화를 나누고 있는 광경.

그 신의 권속 중 한 명이 은월의 여신의 문장을 몸에 지니고 있었다고 한다. 그건 역시 내 전생에 관한 영상이었군.

"내가 신에게 받은 사명은 사신의 파편을 먹고 그 힘을 정화하는 것. 그걸 위해 나는 먹은 상대의 힘을 거두어들여 내 것으로 삼는 능력을 받고 태어났어."

그건 내가 가진 마석을 흡수해 힘을 얻는 능력의 근원일 것이다.

게다가 지금 이야기를 들은 바로는 신 본인이 만든 것 같은데?

『신의 직속 권속이라는 뜻이야?』

"그 말대로야. 그렇지 않으면 신수라는 이름은 못 갖지. 신에게 명령을 받아 지상에 내려온 나는 첫날 사신의 파편을 쓰러뜨리고 먹는 데 성공했어."

『그렇게 바로 사신의 파편과 마주친 거야?』

아니면 옛날에는 여기저기에 사신의 파편이 돌아다니고 있었던 걸까?

하지만 그렇지는 않은 모양이다.

"힘을 원한 멍청이가 봉인을 풀었어. 원래는 그 사신의 파편을 쓰러뜨리기 위해 내가 태어난 거야."

그 후 펜리르는 비교적 힘이 약한 사신의 파편의 봉인을 발견해 쓰러뜨려서 먹어갔다고 한다. 처음에 쓰러뜨린 파편도 합치면 그 수는 넷.

그야말로 사신을 먹어치우는 신수의 이명에 어울리는 활약이다.

사람들은 펜리르를 신의 대변인, 신수, 신의 사자로 숭배했다. 그야말로 신에게도 뒤지지 않는 대접이었다고 한다.

그러나 사람들의 신앙도 그리 길게 이어지지는 않았다. 펜리르 자신이 날뛰어 사람들을 공격하기 시작했기 때문이다.

"사신의 망집이 주신들의 상상 이상이었던 거겠지. 나는 거두어들인 사기를 정화시키지 못하고 반대로 침식당하고 말았어."

최초에 찾은 사신의 파편을 거두어들였을 때는 영향이 전혀 없는 것 같았다고 한다.

"하지만 지금 생각하면 처음부터 희미하게 영향이 있었을 거야. 스스로도 알아차리지 못하는 동안에 파괴 욕구나 식욕이 늘어났어. 그리고 나는 그 욕망에 넘어가 자신의 정화 속도를 웃도는 하이 페이스로 사신의 파편을 사냥하고 말았지."

최종적으로 펜리르는 자신에게 동화한 사신의 영혼이 일으키는 '모든 것을 파괴하라'라는 유혹에 저항하지 못하고 폭주를 시작했다고 한다.

봉인이 풀린 사신의 파편보다 더 심한 피해가 일어나서 질버드 대륙은 파멸의 위기에 빠졌다. 실제로 국가가 몇 개나 멸망하고 수천만 명의 생활에 영향이 생겼다고 한다.

아니, 펜리르가 정말 폭주했다면 더 큰 피해가 생겼겠지. 그러나 펜리르는 완전히 이성을 잃지 않았다.

"폭주와 몸부림을 반복하는 느낌이었어. 그래……. 이전에 싸웠던 부유도의 리치를 기억하나? 그 존재와 비슷할지도 몰라."

주 인격과 리치의 인격이 몸의 주도권을 놓고 다퉈서 한쪽이 일어나 있는 동안에는 다른 한쪽이 자고 있는 상태였던가?

그렇군, 펜리르 본래의 인격과 사신에게 침식된 폭주 인격이 교대로 겉으로 나온 느낌인 건가.

"차츰 몸의 지배권을 빼앗겨가는 동안 나는 마지막 힘을 쥐어짜 이 평원으로 왔어. 뭐, 당시에 고갈의 숲은 없었지만."

"그래?"

"그래, 나중에 신들이 만든 거야. 내게서 분리되어 봉인된 사신의 파편이 평원에서 밖으로 나가지 못하도록."

『뭐? 즉 이 평원에는…….』

"사신의 파편이 봉인되어 있지. 그것도 파편 네 개가 융합돼 특별히 강한 사신의 파편이⋯⋯."

나뿐만이 아니라 프란도 울시도 무심코 지면을 응시했다. 그만큼 충격이었다. 그러나 남자는 그 행위를 비웃지 않았다.

"마음은 이해하지만 괜찮아. 아직까지 봉인이 느슨해지는 사태에는 이르지 않았어."

『진짜야?』

"그래."

다행이다. 왠지 내 안의 봉인이 어떻다고 해서 이쪽은 괜찮은지 불안해졌다.

사신의 봉인이 풀릴 것 같아! 어떻게든 해! 같은 상황은 아닌 듯했다.

『그건 그렇고 사신을 분리해 봉인했다고 했지? 그건 어떻게 한 거야?』

"좋은 질문이야. 사신의 파편의 봉인은 신들밖에 할 수 없을 거야."

"그럼 신이 어떻게 한 거야?"

"그래."

이 땅에 도착한 펜리르였지만 그건 특별히 목적이 있어서 한 짓이 아니었다고 한다. 단순히 사람이나 동물이 적은 장소를 찾다 이 땅을 발견한 것일 뿐이었다.

"신수는 자살할 수 없어. 신의 분신이자 세계의 운행 시스템의 일부에 편입되어 있으니까."

그래서 적어도 세계에 폐를 끼치지 않는 장소를 찾은 거겠지.

"신들로서도 내 안에서 사신의 파편을 빼내 봉인하기는 어려웠다고 해. 그런데 거기에 한 인간이 나타났어."

『인간?』

신들에게도 어려운 문제잖아? 거기에 인간 한 사람이 있다고 해서 무엇을 할 수 있다는 거지?

하지만 펜리르가 말한 이름을 듣고 납득했다.

"그래. 신급 대장장이인 에르메라. 신검 케루빔을 만들었지만 신들이 너무 위험하다고 판단해서 폐기할 장소를 찾아 방랑하고 있던 여자였지."

신급 대장장이라면 얼마쯤은 도움을 줄 수 있어도 이상하지 않을 것이다.

그리고 그 뒷부분 역시 흘려들을 수 없었다.

『신급 대장장이 에르메라. 케루빔의 제작자…….』

즉 내 검 부분을 만든 사람이다.

나는 자신을 검이라고 인식하고 있다. 이상한 일이지만 원래 사람이 아니라 검이라는 생각이 강했다.

이 세계에 왔을 때는 원래 인간이었다는 의식이 강했을 것이다. 다만 검으로 생활하는 동안 검인 데에 익숙해졌을지도 모른다.

그래서 에르메라는 내게 창조자라는 이미지가 강했다.

부모라고 할 정도는 아니지만 거기에 가까운 존재로 느끼고 있다.

"에르메라."

"그래."

그러나 펜리르는 다시 놀라운 말을 입에 담았다.

"뭐, 처음에는 죽일 듯이 싸웠지만."

『뭐어? 죽일 듯이?』

"싸웠어?"

"그래. 에르메라는 내가 있다는 소문을 듣고 평원에 찾아왔어."

처음부터 펜리르를 목표로 찾아왔다는 건가.

"어차피 케루빔을 폐기해야 한다면 신검의 모든 힘을 폭주시켜 펜리르, 즉 나를 쓰러뜨리려고 했던 모양이야."

『그런가. 어째서 협력하게 된 거지?』

"나 자신은 멋대로 반격 행동을 하려 하는 몸을 어떻게든 억누르면서 에르메라에게 쓰러지는 걸 각오하고 있었지만……. 은월의 여신님이 다른 신들에게 부탁해 나를 구하려고 해주셨다."

은월의 여신을 중심으로 한 신들이 에르메라를 불러 펜리르를 살려줄 것을 요청했다고 한다. 그리고 에르메라도 그것을 받아들였다.

"신들의 부탁이기도 했지만 조금이라도 케루빔이 남는 건 에르메라에게도 기뻤던 것 같더군."

아리스테아와 같은 신급 대장장이니까. 신검을 되도록 파괴하고 싶지 않았겠지.

펜리르를 구하기 위해서는 펜리르의 영혼과 사신의 영혼을 분리할 필요가 있었다.

그래서 신들은 이미 사신의 파편과 융합한 펜리르의 육체에 사신의 영혼을 남기는 형태로 펜리르의 정상적인 영혼만을 분리하는 방법을 생각했다고 한다.

"문제였던 게 내 영혼을 보관하는 장소야. 영혼의 일부를 분리하면 힘을 엄청나게 소모하거든."

아무런 그릇도 없이 펜리르의 영혼을 방치하면 순식간에 소멸할 것이다. 그 그릇으로 선택된 것이 신검 케루빔이었다.

"내 몸은 사신과 함께 이 평원 깊숙이 봉인되고 영혼은 폐기 신검의 안에 잠들었어."

그에 따라 사수(邪獸) 펜리르는 소멸하고 질버드 대륙은 구원받았다.

『하지만 그걸로 끝이 아니잖아?』

"알겠나?"

『그야 그렇지. 지금 얘기에는 내가 안 나와. 뒷이야기가 있을 거야.』

모든 것이 원만하게 해결됐으면 내가 전생할 일도 없었을 것이다. 지금이라면 내 전생이 단순히 우연이 아니라고 확신할 수 있으니 말이다.

"그 말대로야. 다만 내 원래 몸은 이로써 잘 끝났어. 신이 봉인하고 결계까지 만들었거든."

"결계?"

『혹시 고갈의 숲이야?』

"하늘도. 그것들은 사신이 만에 하나 부활했을 때의 방파제이기도 해. 또한 주변의 마력을 흡수해 이 유적 아래에 잠든 사신에게 정화의 술법을 계속 걸면서 조금씩 약체화시키고 있지."

마랑의 평원에 마수의 분포가 편중된 것도 실은 그 결계의 작용에 따른 것이라고 한다. 고갈의 숲으로 인해 마랑의 평원은 마력이 고이기 쉽고 마수가 태어나기 쉬운 땅이다. 그래서 신들은 마수의 마석에서도 힘을 흡수해 정화의 술법에 이용하고 있다고 한다.

마수는 번식으로도 늘어나지만 마력이 뭉쳐 탄생하는 경우도 있다. 마력 웅덩이에서 처음에 마석이 생겨나고, 그 마석이 마력을 둘러 마수가 된다.

따라서 마력 웅덩이에서 막 생성된 마석으로부터 힘을 흡수하는 신의 결계는, 탄생하는 마수 자체를 약하게 하는 것이다.

결계의 힘이 유적에 가까워지면 가까워질수록 약해져서 중심으로 갈수록 마수가 약해진다.

태어난 마수들도 자신의 힘을 흡수하는 유적을 혐오해서 중심에는 다가가지 않는다나. 다가오는 건 결계의 효과가 거의 미치지 않는 잔챙이 마수뿐이다.

"울시는 괜찮아?"

"그건 괜찮아. 고갈의 숲은 무차별적으로 마력을 흡수하지만 평원의 결계는 상대를 고르거든."

내 마력은 등록되어 있고 내 종마인 울시도 결계의 영향은 받지 않는다고 한다. 역시 신의 결계. 편리하군.

"결계로 모인 마력으로 인해 내 육체에 기생한 사신의 파편은 나날이 정화되고 있으니 그쪽은 문제없어. 문제가 있는 건 내 영혼 쪽이야."

"무슨 일 있었어?"

"뭐, 간단히 말하자면 내 영혼에서 사신을 완벽하게 벗겨내지 못했다는 거야."

신들은 케루빔의 안에 펜리르의 영혼을 봉인, 보관하며 몇천 년, 몇만 년에 걸쳐 서서히 사신의 힘을 벗겨내 정화할 생각이었다고 한다.

그러나 사신의 침식이 생각 외로 깊어서 정화되기는커녕 시간이 지나면 지날수록 펜리르의 영혼을 침식해갔다.

『이봐, 그건 위험한 거 아냐?』

"그래. 실제로 나도 위험한 상태였어. 신검이란 사신의 파편에 저항하기 위한 존재. 그래서 그 안에 봉인되어 있는 동안에는 보호를 받을 터였는데……. 그 이상으로 사신의 힘이 강했어. 뭐, 네 개의 파편이 합쳐진 존재였던 게 화근이겠지."

그렇기에 앉아서 기다릴 수 없게 되었다. 거기서 신들이 주목한 것은 펜리르가 가진, 먹은 상대의 힘을 거두어들이는 능력이었다. 그 힘을 쓰면 강한 마수 등을 먹어 영혼을 회복시키는 것도 가능할 것이다.

다만 영혼 상태인 펜리르가 자력으로 사냥감을 찾을 수는 없고, 그래서 검과 펜리르의 영혼을 융합시키는 것이 계획됐다. 벤상대의 힘을 흡수하고 펜리르의 영혼을 회복시키기 위해서다.

『신의 힘으로 펜리르를 회복시키면 안 됐던 거야?』

"신의 권속인 나도 신들에 대해 전부 이해하는 건 아니지만……. 신에게도 규칙이 있어서 지상에 모든 간섭이 허용되는 건 아닌 모양이야."

신도 자신들이 정한 규칙 속에서 힘을 행사하고 있다는 뜻인가. 그렇지 않으면 신의 변덕으로 세계가 엉망이 될 테니 말이다.

"그리고 몇몇 신이 힘을 모아 지금의 스승의 기초를 만들었어. 벤 마석을 흡수해 내가 회복하는 시스템을 갖춘 검이지."

"사용하는 사람은?"

"글쎄? 신들에게 생각해둔 바가 있었는지는 잘……. 다만 그 전에 해결해야 할 문제가 있었지."

"문제?"

"사신이야. 내 회복 시스템이 완벽하다고 해서 사신의 힘이 갑자기 약해지는 것도 아니야. 여전히 나에 대한 침식은 계속되고 있어서 그대로 썼으면 누구도 검을 다룰 수 없었을 테니까."

"확실히 그래."

『그럼 그 문제는 어떻게 해결했어?』

"후후."

내 말을 듣고 펜리르가 어깨를 떨며 웃었다. 나를 무시하는 웃음이 아니라 장난스러운 웃음이었다.

"그 해결책이야말로 너야. 스승."

『뭐? 나?』

"무슨 소리야?"

"사신의 힘 중에서 가장 성가신 건 뭐라고 생각하지?"

"으음?"

『성가신 힘이라…….』

존재 자체가 성가신데…….

"전투력일까? 그 끈질김일까? 생성하는 사인들일까? 아니야, 사신의 가장 두려운 점은 타인을 지배하는 능력이야."

신이라는 존재는 많든 적든 권속에 대한 지배력을 가지고 있다. 혼돈의 여신이라면 던전에 관한 권속들. 수충의 신이라면 수인이나 짐승이나 벌레. 권속들은 신의 명령에 거역하기가 어렵다고 한다. 물론 절대적이지는 않지만 그 강제력은 상당히 강하다.

『절대가 아니라는 게 오히려 놀랍네. 저항할 수 있는 거야?』

"수인으로 예를 들자면 일반인은 저항할 수 없을 거야. 수충의 신이 이렇게 하라고 명령하면 거기에 거역하지 못하겠지. 하지만 수왕이나 그에 가까운 수준의 힘이 있으면 그 지배를 제거할 수 있을 거라 생각해. 뭐, 신에게 직접 명령을 받고 거역할 자가 있는지는 모르겠지만."

『보통이라면 오히려 기뻐하며 따르려나.』

"아마도."

사람과 신의 관계에 대해서는 알았다. 그러면 사신의 권속은? 사인들뿐인가?

"그렇지 않아. 사신은 이 세상에 태어난 모든 사람을 지배할 수 있어."

권속이란 근원을 따지면 그 신이 생성한 존재다. 수충의 신이 만든 신수의 후손인 수인은 수충의 신의 비호 아래 있다.

"사신은 타락하기 전 전신이었던 시절에 신들을 보좌하고 있었어."

이 세상을 생성할 때 전신은 모든 신을 도왔다. 즉 이 세상의 창조 전체에 관여한 것이다. 그래서 사신의 지배는 이 세상 전체에 미친다.

전신이 도운 부분은 미미해서 지배력은 다른 신들보다 못하다고 하지만.

또한 권속이 주신의 지배에 저항할 수 있는 것도 사신이 지배 영역의 일부를 빼앗았기 때문이라고 한다.

"게다가 사신으로 타락했을 때 그 지배력을 특화시키듯이 힘이

변질됐다더군."

『뭐야 그게. 그런 상대한테 이길 수 있을 리가 없잖아.』

"보통 존재로는 사신의 파편에 이기기 어려울 거야. 신검을 소지한 자나 사신의 지배를 이겨낼 만한 힘을 가진 자만이 싸울 수 있어."

『……그래서 거기에 왜 내가 관련되는 거지? 수수하고 어디에나 있는 흔한 일본인 남성이었을 텐데?』

지금은 폐기 신검이지만 지구에 있던 시절의 나는 평범한 샐러리맨이다. 게임과 애니메이션과 만화가 취미인 오타쿠 샐러리맨이었다.

"그 지구 출신이라는 부분이 중요해."

『지구 출신……? 과연! 그런 건가!』

"알겠나?"

『이 세상에서 태어난 녀석들은 사신의 권속 취급을 받아 지배돼. 하지만 나는 이 세상 출신이 아냐. 그래서 지배받지 않아!』

"정답이야."

펜리르의 영혼이나 마석 흡수 시스템을 지구인에게 연결하고, 그 인간의 영혼을 주 인격으로 삼아서 사신의 지배를 무효화하는 계획이었다고 한다.

필터라고 할까 바리케이드라고 할까, 아무튼 내가 있음으로써 펜리르 일행은 보호받을 수 있다고 한다.

『겨우 이해했어.』

나는 평범한 인간인데 왜 소환됐는지 이해하지 못했지만 지구 출신이라는 점이 중요했던 것이다.

『뭐, 그중에서 왜 나였는지는 알 수 없지만. 랜덤인가?』

"스승은 무작위로 뽑혔다고 생각했을지도 모르지만 나름대로 선별된 것 같던데?"

『그래?』

대충한 거 아니었어? 아니, 그럼 살짝 기쁜데? 인정 욕구가 조금은 채워지니까.

"그래. 우선 영혼의 형태. 나도 잘 모르지만 검의 주 인격에 적합하려면 영혼의 형태가 나름대로 중요하다고 해. 신이 한 말이지만. 특히 혼돈의 여신님이 던전 시스템을 응용해 만든 검의 기초 시스템, 이것과의 상성이 중요하다고 들었어."

『어? 던전?』

"그렇게 들었을 뿐 어디를 어떻게 던전의 시스템을 이용한 건지는 나도 몰라. 다만 포인트를 쌓아 새로운 힘을 얻는 형태에는 확실히 던전 마스터에 가까운 점이 있을지도 모르지."

그래서 혼돈의 여신의 권속 취급을 받는 건가.

혼돈의 여신은 내가 그녀의 권속이기도 하다고 했다. 즉 나는 다른 신의 권속이기도 하다고 추측할 수 있다. 아마 은월의 여신일 것이다.

"그리고 성격도 중요해. 강력한 검의 독립 인격이 되는 거잖아. 나름대로 성실한 인격을 가지고 있어야 하지."

『인격?』

자랑은 아니지만 나는 성인군자가 아닌데? 오히려 욕망투성이인 속물이다.

"오히려 속물인 게 중요한 모양이야. 신은 이렇게 말했어. 선인은 바로 독선에 지배당해 정의라는 말을 꺼내고 악인은 애초에 논외. 어느 정도 양심을 가진 평범한 사람이야말로 바람직하다고."

하하, 뭐든 적당한 인간이 좋다는 건가?

"그리고 종교관. 무신론자는 안 되지만 광신자는 더 안 돼. 이쪽 세상에 와서까지 우리 신이야말로 유일하다는 말을 하면 최악이야. 그리고 정신적인 유연함. 이쪽 세계에 어느 정도 융합할 수 있는 소양도 필요해져."

지금의 조건을 종합적으로 충족하는 인종이 짐작 갔다. 일본의 오타쿠들이다.

착한 척하는 사람을 내려다보면서도 큰 악행을 저지를 배짱은 없고, 무슨 일이 있으면 일단 신을 찾으며, 게임이나 라이트노벨로 이세계에 대한 이해도 있다. 아니, 전원이 그렇다고는 할 수 없지만 말이다.

으음, 이세계 전생의 주인공이 일본인 오타쿠뿐인 건 사실 이유가 있었구나. 혹시 지구에서 범람하던 이세계 전생물의 작가는 사실 몇 할은 이세계에서 돌아온 귀환자가 아닐까?

"또한 이쪽 세계에서 지구에 간섭했을 때 마침 죽을 뻔하거나 죽은 사람이 아니면 안 된다고 해. 영혼을 부르기 쉽다는 거겠지. 그렇게 되면 소환할 수 있는 인간은 정말 적어."

확실히 인격적, 영적 소양이 갖춰진 적합자가 타이밍 좋게 죽을 뻔하는 경우는 흔치 않을 것이다. 완전히 운이고 도박에 가깝다.

"실제로 적합자를 찾기 시작한 뒤로 스승이 다섯 번째였을걸? 죽고 죽이는 게 당연한 세계로 검에 깃들어 전생하는 건 상당히 어려운 모양이야. 앞선 네 명에게는 거절당했지만 다행히도 스승이 검의 주 인격이 되는 것을 승낙해줘서 겨우 검이 완성됐어."

아아, 조건을 채운 건 나뿐만이 아니었구나. 지금은 전생을 거절해준 전의 네 명에게 감사한다. 검에 전생하지 않았으면 프란도 못 만났을 테니 말이다.

"그리고 명계의 여신의 힘으로 이쪽 세계에 소환된 스승은 몇 가지 기억을 봉인당하고 검의 주 인격으로 봉인돼."

『그거야. 그걸 자세히 듣고 싶어. 왜 기억을 지웠어? 그리고 어떤 기억을 지운 거야?』

"스승을 위해서야. 원래 인간인 스승이 검으로 전생한 거잖아. 사람으로서의 감각을 남긴 채로는 확실히 미쳐."

그러고 보니 파나틱스도 그런 말을 했다.

검의 몸에서 사람의 정신은 견딜 수 없다고.

"그리고 인간으로서의 개성과 욕망, 감정을 강하게 흔들 만한 기억을 봉인한 모양이야."

인간으로서 검이 되면 정신이 나가니 인간성을 봉인하자는 소리일 것이다.

『그럼 내가 눈치채지 못할 뿐 전생 전후의 기억 이외에도 잊은 기억이 여럿 있는 거야?』

"그 말대로야. 물론 스승이 검에 익숙해져서 기억을 되찾아도 문제없어지는 시점에서 기억의 봉인은 풀릴 예정이었어. 스승은 기억하지 못하겠지만 이건 전생 전의 스승도 설명을 제대로 듣고 납득한 일이야."

그건 그럴 것이다. 그야 미칠 건지, 기억을 일부 봉인할 건지를 고르라고 하면 반드시 후자를 고를 것이다.

뭐, 왜 전생을 승낙했는지에 대한 의문은 남지만……. 아니, 죽을 뻔했을 때 전생 이야기를 듣는다면 그게 검이라 해도 승낙할지도 모른다. 오히려 거절한 사람들이 있다는 게 더 놀라웠다.

기억을 봉인당한다 해도 죽는 것보다는 낫다고 생각하니 말이다. 아니, 어쩌면 성격이 변할지도 모르고, 자신이 다른 존재가 되는 건 싫다고 생각한 건가? 검이 되는 거니까.

다만 실제로 그 입장이 된 내가 봤을 때, 역시 죽는 것보다는 훨씬 낫다고 생각한다.

『기억을 되돌릴 예정이었다는 건 지금은 그렇지 않다는 거야?』

"그래. 그래서 이 장소로 오게 한 거야. 신도 만능이 아니라고는 하나 이렇게까지 그분들의 예정이 어긋날 줄은……. 신의 상상을 뛰어넘었다고 칭찬해야 좋을지, 한탄해야 할지 나도 모르겠어."

펜리르가 가볍게 한숨을 토하고 내게 일어나고 있는 이상에 대해 설명하기 시작했다.

"원래는 스승의 정신이 검에 익숙해지는 것을 케루빔이 서포트할 예정이었어. 시간을 벌어 스승의 정신이 적합해지면 그 시점에서 내 정체를 밝히고 기억을 단계적으로 해방하는 방식으로 조금씩 스승과 검을 일체화하는 거였지."

『하지만 케루빔──알림은…….』

"그 말대로야. 리치와의 싸움에서 무리하는 바람에 크게 파손되고 말았지."

압도적인 힘 앞에 절망하던 우리를 구해준 알림. 케루빔의 시스템인 그녀의 활약 덕분에 우리는 승리할 수 있었다. 하지만 무리를 한 탓에 알림은 힘을 잃었고, 그 후 제대로 된 대화는 할 수 없게 됐다.

"물론 그때 그녀가 몸을 던지지 않았다면 나도 스승도 소멸했어. 감사하고 있어. 하지만 케루빔의 서포트를 받을 수 없게 돼서 계획에 균열이 가기 시작했지."

계획의 차질은 그뿐만이 아니었다고 한다.

"예상 이상의 속도로 성장. 이상할 만큼 격한 전투의 연속. 그에 따른 대량의 스킬 획득. 잠재 능력 해방으로 인한 시스템 부하. 광귀화에 의한 폭주. 파나틱스의 동화 흡수."

펜리르가 손가락을 꼽으며 가르쳐줬다. 듣고 보니 아주 농밀한 몇 달이었군. 하지만 그게 좋지 않았다는 건가?

잠재 능력 해방 때문에 알림은 힘을 잃은 데다 시스템 전체에 큰 왜곡이 생기고 말았다. 광귀화로는 펜리르가 가진 흉악한 부분이 폭주를 했다. 그리고 파나틱스의 잔해를 먹음으로써 내부의 시스템에 더 큰 부하가 걸려서, 기억뿐만 아니라 사신의 봉인에까지 균열이 발생하고 말았다.

"스승과 프란이 필사적으로 싸워온 증거야. 그걸 나쁘다고는 하지 않아. 하지만 신들의 상상 이상으로 빨랐다는 건 확실할 거야."

사람과 시간 감각이 다른 신들은 그 부분도 아주 후하게 가늠했다고 한다. 뭐, 우리가 너무 치열하게 산 걸지도 모르지만.

신들도 기억이나 사신의 봉인에 대해 무조건 완벽할 거라고는 생각하지 않았다. 그래서 케루빔의 잔해를 남긴 것이다. 봉인에 다소 균열이 생겨도 알림이 수복해줄 예정이었다고 한다.

그러나 알림이 힘을 잃어 수복력이 대폭 떨어지고, 게다가 단기간에 연속으로 봉인을 흔드는 사건이 일어나서 봉인이 더 느슨해진 것이다.

"하지만 아리스테아가 고쳐줬어."

"그래, 그것으로 상당히 회복한 건 확실해. 그러나 신급 대장장이라 해도 신이 구축한 시스템을 완벽하게 이해할 수 있는 건 아니야. 어디까지나 응급 처치였어."

『이번에는 다르다는 거야?』

"그래. 나도 자세히 아는 건 아니지만 말이야."

지금 내가 꽂혀 있는 대좌. 이것도 신이 만든 대좌이고 펜리르만 아는 다양한 능력이 있다고 한다.

"아무튼 스승은 검에 완전히 적합하지 않은데 힘이 예상을 크게 뛰어넘었어. 이대로 방치하면 기억의 봉인이 부서져 스승의 정신에 영향이 생길지도 몰라. 아니, 반드시 스승의 정신이 미쳐. 그뿐만이 아냐. 스승, 목소리를 들었지?"

『목소리?』

펜리르의 목소리라는 의미는 아니겠지? 그렇다면 짐작 가는 건 하나밖에 없다.

『혹시 그거야? 모든 것을 삼키라는 거.』

왕도에서 파나틱스를 흡수한 직후 내 안쪽에서 들려온 역겨운 고함. 오로지 '삼켜라'라고 반복했다.

전투 중에 귓가에서 소란을 피우길래 거슬려서 윽박을 질렀다. 그랬더니 어느새 사라졌단 말이지.

"그래. 이제 그 정체를 알겠지?"

『……사신인가.』

"그래. 정확히는 내 영혼과 융합한 사신의 영혼의 파편이야. 그건 그렇고…… 크크크."

『왜 그래?』

"아니, 그 사신의 파편이 스승에게 호통을 듣고 잠자코 있는 모습을 떠올렸더니……. 크크크. 자신의 지배를 받지 않는 존재가 있다는 걸 믿을 수 없었던 건가. 놀라서 틀어박히다니."

아아, 그런 건가. 내 기백에 눌린 게 아니라 지배할 수 없다는 점에 놀랐다는 뜻이네.

"아직 사신의 의식이 약간 새어 나왔을 뿐이지만 방치해서는 안 돼. 그리고 기억의 봉인의 재강화에 전체적인 시스템 보수도 필요하지. 그게 이번 이 장소에 오게 한 목적이야."

"그럼 스승은 낫는 거야?"

"물론이지. 아니, 스승이 낫지 않으면 내가 곤란해. 나도 스승의 일부 같은 존재니까."

그런가, 이래저래 불안한 말을 들었지만 어떻게든 되는 건가. 다행이다, 아직 프란과 함께 있을 수 있구나.

『나는 어떻게 하면 돼?』

"아무것도 안 해도 돼."

『아무것도 라니……. 움직이지 말라는 거야?』

"그래. 나머지는 그 대좌가 자동으로 작업을 해주는 모양이야. 움직이지 않는 게 스승이 할 일이야. 이미 대좌에 들어간 술식이 스승의 해석을 시작했을 테니까."

『알았어.』

즉 한동안 나는 움직일 수 없다는 건가. 좀 무서운데…….

아리스테아에게 수복을 받았을 때의 정신을 깎는 듯한 격통을 떠올렸다. 또 그렇게 되지는 않겠지?

『얼마나 가만히 있으면 돼?』

"글쎄, 그건 나도 몰라. 한 시간인지, 하루인지, 일주일인지."

『아니, 그렇게 길어질 가능성이 있는 거야?』

"자신의 속이 얼마나 복잡하고 고도의 구조가 됐는지 생각해 봐. 자칫하면 한 달 이상 걸릴지도 몰라."

『진짜야? 그러면 프란은 어떡하지?』

울시가 있다고 해도 단독으로 마랑의 평원을 빠져나가 알레사로 돌아가기에는 너무 위험할 것이다.

『스킬 공유는 어떻게 돼?』

"아아, 그건 남을 거야. 이 장소에 있는 건 틀림없으니까."

"괜찮아. 여기서 기다릴게."

『그 방법밖에 없겠네⋯⋯. 나 때문에 미안해.』

"아냐. 괜찮아. 그리고 딱 좋은 수행 기간이 될 거야."

『내가 없는데?』

"스승에게 의지하지 않고 싸우는 훈련. 울시도 있어."

"웡!"

『그런가: 그렇기는 해.』

실제로 스킬을 쓸 수 있으면 프란의 전력도 그리 떨어지지 않는다. 바깥 둘레로 가지 않으면 괜찮을 것이다.

펜리르의 설명을 믿는다면 마수는 대좌에 접근하는 것을 싫어한다고 하니 말이다.

"그럼 내가 프란과 울시를 지도해줄까?"

"펜리르가?"

"그래. 지금은 대좌 덕분에 밖에 나와 있지만 수복이 끝나면 다시 스승의 안에서 잠을 자게 돼. 내가 지도해줄 수 있는 건 지금뿐일 거야."

『……프란, 부탁하는 건 어때?』

펜리르가 프란과 울시에게 어떤 지도를 할지 나도 신경 쓰인다. 특히 울시가 그렇다.

내가 어떻게 늑대형 마수를 소환할 수 있었는지 겨우 알았다. 틀림없이 펜리르 덕분일 것이다. 울시의 칭호 '신랑의 권속'은 그런 뜻인 것이다. 같은 늑대형 마수로서 울시에게는 좋은 공부가 될 것이다.

프란은 잠시 생각하고 바로 펜리르를 향해 머리를 숙였다.

"알았어. 부탁드립니다."

"웡!"

"좋아. 그럼 잠시 수업을 해주기로 할까."

그렇게 내가 지켜보는 앞에서 수행이 시작됐는데…….

펜리르가 하는 지도의 시작은 내가 생각했던 것과 좀 달랐다.

"그래. 그대로 움직이지 마."

"으."

"워후."

"자신의 몸속에 집중해 의식을 갈고닦는 거야."

스킬의 사용법이나 무기를 다루는 법을 가르쳐줄 줄 알았는데 그 자리에서 좌선을 하라고 지시한 것이다. 그 상태로 마력을 몸에 순환시키는 것이 수행의 내용이었다. 마력의 흐름을 조종하는 훈련이라고 한다.

이미 큰 기술을 휙휙 쓸 수 있는 프란이지만 혼자 힘으로 싸워왔기 때문에 기초적인 부분이 부족했다. 모든 게 자기류인 것이다.

그렇게 생각하면 이런 기초 수행을 하는 것도 당연할지도 모른다.

"이걸 완벽하게 할 수 있게 되면 스킬의 운용법도 나아질 거다."

펜리르는 내 안에서 프란도 줄곧 지켜보았다. 그 덕분에 지금의 프란이 가진 결점도 알고 있었다.

"프란의 문제점은 두 개. 하나는 스킬의 제어에 관한 거야."

『뭐, 완벽하다고는 말하기 어렵지.』

"응⋯⋯."

신급 대장장이 아리스테아의 관리에 따라 스킬이 통합되어 보다 강력한 상위 스킬을 손에 넣을 수 있었다.

하지만 그로 인해 스킬의 제어에 애를 먹고 있다. 스킬이 지나치게 뛰어나 제대로 구사하지 못했다.

프란 자신도 그걸 알고 있어서 분한 듯이 동의했다.

"그리고 또 하나가, 자신의 힘이 너무 커서 육체에 대한 반동도 지나치게 큰 거야."

『그것도 뭐. 어떻게 좀 하고 싶다고는 생각했는데 말이야.』

몸을 단련하고 스테이터스를 상승시키는 정도밖에 해결 방법이 떠오르지 않았다.

물론 다중 기동하는 스킬을 줄이고 출력을 낮추면 해결되는 건 알고 있다. 하지만 그래서는 강적과의 싸움에서 불리해진다.

"지금 하는 이 수행은 이 약점에도 좋은 영향이 있어."

『어? 그래?』

"그래."

스킬의 제어에 능숙해지면 지금은 낭비하고 있는 마력을 반동의 상쇄나 자신의 방어, 강화로 돌릴 수 있게 된다고 한다.

"몸을 단련하는 정도의 효과는 없지만 조금은 나아질 거야."

『호오, 그건 좋네.』

듣고 보니 단순하지만 납득할 수 있는 이야기였다.

"울시도 역시 스킬 취급이 중요해지는 종족이야."

『다채로운 스킬이 울시의 장점이니까.』

"그래, 그리고 이 뒤에 진화해도 암흑 계열 늑대는 전투 능력의 강화를 별로 기대할 수 없어."

『어?』

"워, 워후?"

펜리르의 말에 나뿐만이 아니라 울시도 놀랐다. '진짜?'라는 표정이 무심코 드러나 있었다.

"다크니스 울프의 진화 방향은 게헤나 울프, 혹은 다크나이트 울프가 돼. 다만 둘 다 로드급 몬스터라서 다른 늑대종에 대한 지배 스킬 등이 많이 늘어나는 반면 개체로서의 능력은 크게는 상승하지 않아."

『고블린 킹처럼 부하를 싸우게 한다는 뜻이야?』

"그렇지. 쓸 수 있는 마술 등이 늘어나지만 스테이터스 면에서는 다른 늑대종 정도의 폭발적인 강화는 기대할 수 없을 거야."

무리의 장으로서의 힘은 얻지만 외톨이 늑대 계열의 종 정도의 단독 전투력은 생기지 않는다고 한다.

"워후……."

그 말을 듣고 울시가 크게 고개를 숙였다. 역시 진화해서 더 강해지고 싶다고 생각했나 보다.

"울시, 그래서 이 수행은 의미가 있어. 네가 개체로서 강해지는 길은 스킬의 강화다. 지금 이상으로 스킬의 운용법을 생각해."

"윙!"

"울시, 힘내."

둘 다 힘내.

프란과 울시가 명상을 시작하고 어느새 사흘이 지났다.

아, 당연히 식사와 휴식은 들어가 있다. 하지만 일어나 있는 동안에는 거의 좌선을 하고 있다. 울시는 앉아 있는 것으로밖에 보이지 않지만.

『마랑의 평원에 오기 전에 요리를 만들어둬서 다행이야.』

"프란이라면 스스로 마물을 사냥해 요리할 수 있잖아? 스킬도 있고."

『뭐, 그렇기는 하지만 그만큼 수행에 집중할 수 있잖아?』

"하긴. 그야 그런가."

다만 오늘부터는 다른 수행도 한다고 한다. 스킬을 전혀 쓰지 않고 이 부근에 출몰하는 고블린의 뒤를 스토킹하기만 하는 수행이다.

은밀 스킬에만 의지하지 않고 스킬 없이도 기척을 지우기 위한 수행이다. 그렇게 함으로써 스킬을 보다 완벽하게 발동시키는 게 가능해진다고 한다.

이건 나로서는 가르칠 수 없는 부분이어서 아주 고맙다. 무기물인 나는 기척을 지운다는 감각을 전혀 이해할 수 없기 때문이다.

나는 평소부터 아무것도 하지 않아도 기척을 감추고 있다. 아니, 심장이 없기 때문에 심장 소리도 호흡도 없고, 생물적인 냄새도 없으며, 염동으로 움직이기 때문에 소리도 없다.

일반적으로 기척이라고 불리는 것이 검인 내게는 없었다. 마력만 은폐하면 웬만한 마수가 나를 발견하기는 어려울 것이다.

그야 인간이었던 시절의 감각은 남아 있지만, 지구에서 기척을 지우는 수행을 한 적도 없어서 그 방면에는 아마추어이기 때문이다.

아침에는 좌선. 오후에는 고블린 스토킹이 앞으로의 수행이 된다고 한다.

고맙지만 솔직히 전투력으로 이어진다고는 생각이 잘 안 됐다.

『그걸로 프란이 강해질 수 있겠어?』

"물론이다. 뭐, 레벨도 같이 올리면 더 좋겠지."

『거기에는 내가 필요하지 않을까?』

"괜찮아. 수납에 검이 몇 자루 들어 있잖아? 뭐, 바깥 둘레의 마수에게는 스승이 없으면 어렵겠지만, 위협도 D 이하라면 지금의 프란이라도 문제없어."

『그야 그렇지만……』

"마음은 이해해. 그래도 때로는 지켜보는 것도 필요하다고 생각하는데?"

『으으……』

알고 있기는 한데……. 어쨌든 지금의 상태로는 지켜볼 수밖에 없다.

하지만 보이지 않는 곳에서 위험한 일을 당하지는 않을지 아무래도 걱정이 됐다.

『내 수복은 얼마나 진행됐어?』

"글쎄. 내가 아는 건 아직 해석 중이라는 거야. 수복으로는 진행되지 않았어."

『벌써 사흘이나 지났는데?』

"그래. 게다가 수복은 해석 이상으로 시간이 걸릴 거야."

『즉 오늘 중에 해석이 끝난다 해도 최소 앞으로 사흘은 이대로 있어야 한다는 뜻이네.』

펜리르가 말하기로는 내 시스템은 너무 복잡해서 세세하게 해석하려 하면 상당한 시간이 걸린다고 했다.

『진행 상태는 알 수 없어?』

"몰라."

『하아…….』

앞이 보이지 않는다는 건 꽤나 고통스럽구나.

"미안하군. 다만 이건 스승을 위해서도 필요한 일이야. 참아줘."

『나도 알아. 이봐, 이 상태로 움직이지만 않으면 스킬이나 마술을 써도 괜찮아?』

"으음. 염화나 최하급 마술 정도라면 몰라도 너무 큰 건 그만두는 게 좋아. 그만큼 해석이 늦어질 우려가 있어."

『……얌전히 있을게.』

"그게 좋을 거야."

아! 빨리 좀 끝나줘!

내가 대좌에 꽂히고 순식간에 일주일이 지났다.

해석은 아직 끝나지 않았다.

진짜로 한 달 정도는 걸리는 거 아닐까?

프란이 있는 동안은 몰라도 고블린 스토킹을 나갔을 때는 정말 따분했다.

프란과 울시는 수행인 고블린 스토킹이 몹시 마음에 들었는지 매일 즐겁게 나갔다.

아무래도 탐정 놀이 같은 재미를 찾은 모양이다.

"오늘은 '삐뚤코'에게 들키지 않도록 접근할래."

"윙!"

"그리고 '부러진 뿔'은 무시해도 돼."

"워후?"

"그건 '창잡이'와 놀기만 하지 소굴로는 안 돌아가."

마침내 고블린을 구분하게 된 모양이다. 별명을 붙이고 즐기고 있었다.

요즘은 고블린의 소굴을 알아내기 위해 하루 종일 뒤를 쫓아다니고 있는 듯했다. 질릴 때까지는 계속하겠군.

그 바람에 프란도 울시도 어두워져도 좀처럼 돌아오지 않아서 나는 너무나도 심심했다.

덕분에 조금씩 망상했던 오리지널 라이트노벨풍 이야기가 완결됐단 말이지.

제목은 《전세에서 용자인 SSSS 랭크 모험가 아저씨 현자가 마왕이 되기 위해 세 번째 전생했더니 악역 영애에게 쓰이는 성검이었습니다》다.

웃음과 눈물과 색기가 있는 슈퍼 하이 판타지다. 혼약 파기부터 추방까지의 과정에 권선징악 요소와 하렘 요소도 물론 넣었다.

마지막에는 100명의 부인과 함께 자신을 버린 용자 파티에 복수하려 한 찰나, 실은 모두 꿈이었다는 것을 깨닫는다. 지구의 침대 위에서 눈을 뜬 주인공은 싸움의 무의미함을 통감하고 '평범한 인생이 제일이야!'라는 교훈을 얻는 감동적인 꿈 결말이다.

내가 썼지만 무섭도록 재미있다. 지구에서도 이용했던 소설가 투고 사이트에 올리면 순식간에 랭킹 1위가 될 게 틀림없을 것이다. 내 글재주가 무섭군.

"스승, 왜 그래?"

『이제 질리기 시작했어. 머릿속에서 1밀리미터도 재미있지 않은 대장편 슈퍼 망작 판타지를 완결시킬 정도로는 한가하지만.』

"으음. 스승도 수행을 해보는 건 어때?"

『이미 하고 있어.』

프란과 울시를 흉내 내 마력의 흐름을 제어하는 수행은 지금도 계속하고 있었다. 하지만 내게는 동시 연산 스킬이 있다. 그래서 수행하면서도 다른 생각을 할 수 있다──해버리고 만다.

"지혜의 신의 가호도 있으니 어쩔 수 없겠지."

『무슨 소리야?』

"그 가호는 마술의 동시 기동 등을 보조해주거든. 사고의 분할을 하기 쉬워진다고 하면 되려나?"

동시 연산과 병행하면 효과는 배로 늘어난다고 한다. 즉 내 한가함도 배로 는다는 뜻이다.

『그건 그렇고 왜 지혜의 신의 가호 같은 게 나한테 붙었지?』

"신검 케루빔이 지혜의 신의 권속이었기 때문이야. 즉 스승이 알림이라고 부르는 존재가 지혜의 신의 권속이지."

아리스테아의 관리로 인해 케루빔의 잔해와의 연결이 강화되어 나도 권속이라고 인식된 모양이다.

『그러고 보니 신경 쓰였는데, 내 날밑의 엠블럼. 왜 늑대 모양이야? 아니, 펜리르를 조각한 건 알겠는데, 케루빔은 천사 같은 의장이었잖아?』

"몇 가지 이유가 있어. 하나는 스승이 원래 케루빔이었다는 것을 숨기기 위해서. 거의 남의 눈에 띄지 않았다고 하나 신화 서기 스킬 등으로 모습을 아는 자는 있어."

그건 확실히 그렇다. 원래 신검이라는 사실이 들통나면 이래저래 위험할 수도 있다.

숨길 수 있다면 숨기는 편이 낫다.

"또 하나는 그냥 그게 더 강하기 때문이야."

『뭐라고? 형태만 바뀐 게 아닌 거야?』

엠블럼 형태가 조금 다른 걸로 힘이 변한다고?

"모습과 존재는 밀접하게 이어져. 케루빔에는 케루빔에 어울리는 형태가 있고, 나를 거두어들인 스승에게는 거기에 어울리는 형태가 있어."

『그걸로 힘까지 바뀌는 거야?』

"아주 약간. 뭐, 신검이라는 고위 존재이기 때문에 그런 거야. 대량 생산한 검의 엠블럼을 만져봐야 의미는 없지."

신검이라는 엄청난 힘을 가진 무기이기 때문에 아주 살짝 강해진 것만으로도 의미는 있다는 뜻일 것이다.

"그렇지……. 예를 들어 가호의 취득 등에도 영향은 있어. 불꽃 모양을 한 무기에 물의 신의 가호는 붙지 않아. 모습에서 주어지는 이미지는 그만큼 중요한 거야."

『하지만 늑대 의장이 붙어 있는 내게 펜리르나 은월의 여신님 계열의 가호는 없고 지혜의 신의 가호가 붙었는데?』

"방금 얘기와 모순되는 것 같지만 형태만이 전부는 아냐. 중요하기는 하지만 결국은 큰 것을 구성하는 팩터 중 하나에 지나지 않는다는 거다."

『외견도 속도 중요하다는 거로군.』

"그런 거지."

애초에 지혜의 신의 가호는 내 성장에 맞춰 주어질 터였지만 알림이 힘을 잃은 탓에 보류되어 있었다고 한다. 아리스테아 덕분에 그 성장들이 단숨에 진행된 모양이다.

"혼돈의 여신님의 가호에 관해서는…… 몰라. 변덕스러운 분이니까. 단순히 재미있어 보인다는 이유로 가호를 주셨다 해도 나는 놀라지 않아."

혼돈을 담당하는 존재답게 꽤나 장난스러운 사람인 모양이다.

확실히 이전에 울무토의 던전에서 대화했을 때도 그런 느낌의 신이었다. "좋은 혼돈을"이라고 말했었지.

『권속 운운하는 얘기를 들은 뒤라서 오히려 귀찮다는 생각마저 드는데.』

"하아. 그런 면은 이세계 사람이로군. 이쪽 세상의 인간이라면 신의 가호를 두 개나 가지고 있는 건 큰일이야. 그리고 스승의 경우에는 신의 지배가 미치지 않아. 딱히 억지로 시키는 대로 해야 하는 것도 아니니 편리한 스킬이라고 생각해둬."

『전에 혼돈의 여신에게 명령을 몇 개 받았는데?』

"그건 권속에 대한 지배를 행사한 게 아니라 힘으로 위협했을 뿐이잖아?"

『그게 더 나쁜 거 아냐?』

"글쎄? 하지만 죽을 각오만 있으면 저항할 수 있어."

『나는 죽고 싶지 않아.』

결국 신에게는 거역할 수 없다는 거지? 아니, 사신 이외의 신에게 거역할 생각은 없지만. 하지만 신과 싸우게 된다면? 그런 일은 없겠지만. 없겠지만…….

『아, 나쁜 쪽으로 생각하는 것도 너무 한가하기 때문이야. 나는 생각이 지나치면 부정적으로 변하는 성격이라고.』

보통은 긍정적인 편이지만 오래 생각하면 최악의 상황에 빠진다.

"하아. 그러면 좀 더 복잡한 수행을 해도 돼."

『예를 들면?』

"이건 신참 마술사가 하는 수행인데, 초보적인 마술을 제어해 형태를 바꾸는 거야."

『형태를 바꾼다고? 애로 계열 마술의 두께를 굵게 하는 그런 거야?』

"아니, 형태를 확 바꾸는 거야. 그야말로 이런 식으로."

펜리르가 그렇게 말하고 자신의 눈앞에 불화살을 생성했다. 하지만 즉시 화살이 형태를 바꿔 늑대의 모습으로 변화했다. 덤으로 울부짖는 동작이었다.

"알겠어? 지금 변형에는 마력을 쓰지 않았어."

『아.』

나는 마술을 강화하거나 형태를 변형시킬 때 마력을 더 많이 주입해서 술법을 바꾼다. 하지만 펜리르가 지금 한 변형에는 추가로 들인 마력이 없다. 즉 보통 파이어 애로와 같은 마력 소비였다는 뜻이다.

상상력과 술법의 제어력만 단련하면 마력을 쓸데없이 소비하지 않고도 술법을 변형시킬 수 있다는 뜻이기도 한가 보다.

신참 마술사가 적은 마력을 낭비하지 않고 수행하기 위해 고안된 방법이라고 한다. 공중에서 마술을 유지한 채로 그 형태를 변형시킴으로써 집중력과 제어력, 유지력을 단련할 수 있다는 것이다.

내 마술은 독학이라 이런 기초적인 훈련 방법을 배우는 건 기쁘다. 이걸 계속하면 스킬 레벨이 오르지 않아도 마술 실력이 오를지도 모른다.

"이거라면 마력을 크게 소비하지 않고 해석에도 영향은 적어. 그러면서도 모든 의식을 집중하면 집중할수록 여러모로 재미있는 변형이 가능해지지. 수행도 시간 때우기도 될 거야."

『꽤 재미있겠어.』

나는 우선 펜리르가 했듯이 파이어 애로를 변형시켜보기로 했다.

『갑자기 늑대는 무리인가.』

"처음에는 도형 정도로 해둬."

『젠장, 두고 봐. 늑대 정도가 아니라 케르베로스를 만들어주지!』

"기대하고 있지."

『시간이 얼마나 지났지?』

"……."

대답하는 사람은 없었다. 당연하다.

내가 이 대좌에 꽂히고 정신이 아득해질 정도의 시간이 지났기 때문이다.

구름은 흘러가고 비가 내리고 수없는 밤을 넘어 나는 아직 이 장소에 있었다.

『그로부터 몇 년…… 언제쯤 되어야 나는 이 상황에서 빠져나갈 수 있지?』

"……."

『이 고문과도 같은 평원의 감옥에서…….』

하지만 그런 나의 탄식에 대답하는 목소리가 있었다. 엄숙으로 가득한 남성의 목소리가 어딘가에서 들려왔다.

"……백 년의 고독 놀이는 이제 됐나?"

일인극을 하는 나를 어이없는 얼굴로 바라보는 펜리르 씨였습니다.

『심심하다고!』

"나도 설마 이렇게까지 길어질 줄은 몰랐어. 하지만 고갈의 숲에 꽂혀 있던 때보다는 낫잖아?"

『그야 그렇지만…….』

끝이 있는 것을 알고 있고 프란도 울시도 펜리르도 있다. 그리고 나 자신도 조금 성장했다.

『하지만 심심한 건 심심한 거야! 한 달이나 지났다고!』

그렇다, 그로부터 한 달이다. 그만큼 시간이 흘러도 아직 해석조차 끝나지 않았다. 대체 시간이 얼마나 걸리는 건지…….

이제 제단 옆에는 대지 마술로 만든 오두막이 지어져 있었다. 처음 며칠 동안 프란은 평원에 침대를 놓고 그대로 잤다. 원래 노숙해도 신경 쓰지 않는 성격이다. 아니, 폐쇄감이 있는 장소보다 상쾌한 평원에서 자는 편이 좋은 모양이다.

다만 비가 내리는 날도 있었기에, 일단 오두막을 짓게 되었다. 처음에는 펜리르가 지으려 했지만 이 녀석이 원래는 늑대였다는 사실을 잊고 있었다. 거대한 구멍을 파고 "좋은 침실이지!"라고 떠들었단 말이지.

결국 프란이 대충 만들게 됐다. 다만 이런 방면에는 약한 프란이 만든 집. 지붕이 있으니 그나마 나은 수준인 폐가다. 젠장. 내가 하면 더 나은 집을 만들 수 있는데! 역시 초급 마술로는 어쩔 수 없다.

뭐, 내 해석이 끝나지 않은 덕분에 펜리르가 밖으로 나올 수 있고 프란과 울시의 수행이 크게 진전됐지만.

『나도 이제 얼음 마술로 이런 것도 할 수 있다고.』

약했던 얼음 마술을 제어해 늑대에서 드래곤, 드래곤에서 호랑이 등으로 변형시키는 것도 어렵지 않게 할 수 있게 됐다.

특기인 뇌명 마술, 불 마술이라면 십두룡을 공중에 날려 따로따로 움직이고 마지막에 불꽃처럼 흩뜨리는 것마저 가능하다.

프란의 앞에서는 하지 않지만, 미소녀를 만들어 섹시한 포즈를 취하게 하는 것도 가능하다고.

"애초에 동시 연산을 빼면 되잖아. 그게 있어서 사고가 고속화되어 시간이 더 길게 느껴지는 거야."

『그러면 여차할 때 바로 대응할 수 없는데.』

프란에게 어떤 위기가 찾아왔을 때 바로 알아차릴 수 있도록, 수행 중에도 탐지 능력은 절대로 끌 수 없다. 그러기 위해서도 사고를 분할할 수 있는 동시 연산은 필수였다.

"걱정이 많군."

『그래도 좋은 수행이 됐으니까 결과는 만족이야. 프란과 울시가 수행하는데 나만 놀고 있을 수는 없으니까.』

프란과 울시의 수행도 이미 제2 단계로 나아갔다. 검기(劍技)만 써서 싸우는 수행이다.

프란은 보통 검기를 별로 쓰지 않는다.

고속 전투 중에는 검기를 쓴 후의 경직이 목숨과 관련되기 때문이다. 또한 스킬이나 마술로 일격의 위력을 올릴 수 있는 프란에게는 검기가 필요 없다는 이유도 있었다.

그러나 검기를 쓰고 싶어 하지 않는 또 하나의 이유로, 프란이 검기를 잘 못 쓴다는 점도 있었다.

일반 검사의 경우 검술을 연습→검기를 연습→검기를 메인으로 싸운다→검기만으로는 통하지 않는 상대를 만난다→검술, 검기 양쪽을 균형 있게 쓰게 된다라는 흐름으로 성장한다.

그러나 프란은 처음부터 검술을 고레벨로 습득해서 그것만으로도 전투를 할 수 있었다.

다른 검사가 거치는, 검기를 배우고 그것만 쓰다 호된 일을 겪는다는 과정을 뛰어넘은 것이다.

보통은 그 과정에서 검기의 사용법을 몸에 익힐 텐데, 그 경험을 쌓지 않은 프란은 검기를 공방 중에 제대로 펼치지 못했다.

기선제압이나 결정타를 날릴 때 외에는 검기를 잘 쓰지 않는 것도 그 탓이다.

그것을 아는 펜리르는 한동안 검기만으로 싸우라고 했고, 그에 따라 프란은 펜리르와의 모의전에서도 검기만으로 전투를 구성하고 있었다.

펜리르는 환영 같은 존재여서 아무리 공격을 받아도 문제없는 모양이다. 그 덕분에 프란의 검기를 때때로 받아내며 조언을 해주고 있었다.

"슬슬 실전 경험을 쌓아야 할 텐데."

『너와의 모의전으로는 안 되는 거야?』

"나는 환영이라서 공격을 할 수 없어. 그래서는 전투는커녕 모의전이라고도 할 수 없지. 하지만 이 부근에 있는 고블린 상대로는 실전이 안 되겠지? 좀 더 강한 상대와의 전투가 필요해. 마수를 상대하는 실전이나 모험가를 상대로 하는 모의전이······."

역시 실전에서 단련하지 않으면 제대로 익힐 수가 없나 보다.

"다만 슬슬 나도 시간이 다 됐어."

『어? 무슨 소리야?』

"수행 때를 빼면 힘을 절약해왔지만 역시 더 이상은 밖에 나와 있을 수 없어. 스승의 이야기 상대가 될 수 있는 것도 얼마 안 남았어. 미안하군."

그 말로 눈치챘다. 단순히 환영을 써서 밖으로 나올 수 없게 된다는 게 아니라 이전의 상태로 돌아가 대화조차 할 수 없게 된다는 뜻일 것이다.

"프란과 울시에게도 가르칠 수 있는 건 거의 가르쳤지만…….
계속 봐주지 못하는 건 좀 아쉽군. 뒤를 부탁한다, 스승."

『잔챙이 마수라도 사냥하면 돼?』

"모의전 상대가 없는 이상 그것밖에 없겠지. 처음에는 잔챙이
부터 시작해서 점점 강한 상대와 붙는 거야. 다행히 이 평원이라
면 다양한 마수와 싸울 수 있으니까."

다만 역시 나를 빼고 강한 마수와 싸우게 하는 건 불안한
데……. 떨어지는 건 왕도에서도 경험했지만 그때는 입장이 반대
였다. 이번에는 내가 기다리는 쪽이다.

『이봐, 프란과 울시가 모의전을 하는 건 안 돼?』

"그 둘은 서로의 실력을 너무 잘 알아. 가능하면 다른 모험가나
만만치 않은 마수가 좋지."

모험가를 부르는 건 무리다. 나도 숨겨야 하고 여기에 머무르
며 프란의 모의전에 계속 어울리는 것을 애초에 승낙해줄 리도
없다.

그렇다면 마수밖에 없을 것이다. 하지만 강한 마수에게 프란과
울시만으로 전투를 시키는 건…….

『크으으.』

"스승도 그 걱정 많은 성격을 좀 고쳐야지……."

『나도 알아…….』

하지만 어쩔 수 없잖아!

펜리르가 쓴웃음을 지으며 내 걱정병을 억제하고 있는데 프란
과 울시가 수행에서 돌아왔다.

"다녀왔어."

"웡!"

『오─, 오늘은 어땠어?』

"응. 조금 더 있으면 삐뚤코를 돌파할 수 있어."

"웡!"

여전히 즐겁게 고블린을 추적하고 있는 듯했다.

내게 고블린과의 격한 싸움을 이야기하며 갑자기 배를 누르는 프란.

"배고파……."

프란도 울시도 안타까운 얼굴이다. 그걸 뒤따르듯이 배가 칼로리를 요구하는 꼬르륵 소리가 울려 퍼졌다.

기운차게 수행해서 성대하게 배가 고픈 모양이다. 어떤 의미로는 건강한 생활이로군.

프란과 울시는 마술로 몸의 오물을 제거하고 나는 그사이에 식사 준비를 했다. 차원 수납에서 요리를 꺼낼 뿐이지만 질리지 않도록 매일 다른 메뉴를 생각하고 있다고.

『그럼 오늘은 카레에 생선가스를 토핑으로 해볼까.』

"응! 생선도 맛있어."

"웡!"

『자, 많이 먹어.』

"잘 먹겠습니다!"

"웡웡!"

"이 몸으로 뭐가 가장 괴롭냐면 식사를 못 한다는 점이야."

맛있게 카레를 입안 가득 먹는 프란과 울시를 바라보며 펜리르가 한숨을 토했다. 뭐, 그 마음은 모르는 바도 아니다. 프란과 울시는 정말 맛있게 밥을 먹으니 말이다.

검의 몸이 되어 식욕이 사라진 나조차 좀 부러워진다. 환영인 펜리르도 식욕을 자극받고 있을 것이다.

"……으?"

"웡."

마경이라고는 상상도 할 수 없는 호화로운 식사를 마치고 차를 마시던 프란과 울시가 움직임을 멈췄다. 그리고 둘 다 평원 북쪽을 노려봤다.

『접근하고 있네.』

"게다가 일직선으로."

뭔가 큰 마력을 가진 존재가 이쪽을 향해 오고 있었다.

처음에는 강한 마수가 날뛰고 있다고 생각했지만 상대는 구역을 무시하고 곧장 남하해왔다. 아무래도 단순한 마수는 아닌 듯했다.

이 장소가 목표인 것 같기도 한데…….

『프란, 울시, 조심해!』

"웅!"

"크릉!"

언제든지 대응할 수 있도록 프란과 울시가 일어섰다. 펜리르는 만약을 대비해 모습을 감췄다. 최악의 경우에는 나도 해석을 중단할 필요가 있을 것이다. 그에 따라 무슨 일이 일어날지는 알 수 없지만 프란이 최우선이다.

"웅?"

"엉?"

하지만 우리는 바로 그 긴장을 풀었다.

상대가 사라진 건 아니다. 기척의 주인이 지인이라는 사실을 알았기 때문이다.

거리가 가까워지자 누구인지가 확실해졌다.

"아만다?"

"웡."

그렇다, 무시무시한 속도로 이쪽으로 다가오고 있던 것은 랭크 A 모험가인 아만다였다. 전력으로 달려오고 있는 것 같군. 이 정도라면 몇 분 안에 여기에 도착할 것이다.

그대로 5분 정도 기다리자 예상대로 평원을 달리는 아만다의 모습이 보이기 시작했다.

이쪽이 눈으로 본 것과 동시에 저쪽도 이쪽을 본 듯했다.

"프―라―안!"

손을 마구 흔들고 있다. 얼굴에는 미소가 가득했다.

프란의 모습을 발견한 아만다가 속도를 더욱 올렸다.

직선상에 있던 고블린 하나가 바람 마술로 가루가 되었군.

그것을 본 프란이 어째선지 비통한 고함을 질렀다. 울시도 구슬프게 울었다.

"아앗! 삐뚤코!"

"워엉!"

아아, 저 고블린이 프란과 울시의 영원의 라이벌, 삐뚤코인가. 듣자 하니 고블린이라고는 생각할 수 없는 후각으로 프란과 울시의 스토킹을 모조리 간파한 모양이다. 그래서 둘은 은밀의 정밀도를 더 올려서 원거리에서 감시하자고 벼르고 있었던 것 같은데.

"우우, 삐뚤코⋯⋯."

"어? 어?"

우리의 눈앞까지 다가온 아만다가 당황하는 목소리를 냈다.

"아만다 바보."

"어? 어째서⋯⋯?"

오랜만에 재회했으니 감동적인 이것저것을 상상했던 건가. 하지만 갑자기 프란이 팔다리를 구부려 땅에 대고 뭔가를 외치기 시작하더니 화를 낸 상황이다.

"미, 미안해."

왜 혼나는지도 모르는 채로 머리를 숙이는 아만다.

프란도 그것을 보고 어쩔 수 없다고 받아들인 모양이다. 뭐, 상대는 어차피 고블린이니 말이다.

"용서해줄래?"

"⋯⋯이제 됐어."

"고마워, 프란!"

"으읍."

감격한 아만다가 프란에게 달려들어 끌어안았다. 가슴 계곡에 파묻히는 형태로 프란이 이상한 목소리를 냈다. 그 뒤에는 볼 비비기&볼에 뽀뽀 공격이 펼쳐졌다.

전에 헤어지고 나서 오랜만이니 다소 열렬해진 건 어쩔 수 없을 것이다.

아만다가 남자였다면 해석을 무시하고 최고 위력의 공격을 날렸겠지만 말이다.

"프란! 언니가 왔으니까 이제 괜찮아!"

이어서 다부진 얼굴로 아만다가 선언했다.

하지만 프란은 무슨 뜻인지 이해하지 못했다. 고개를 갸웃거리며 되물었다.

"무슨 소리야?"

"그야 프란이 마랑의 평원으로 갔다가 돌아오지 않았다고 하니까~. 무슨 문제가 있는 거 아냐?"

"없어."

아무래도 프란이 행방불명 취급을 받고 있는 듯했다.

"하지만 수행하고 온다고 하고 나왔어."

"설마 줄곧 틀어박혀 있을 줄은 몰랐겠지."

아만다가 역시 어이없다는 목소리로 어깨를 으쓱거렸다.

도시에 가까운 마경에서 모험가가 수행을 하는 경우 며칠 안에 도시로 돌아오는 것이 보통이라고 한다. 얻은 소재도 못 쓰게 되면 아깝고 식재료 등의 문제도 있기 때문이다.

다만 그것들은 차원 수납을 가진 프란에게는 문제가 되지 않는다. 일반 모험가가 장기간 던전이나 마경에 머무르기는 어렵지만 프란이라면 가능해지는 것이다.

"프란이 돌아오지 않는다고 넬이 걱정해서 내가 확인하러 온 거야."

"넬은 차원 수납에 대해 알아."

"프란은 좀 더 자신의 무모함을 자각해."

아만다가 어이없는 얼굴로 프란의 코를 쿡쿡 찔렀다. 랭크 A

모험가에게 무모하다는 소리를 들을 짓을 한 거구나…….

"보통 그렇게 편리한 술법은 없어."

『그야 그런가.』

시공 마술에 물건을 수납하는 술법은 존재하지만 보통은 우리만큼 편리하지 않다. 애초에 나 역시 스토리지라는 마술은 쓸 수 있지만 거의 사용한 적은 없었다.

그야 차원 수납이 더 고성능이기 때문이다. 즉시 발동할 수 있고 입구가 크며 용량이 압도적으로 많다. 게다가 안에서 시간이 진행되지 않는다. 뭐, 그만큼 특화된 전용 스킬이니 당연하지만.

스토리지로는 우리만큼 큰 것을 수용할 수도, 양을 잔뜩 수용할 수도 없다. 게다가 어지간한 실력자가 아니면 시간도 흐른다.

이 세계에 와서 바로 차원 수납을 얻은 건 아주 행운이었다고 말할 수 있었다.

"그리고 여기는 A급 마경이야. 아무리 프란이 강해도 한 달이나 돌아오지 않으면 걱정하지. 뭐, 길드 마스터는 웃었지만."

아만다도 무슨 일이 있지는 않을까 해서 부리나케 마랑의 평원으로 찾아왔다고 한다.

"그리고 스승도 없어서 분명 불의의 사태가 있었다고 생각했어. 스승은 어떻게 된 거야? 마력이 전혀…….""

아만다가 애처롭게 나를 바라봤다. 실은 대좌에 꽂혀 있는 동안 내 존재는 타인에게 거의 감지되지 않게 되는 모양이다. 그래서 아만다에게는 힘을 잃은 마검으로 보일 것이다.

묻기 괴로운 것을 묻는 듯한 얼굴로 프란에게 물었다.

아니, 나와 프란의 관계를 알면 묻기 힘든 건 당연하다. 파트너가 왜 죽었는지 묻는 것이나 마찬가지이니 말이다.

다만 아만다에게 어디까지 설명해도 좋은지 이미 펜리르와 의논을 마친 상태다.

『걱정해줘서 고맙다고 하면 되나? 아니면 멋대로 부수지 말라고 해야 하나.』

"어? 스승, 괜찮아? 나는 완전히……."

『이 대좌는 나를 만든 신급 대장장이에게서 유래됐는데, 여기에 꽂혀 있는 동안에는 내 힘이 밖으로 새어나가지 않도록 되어 있는 것 같아.』

"와, 그거 대단하네. 하지만 신급 대장장이? 스승은 혹시 신검이야?"

『하하하, 아냐 아냐. 신급 대장장이에게 만들어진 검일 뿐이야.』

거짓말은 아니다. 폐기 신검이기는 해도 지금의 나는 신검이 아니다.

"흐음. 거짓말은 아니지만 진실도 아닌 느낌인가?"

『어? 아니, 그게…….』

"굉장해. 아만다, 어떻게 알았어?"

『프, 프란 씨?!』

"?"

"우후후후. 괜찮아. 내게도 남에게 말하고 싶지 않은 비밀 한둘은 있는걸. 인텔리전스 웨폰쯤 되면 분명 흔치 않은 비밀이 있겠지."

다행이다. 화나지 않은 모양이다. 그건 그렇고 아만다의 직감은 대단하네.

"이 유적이 스승과 관련 있다는 건 알았어. 물론 아무에게도 말하지 않을 거야."

『그렇게 해주면 고맙겠습니다.』

"그건 그렇고, 여기는 줄곧 궁금했는데 신급 대장장이와 관련된 시설이었구나."

"응. 여기서 스승의 수복을 하고 있어."

『이 대좌에는 여러 기능이 있다는 것 같아.』

"수복이라니, 무슨 일 있었어?"

아무리 그래도 펜리르나 신에 대해 이야기해서는 안 된다는 것이 펜리르의 견해였다. 그래서 신급 대장장이인 에르메라를 전면에 내세워 나를 관리 중이라고 설명하기로 했다.

"왕도에서 격전을 계속 치러서——."

긴 이야기를 모두 들은 아만다가 프란을 다시 끌어안고 그 머리를 초고속으로 쓰다듬었다.

"애썼구나!"

어디에 가도 큰 소동에 휘말려서 몇 번이나 몇 번이나 죽을 뻔했다는 이야기이니 말이다.

그건 그렇고 머리를 쓰다듬는 아만다의 기세가 줄어들지를 않는다. 대머리가 되지는 않겠지? 혹은 불이 붙거나? 프란이 싫어하지 않으니까 말리지는 않겠지만.

"그 구두쇠 후작의 음모를 폭로한 건 대단하지만 무모한 짓을 하면 안 돼."

"구두쇠 후작?"

"아슈트너 말이야! 그 후작의 의뢰를 몇 번 받은 적이 있는데,

돈을 늦게 줬다니까! 하지만 아는 사람 소개여서 거절할 수 없었어."

아만다는 소재 조달 등의 일을 몇 번 받은 적이 있다고 한다. 알레사에는 나름대로 영향력이 있는 인물이었기 때문에 거절할 수 없었던 모양이다.

아만다의 경우 국가나 귀족과의 연결이 두터우니 반대로 그런 속박도 많을 것이다.

아만다는 상당히 깊은 부분까지 이번 전말을 알고 있었다.

레이도스 왕국을 상대하면서 여러 정보가 드러난 모양이다. 그리고 독자적으로 가지고 있는 파이프로 정보를 모으고도 있는 듯했다.

우리가 이야기할 것도 없이 그녀는 왕도에서 프란이 한 활약을 듣고 있었다.

굳이 따지자면 처음 듣는 수인국에서의 싸움 쪽이 더 마음에 걸린 모양이다.

키아라가 죽은 이야기를 하자 그녀는 정말 애처로운 표정을 짓고 있었다. 키아라를 애도한다기보다 키아라를 잃은 프란의 심정을 생각해서겠지만 말이다.

"……프란은 정말 노력가야. 하지만 너무 애쓰지는 마."

"응?"

"만약 내가 모르는 곳에서 프란에게 무슨 일이 있으면 슬퍼. 그러니까 너무 무모한 짓은 하지 마. 그러면 안 돼."

아만다가 조금 장난스럽지만 진지한 눈으로 프란에게 말했다.

하지만 프란은 미안해하는 것 같으면서도 고개를 끄덕이지는 않았다.

"……응. 하지만 무리하지 않으면 강해질 수 없어."

"후우……. 그래."

몇 초의 시간 사이 무슨 말을 해도 프란의 결의는 변하지 않는 다는 걸 깨달은 걸까. 아만다는 안타깝게 눈을 내리떴다.

"저기."

"응?"

"지금은 이곳에서 스승의 수복을 기다리는 동안 프란은 수행을 하고 있는 거지?"

"응."

『그런 거야.』

"그렇구나……. 알았어. 나도 협력할게!"

왠지 결의에 찬 표정을 지은 아만다가 주먹을 불끈 쥐고 선언 했다. 얼굴에는 의욕이 가득 차 있어서 당장이라도 모의전을 시 작하자는 말을 꺼낼 것 같았다.

『협력이라니, 뭘 할 생각이야?』

아만다는 레이도스 왕국에 대한 억제기로서 알레사에 있어야 할 터다. 게다가 현재는 한창 분쟁이 발생하고 있어서 독단적인 행동은 할 수 없을 텐데.

"그야 모의전 상대가 필요하잖아? 내가 상대할게."

"오오."

프란은 기쁜 듯했지만 정말 괜찮은가?

『아니, 그건 고맙지만 알레사는 어떻게 하려고? 그리고 레이도 스와의 전쟁은 괜찮아?』

"아아, 그쪽 말이구나."

내가 묻자 아만다가 현재의 정세를 설명해줬다.

국경을 넘은 레이도스의 부대는 알레사 병력에 호되게 격퇴당해 결국 모두 퇴각했다고 한다. 그 후 레이도스 왕국에서는 일부 강경파가 폭발해서 면목 없다는 요지가 적힌 사과문이 보내졌다는 모양이다.

국가의 뜻이 아니다, 소수의 멍청이가 장난을 좀 쳤을 뿐이다. 그렇게 주장할 셈이네. 편지 뒤에는 사자와 함께 주모자로 보이는 사람의 목이 보내졌다고 한다.

"실제로는 레이도스의 귀족 사이에서 정쟁에 진, 이번 일과 상관없는 하급 귀족의 목일 뿐이지만."

『희생양이라는 건가.』

알레사의 수뇌부도, 크란젤 왕국에서 파견된 교섭 담당도 그건 알고 있었다. 하지만 알면서도 레이도스의 변명을 인정할 수밖에 없었다고 한다.

"왜? 나쁜 건 저쪽이야."

"그렇기는 하지~. 하지만 이쪽에도 전쟁을 계속해서 얻을 건 없거든."

국내가 큰 혼란에 빠진 이 시기에 대국을 상대로 전쟁을 계속할 수 있을 리도 없다. 그럴 여유가 있다면 왕도의 부흥에 힘을 쏟는 편이 낫다.

체면 문제가 있지만 레이도스가 일단 사과해서 그것도 해소됐다. 배상금도 나름대로 받을 수 있다고 한다.

레이도스 왕국도 처음부터 거기까지 계산을 마쳤던 거겠지.

국경 부근을 순조롭게 빼앗을 수 있다면 최선. 실패한다 해도 크란젤 왕국이 역공할 가능성은 없다. 그럴 여유가 없기 때문이다. 배상금은 내게 되지만 귀중한 전투 데이터를 얻을 수 있다.

"현재는 장이 국경선을 경계하고 다른 모험가가 국내에 파고들었다고 짐작되는 레이도스의 공작원을 수색하고 있어."

"아만다는?"

"나는 다른 모험가 대신 상급 모험가용 의뢰나 긴급 의뢰를 처리하고 있어. 하지만 힘이 너무 넘쳐서 의뢰가 없어졌어."

그럼 공작원을 찾으면 되는 게 아닌가 생각했지만 유명인이라 눈에 띄는 아만다는 그런 일에 어울리지 않는다고 판단된 모양이다.

"실례잖아? 나도 숨으려고 하면 숨을 수 있거든? 그걸 전투와 파괴에만 능력이 있는 근육 뇌처럼……."

한동안 넬이나 길드 마스터에 대한 불만을 중얼거리는 아만다였지만 바로 마음을 다잡은 모양이다.

"뭐, 그 덕분에 여기로 올 시간도 있는 거니 오히려 감사해야지!"

즉 아만다는 여기에 머무는 게 아니라 며칠 간격으로 알레사와 마랑의 평원을 오갈 생각인 듯했다.

"나랑만 모의전을 하면 편중되잖아. 모의전, 마수 사냥, 기초 수행, 평원 탐색. 나와 함께 이걸 반복하는 게 제일 좋을 것 같아."

『스승. 이건 기회야. 프란을 위해서는 아만다의 협력을 받는 게 제일 좋아.』

펜리르도 찬성인가 보다. 모습을 숨긴 채 내게 그렇게 말했다.

『그럼 부탁해도 될까?』

"응. 아만다 고마워."

나와 프란이 동의하자 아만다가 부리나케 채찍을 준비하기 시작했다.

"흐-흐-흐-음."

콧노래를 섞어가며 등에 지고 있던 짐을 내리고 채찍을 드는 것이 아닌가.

『어? 벌써 하는 거야?』

"당연하지!"

"응. 당연해."

아아, 전투광들에 대해 아직 이해가 부족했다. 잠시 휴식한다든가 하는 상식은 통하지 않는 것이다.

순식간에 두 사람은 준비를 마쳤다.

"그럼 해볼까?"

"응!"

프란과 아만다가 제단 앞에서 마주 보고 날카로운 시선을 교환했다. 오랜만에 재회한 지 십여 분 만에 모의전이라……

프란이 든 건 최근 쓰고 있는 환휘석의 마검.

아만다의 채찍은 '악마의 시련'이라는 무서운 이름이 붙은 불길한 채찍이었다. 에나멜처럼 광택 있는 붉은 채찍으로, 날카로운 가시가 몇 개나 돋아 있었다.

무투 대회에서 망가진 천룡의 수염으로 만든 마편이나 결승에서 썼던 예비 채찍과도 또 다르군.

이름 : 악마의 시련

공격력 : 721 보유 마력 : 616 내구도 : 720

마력 전도율 B-

스킬 : 신축 자재, 부여 고통 증가, 마비 부여

이름 : 천룡의 수염으로 만든 마편

공격력 : 1030 보유 마력 : 1800 내구도 : 1000

마력 전도율 A

스킬 : 중량 변화, 신축 자재

이전에 썼던 천룡의 수염으로 만든 마편보다는 약하지만 이 채찍도 상당히 강했다. 부여 고통 증가가 꺼림칙한 능력이기 때문이다.

"새로 손에 넣은 채찍의 시운전을 시켜줄래?"

"응. 좋아."

"후후. 그럼 간다?"

바로 전투가 시작됐다.

밖에서 보고 있으면 갑작스러워 보이지만 두 사람 사이에서는 그렇지 않았다. 무기를 마주 쥔 시점에서 이미 시작된 것이니 말이다.

"핫!"

"웃!"

"하아압!"

"음!"

아만다의 채찍을 피하며 프란이 달려들었다. 그런 공방을 몇 분 동안 반복하다 아만다가 감탄한 듯이 웃었다.

"전법을 바꿨네."

"응."

"그렇구나. 검기를 쓰는 걸 의식하고 있어."

쉽게 간파한 아만다. 새삼 보니 아만다의 전법은 편술 속에 정말 자연스레 편기가 섞여 있었다.

"홋! 하앗!"

춤추는 듯한 채찍의 공격 사이. 채찍은 지면에 파고들었다가 땅속에서 창처럼 프란을 향해 솟고, 거기서 다시 후려치기 일격으로 변화했다.

아래쪽에서 상대에게 덤벼드는 편기 '미친 수련'을 능숙하게 써서 가로 움직임 속에 세로 움직임을 섞은 거겠지. 그로 인해 프란은 회피 타이밍을 놓칠 뿐만 아니라 항상 아래쪽에도 주의를 기울여야 하게 됐다.

그 밖에도 아만다의 편기는 대단했다.

한번 검에 튕긴 채찍이 믿을 수 없는 움직임으로 프란에게 다시 달려드는 '사갈'.

전혀 팔을 움직이지 않는 상태에서 채찍만이 생물처럼 움직여 기습하는 '이무기 쏘기'.

다양한 편기에 농락당하며 새삼 무기의 유용함을 깨달았다.

『저게 지향점인가…….』

결국 프란은 채찍 폭풍에 압도당해 검이 튕겨 나가고 말았다.

역시 아만다는 강하다.

"으으……."

"뭐, 아직은 안 져. 하지만 이 전법을 익히면 상당히 강해지지 않을까? 무술의 실력 자체는 이미 나를 뛰어넘은 것 같고."

"응."

"그리고 스승의 지원 없이 싸우는 경험은 분명 프란에게 도움이 될 거야. 공격력이나 마술도 그렇지만, 전투 중에 의논할 수 없으면 스스로 생각해야 하니까."

"……알았어."

프란은 분한 듯하지만 아만다의 조언에 순순히 고개를 끄덕였다. 이 순순함이 프란의 성장력을 지탱하는 것이다.

완고한 부분은 절대로 양보하지 않지만 전투 등의 분야에서 가르침을 청하는 경우에는 놀랄 만큼 순순했다.

"그럼 한 번 더 가볼까."

"응!"

한 번으로 끝날 리 없겠지.

그 후 해가 기울기 시작할 때까지 프란과 아만다의 모의전은 계속됐다.

"와아, 오랜만에 좋은 모의전을 했네!"

"응……."

프란은 한 번도 이기지 못했군. 전법을 바꾸지 않고 검기를 주체로 도전했다고는 하나 엄청나게 분한 듯했다. 아마 한 번 정도는 이길 생각이었을 것이다.

내가 없는 상태에선 힘의 격차가 분명했다. 아니, 힘이라기보다는 경험과 기술의 차이인가.

그래도 후반에는 아만다의 채찍에도 반응할 수 있게 됐으니,

앞으로 수행이 진행되면 좋은 승부를 할 수 있게 될 것이다.

아만다는 환하게 웃는 얼굴로 땀을 닦으며 프란을 칭찬해주고 있었다. 마치 언니처럼 프란의 성장을 기뻐하는 것을 알 수 있었다.

그녀는 모의전 뒤에도 정말 아쉬워했다

"그럼 난 알레사로 돌아갈게. 또 나흘 뒤에 만나."

"알았어."

"프란, 내가 돌아가면 쓸쓸하지 않겠어?"

"괜찮아."

"지, 진짜야? 거짓말 안 해도 돼."

"응."

"진짜 진짜?"

"아주 괜찮아."

"정말로——."

아만다, 얼른 돌아가!

저녁 식사 시간.

프란은 울시와 함께 거대한 고기를 물고 있었다.

흐흠, 프란이라고 매일 카레를 먹는 건 아니다. 아니, 오늘은 아침과 점심에 카레였지만.

이건 길을 잃은 팽 보어를 우연히 해치워서 통구이를 만들어본 것이다.

"우물우물…… 이건 이것대로 맛있어."

"와구와구! 웡!"

만화 고기를 양손으로 들고 번갈아 입안 가득 먹는 프란과 뼈째로 고기를 씹어 먹는 울시. 두꺼운 허벅지뼈를 부수며 만족하고 있다. 맛보다 씹는 반응에 기뻐하고 있는 듯했다.

"자…… 그럼 나는 슬슬 잠을 자야겠다."

"응……."

"윙……."

펜리르가 잠을 자야 한다는 건 프란과 울시에게 이미 설명을 마쳤다. 하지만 새삼 말을 들으니 쓸쓸한 모양이다. 아만다와 달리 다음에 언제 만날 수 있을지 알 수 없으니 말이다.

"그런 얼굴 하지 마. 스승 속에서 자는 것뿐이니까 둘 다 수행 열심히 해."

"감사했습니다."

"윙."

프란과 울시가 등을 바르게 펴고 머리를 숙였다. 프란은 진지한 표정으로 고기를 일단 테이블에 놓았다고.

아만다에게 보인 것과는 전혀 다른 태도인데, 저쪽은 사이좋은 언니 같은 느낌, 이쪽은 기간이 한정된 좋아하는 선생님 같은 느낌일 것이다.

"뭐, 나와 스승은 일심동체야. 스승의 파트너인 프란은 내게도 남이 아니지."

"하지만 여러 가지를 배웠으니까."

"윙."

"내가 힘을 되찾기 위해서라도 프란은 열심히 해줘야 해."

"응! 맡겨줘!"

프란의 힘찬 말에 펜리르가 부드럽게 미소 지었다.

"그래, 맡기지. 또 보자."

"응. 또 봐."

"웡!"

그리고 펜리르는 환영인 채로 프란과 울시의 머리 위로 손을 뻗었다. 손이 닿을 리는 없지만 그래도 둘은 기뻐 보였다. 그런 프란과 울시의 표정을 잠시 동안 바라보다 살짝 미소 짓고, 펜리르는 슥 사라져갔다.

내 안에서 펜리르가 잠이 든 것을 알 수 있었다.

『잠들었나. 뭐, 언젠가 또 만날 수 있을 거야.』

"응! 열심히 할게."

"워후."

펜리르가 내 안으로 돌아가고 며칠이 지났다.

오늘도 프란과 울시는 마수를 스토킹하거나 마수와 싸우는 등 수행에 빠져 있었다. 뭐, 나는 아직 대좌에 꽂혀 있어서 스킬로 기척을 감지하고 있을 뿐이지만.

아무래도 내 성장에 맞춰 스킬 공유도 성장했는지 이전보다 유효한 범위가 늘어났다. 현재는 에어리어 4 입구 정도까지의 거리라면 공유가 풀리지 않고 떨어질 수 있다. 아니면 이 땅이나 대좌의 혜택인가?

아아, 에어리어는 내가 혼자 이 평원에 있을 때 나타나는 마수의 힘으로 대충 구분한 것이다.

다만 지금의 마랑의 평원에서 이전의 감각은 전혀 의미가 없는 듯했다.

『역시 마수의 힘이 크게 올라갔어. 에어리어 1은 그리 다르지 않지만.』

이전이라면 에어리어 1에는 고블린 이하의 잔챙이. 에어리어 2, 3에는 위협도 F, 구역 4에 위협도 E 정도의 마수가 나타났지만 지금은 나타나는 마수의 위협도가 1, 2 랭크 올라갔다.

에어리어 3, 4의 경계 부근에서 이미 랭크 D의 마수가 나타나고 있는 듯했다. 이전이라면 바깥 둘레 부분인 에어리어 5에서 구역 보스로 군림하고 있어도 이상하지 않은 수준인데. 실제로 내가 있을 때는 위협도 D의 도플 스네이크나 블러스트 토터스가 구역 보스 같은 존재였다.

나타나는 마수가 강해진 이유에는 놀랍게도 내가 관련되어 있었다. 아니, 강해졌다기보다 현재는 원래 상태로 돌아갔다고 하는 편이 올바른 듯했다.

내 영혼을 소환해 검에 봉인하고 정착시키기 위해서는 엄청난 마력이 필요했다. 물론 주도하는 것은 신이어서 과정의 태반은 신이 처리해줬지만, 대좌 등의 시설은 이 평원에서 마력 공급이 필요했다.

이쪽 세계의 신에겐 온갖 제한이 있어서 전부 의지할 수는 없다는 뜻이다.

신들은 나를 전생시키기 위해 부족했던 마력을 보충할 목적으로 일시적으로 마력 흡수 결계를 최대로 발동시켰다고 한다. 그 탓에 마랑의 평원 전체의 마력이 일시적으로 저하되어 출현하는 마수가 약해졌던 것이다.

나로서는 마수가 약해져서 아주 편했다. 살아남아 강해질 수 있었던 건 그 덕분이려나.

만약 마수가 지금처럼 강했다면 금세 망가졌을 것이고, 가령 무사했다 해도 마랑의 평원을 탈출하는 데 몇 배나 시간이 걸렸을 게 분명하다. 그야말로 연 단위로 평원에 갇혔겠지.

그랬다면 나는, 프란을 만나지 못했을 것이다.

이전에 혼돈의 여신에게 이 세계에 운명 따위는 없다는 말을 들었다. 신조차 장기적으로 미래를 보기는 어렵고 모든 것은 우연의 축적이라고 말이다.

하지만 프란과의 만남에 운명적인 것을 느낀 건 내가 원래 인간이기 때문일까?

『……쓰러뜨린 것 같네.』

오랜 시간 싸웠던 프란과 울시지만 마수의 소재를 수납하고 대좌까지 돌아왔다. 상당히 지친 듯했다.

『수고했어. 어땠어?』

"응, 꽤 강했어."

『그래?』

평소처럼 내 지원이 있는 것도 아니고, 나만큼 강한 무기를 들지도 않은 상태. 거기에 무기(武技) 중심의 익숙하지 않은 싸움 방식. 랭크 D 마수를 상대하기는 힘들었을 것이다.

스스로 회복하고 있는 것 같지만 명백하게 피를 흘린 흔적이 있고, 방어구의 부서진 상태를 보면 상당한 대미지를 받았으리라는 것을 알 수 있었다.

또한 울시의 상태도 상당히 심각했다. 아니, 오히려 프란보다

나쁠지도 모른다. 요즘 명백하게 자신에게 맞지 않은 접근전을 시도하는 경향이 있었다.

울시의 경우 회피 능력은 원래 높지만 근접 공격력은 그렇지 않다. 그 탓에 방어력이 높은 마수나 접근전에 특화된 마수에게 카운터를 맞아 피해를 입는 경우가 늘어나고 있었다.

그 무모한 행동에 펜리르에게 들은 진화 이야기가 영향을 준 건 틀림없을 것이다.

울시의 진화 방향이 된 종족은 두 종류. 사독 마술 특화인 게헨나 울프와 암흑 마술이 특기인 다크나이트 울프다. 성장하는 마술의 계통이 다른 것 외에는 아주 비슷한 진화를 한다.

개체로서의 스테이터스는 그다지 상승하지 않고 지휘나 통솔, 부감 시점이나 매의 눈과 같은 지휘 계통 스킬이 대폭 늘어나는 진화다.

물론 스테이터스가 전혀 올라가지 않는 건 아니다. 어쨌든 위협도 B의 로드급 마수니까. 그러나 같은 늑대 타입이자 단독 전투 특화형인 인페르노 울프나 같은 형태인 발키리 울프와 비교하면 상당히 약하다고도 할 수 있다.

울시는 그것을 도저히 받아들이기 어려운 모양이다.

나는 늑대형 마수 무리를 찾아 울시가 지배하는 방법도 생각하고 있지만, 울시는 아무래도 자신의 힘으로 프란의 옆에 나란히 서서 함께 싸우고 싶은 듯했다.

프란은 앞으로 더 강한 적과 싸우게 될 것이다. 그때 지금 이대로라면 뒤에서 지원하는 것조차 어려워질지도 모른다. 그래서 더 강한 힘이 필요하다.

아마 이번에 간 왕도에서 울시는 그렇게 느낀 게 아닐까.

프란도 울시의 마음을 잘 알 것이다. 만약 "너는 진화해도 강해지지 않아. 다른 흑묘족을 지휘하는 능력은 얻지만"이라는 말을 해도 절대로 납득하지 않을 테니 말이다.

그렇기에 무리를 하는 울시에게 아무 말 하지 않고 지켜보기로 한 것 같다.

『프란, 울시는 어땠어?』

"노력했어."

『그건 알지만 상당히 고전한 것 같지 않아?』

"응…….. 상대가 좀 강했어."

전투의 상세한 이야기를 프란에게 캐물으니 역시 울시가 실수를 한 모양이다.

상대는 강한 비늘을 두른 고릴라 같은 체형의 도마뱀형 마수였다고 한다.

프란이 검기와 마술로 발을 묶고 울시가 뒤에서 목덜미를 물어뜯는 데까지는 좋았지만, 그 일격으로도 마수를 해치우지 못했다. 그리고 울시는 그 마수에게 붙잡혀 하마터면 으스러질 뻔했다고 한다.

전형적인 완력과 방어력 특화의 무식한 적이다. 울시라면 원거리에서 마술로 체력을 깎아서 시간은 걸리더라도 별 탈 없이 쓰러뜨릴 수 있을 터였다. 혹은 프란을 지원하며 결정타를 프란에게 맡기는 편이 나았을 터다. 그러나 울시는 스스로 숨통을 끊고 싶어 했다.

짐작이지만 포식 흡수 때문일 것이다. 그 스킬에 한 가닥 희망을 걸고 있는 걸까.

하지만 이번에는 조금 무모했군.

『울시…….』

"웡……"

그런 침울한 얼굴 하지 마.

그 얼굴로 울시의 분한 마음은 잘 알 수 있었다. 이 느긋한 늑대가 이렇게 침울해하는 건 처음이지 않을까?

"스승, 울시는 분명 강해질 거야. 그러니까 조금만 기다려."

"웡!"

『……하아. 알았으니까 그런 눈으로 보지 마. 나 역시 울시의 마음은 이해해.』

"웡?"

대좌에 꽂혀 지켜볼 수밖에 없는 자신. 이런 상태가 되니 울시의 마음도 이해하게 됐다. 옆에서 프란과 함께 싸우고 싶다. 그 마음은 나도 울시도 분명 같을 것이다.

『……다만 너무 무리는 하지 마.』

"응. 알아."

"웡!"

좋은 대답이다. 나는 프란과 울시에게 말을 더 하려고 했다.

하지만 그 말은 낯선 목소리에 가로막혔다.

『알겠──.』

《해석이 종료됐습니다. 이제부터 수복에 들어갑니다. 수복 완료까지 주 인격은 휴면 상태로 변화합니다. 외부와의 접촉이 차단됩니다》

알림과도 다른, 더 무기질적인 기계음에 가까운 소리다.

아니, 지금은 그게 중요한 게 아냐!

『휴면?』

이봐, 그런 소리 못 들었는데! 그보다 위험해, 왠지 대좌가 빛나기 시작했어!

《수복 완료는 대략 150일 뒤로 예정되어 있습니다》

기다려! 150일? 너무 갑작스러워!

『프, 프란! 한동안 헤어져야 할 것 같아!』

"스승?"

"윙?"

『수복 중에는 얘기를 할 수 없게 돼! 끝나는 건 대략 150일 뒤인 것 같아! 미안! 이렇게 갑작스러울 줄은 몰랐어!』

"스승!"

"윙윙!"

『수행, 열심히 해! 하지만 조심해! 무리는 하지 마! 울시와도 사이좋게 지내고! 나머지는 아만다가 하는 말을 잘 듣고──.』

그리고 거기서 내 의식은 끊어지고 말았다.

진 프롤로그

얼마만큼의 시간을 나는 그곳에서 그러고 있었을까.

온몸을 덮치는 견디기 힘든 격통에 신음 소리를 흘렸다. 도움을 요청하기 위해 희미한 시선으로 주위를 둘러봤다. 아아, 눈가에 고이는 내 눈물이 걸리적거려……. 세상이 일그러져 보인다. 설마 피를 너무 흘려서 눈에도 영향이?

아무런 의미도 없이 하늘을 향해 뻗은 손에는 내게서 흘러나온 새빨간 피가 흠뻑 묻어 있었다.

"크으…… 으아…… 살려줘……."

숨을 쉬려고 할 때마다 온몸에 통증이 퍼졌다.

"크……아…….."

왜 내가 이런 꼴을……! 크으…… 아파, 아파아파아파……!

차라리 편해질 수 있다면…….

"아…….."

어라? 별로 아프지 않게 된 것 같은데?

내 몸을 괴롭히던 뼈의 심지에서 침투하는 듯한 통증과 불타는 듯한 열기가 갑자기 누그러들었다.

오히려 추운 것 같은데……?

이런 때는 고통을 느끼지 않는 경우가 더 위험하다는 이야기를 들은 적이 있다.

아아, 드디어 끝인 건가.

그렇게 생각하자 몸의 힘이 확 빠졌다.

나를 친 차에 대한 원한이나 구해준 아이의 안부나 내가 사라진 뒤의 회사 일이나 내일부터 서비스가 개시되는 푹 빠진 VR 게임의 속편처럼 쓸데없는 생각은 머릿속에서 완전히 사라졌다.

지금 내 안에 있는 건 안도하는 마음뿐이다.

"……아……."

더 이상 입도 움직이지 않는다. 하지만 이 이상 괴로워하지 않고 끝난다면 그편이──.

아아, 이제 진짜 마지막일지도 몰라.

주위의 시야가 새하얗게 물들어 마치 허공에 떠 있는 듯한 해방감이 나를 감쌌다. 통증은 전혀 없다. 뭣하면 이대로 일어나 평범하게 걸을 수 있을 정도다.

그것이 오히려 지금 나의 최후를 이야기하고 있는 듯했다.

"아아…… 죽는, 건가……."

『그렇구먼. 이대로 아무 일도 일어나지 않으면 그대는 죽는다.』

"……응?"

『하지만 구원받을 길이 있다면 어떻게 하겠는가?』

환청? 처음 들었지만 이렇게 선명하게 들리는구나. 마치 귓가에서 여자의 목소리가 속삭이고 있는 것 같다.

게다가 뭐지, 이 고풍스러운 말투는.

『마음은 이해하지만 환청이 아니다. 그대를 구하러 온 것이야.』

환청이 아니라는 환청……. 하하, 나는 어지간히 죽고 싶지 않나 보구나. 죽을 각오는 했는데 말이야.

『환청이 아니라고 했거늘. 뭐, 하는 수 없지. 그렇다면 이건 어떤가?』

따악.

손가락이 튕기는 듯한 소리가 들렸다.

그리고 시야가 다시 변화했다.

"어?"

"나의 영역에 어서 오라. 환영하지."

아스팔트에 쓰러져 있었을 나는 어느새 짧은 풀이 무성한 땅 위에 앉아 있었다.

나도 모르게 시선을 주위로 돌렸다.

주위의 하얀 공간은 변하지 않았다. 하지만 광대하고 끝이 있는지도 알 수 없는 그 세계에 어느새 작은 대지가 나타나 있었다.

학교 교정 정도 되는 넓이의 평원. 그 중심에는 돌로 만든 장엄한 건물이 서 있었다. 뭐라고 하면 좋을까……. 신전? 그렇다, 그건 그야말로 신전이었다. 직접 본 적은 없지만 그리스의 파르테논 신전 같은 느낌이다.

나는 그 신전 바로 앞에 앉아 있었다.

그리고 갑자기 나타난 건 지면과 신전뿐만이 아니었다.

"어떤가? 이래도 환청과 환각이라고 우길 게냐?"

한 여성이 신전 입구 앞에 서 있었다.

신기한 복장과 머리 스타일 등 눈에 띄는 것은 얼마든지 있었다. 하지만 내가 우선 처음에 느낀 것은 '아름답다'라는 경탄이었다.

순수한 일본풍 얼굴이지만 놀랄 만큼 단정했다. 게다가 그뿐만이 아니라 범접하기 어려운 신성함 같은 것도 느낄 수 있었다.

생명력 넘치는 생물적인 아름다움이 아니다. 여신의 조각상에 천사가 깃들어 움직이기 시작한 듯한. 사람이라고는 생각할 수 없는 아름다움인 것이다.

잠시 숨을 삼키고 여성의 얼굴을 쳐다보고 나서야 온몸을 볼 여유가 생겼다.

얼굴과 마찬가지로 그 모습도 일본풍이었다. 다만 일본이라 해도 고풍스러운 느낌은 아니었다.

옛 궁녀가 입는 소매 긴 정복 같은 타입이 아니라 만화에 나오는 여닌자가 몸에 걸친 듯한 미니스커트 같은 형상. 단적으로 말하자면 코스프레 같다.

얇고 몸에 딱 맞는 데다 허벅지 부분에는 긴 슬릿이 들어가서, 자칫하면 싸구려로 보일지도 모른다. 그런 디자인인데도 이 여성이 몸에 걸친 것만으로 신비하게 느껴지니 신기하다.

긴 머리나 눈과 마찬가지로 칠흑의 기모노지만 옷깃과 허리띠는 주홍색으로 통일되어 있었다.

그 배색에도 역시 코스프레 느낌이 있었다.

"자."

"어?"

걸어온 여성이 내 손을 이끌고 일으켜줬다. 그 부드럽고 따듯한 감촉은 절대로 환각이 아닐 터였다.

"환각이…… 아냐?"

"그래. 이제야 이해했나. 뭐, 이 모습은 내 본래의 모습이 아니다. 내 신격과 그대의 이미지가 뒤섞인 것이지."

"그, 그러니까 그 말은?"

"그대가 상상하는 신의 모습을 모방한 가짜 모습이다. 이편이 이야기하기 쉬울 테니 말이야."

즉 내 머릿속에 있는 신의 이미지라는 뜻인가? 그게 얇은 의상을 몸에 걸친 미녀?

음, 내 속물스러움에 한마디 하고 싶군.

"아니, 신……?"

"나는 명부와 윤회를 관장하는 존재. 그대의 감각으로 말하자면 명계의 신이라고 해야겠지."

"며, 명계의 신……? 하, 하데스처럼? 아니, 여기는 일본이니 염라대왕님? 혹은 이자나미노미코토?"

"어느 것이든 정답이면서 정답이 아니니라. 뭐, 내 신격에 대해서는 이만 됐다. 그보다 그대의 현 상황에서 대해 이야기하지."

아아, 그러고 보니 나는 어떻게 된 거지? 아니, 명계의 신이 눈앞에 있으니까 죽은 거겠지? 하지만 구원받을 길이 있다고 한 것 같은데……?

"그렇다."

오오! 혹시 되살려주는 건가? 아싸! 아니, 근데 잠깐만? 나 같은 성인도 위인도 아닌 일반인에게 그런 기적이 일어날까? 신이 죽였으니 그에 대한 사과인가? 하지만 나를 친 건 평범한 차였는데……. 아! 애초에 나 완전 반말로 물었어! 그야 너무 혼란스러워서 뭐가 뭔지 모르는 상태였으니까. 하지만 지금까지 말투에 대해 혼나지 않았으니 신경 쓰지 않아도 되나? 신 수준의 큰 그릇이라면 말투 정도로 화를 내지 않을지도 몰라. 그래, 틀림없어! 하지만 만약 불쾌했다고 하면 지금부터 말투를 바꿀게요.

"그대, 왠지 모르게 바쁘구나."

"그, 그래요?"

왠지 어이없어하고 있는데? 하지만 화는 나지 않은 것 같아. 좋아, 너는 무례하니까 구하는 건 취소라는 말은 나오지 않을 것 같군. 다행이다! 자자, 이야기를 계속하세요! 되살려주시는 건가요! 그러면 좋겠네요!

"으음, 바쁠 뿐만 아니라 무서울 만큼 긍정적이로군."

"그런 말 자주 듣습니다. 묘하게 긍정적이라고요. 다른 말로는 역시 둔감하다더라고요."

"그게 칭찬하는 건가? 뭐, 됐다. 지금은 구원 이야기를 하지. 애초에 이것을 구원이라고 할 수 있는지는 그대에게 달렸지만 말이다. 그대에게 부탁이 한 가지 있다."

"부탁……? 신께서 제게요?"

"그래. 이야기만이라도 들어주지 않겠나?"

"아, 네."

"그런가. 그러면 이쪽으로 오게나."

"아, 잠시만요……."

명계의 신이 몸을 돌려 신전 안으로 들어갔다.

뒤를 쫓으려고 했지만 신전이 너무 신비해서 들어가기가 망설여졌다.

여, 여기를 나 따위가 들어가도 되나? 신성한 곳인 게…….

"자, 뭘 하고 있나. 빨리 오게."

"아, 네!"

들어가도 되나 보다. 나는 황급히 뒤를 쫓았다.

그리고 더한 충격과 마주쳤다.

"환영합니다. 저는 은월의 신."

"후후, 나는 혼돈의 신이야."

명계의 신보다 나으면 낫지 뒤떨어지지 않는 미녀 두 사람이 나를 기다리고 있었다.

그야말로 절세의 미녀다. 이쪽 두 사람은 명계의 신에 비하면 서양풍이라고 할 수 있을지도 모른다.

은월의 신이라고 밝힌 여성은 그 이름대로 아름다운 긴 백은색 머리에 부드러워 보이는 새하얀 피부. 금색 눈동자를 가진 여신이다. 가볍게 움직일 때마다 백은색 머리가 흔들리며 빛났다. 내가 게임에서 썼던 캐릭터도 여기에 가까운 머리색이었는데, 개인적으로 친근감이 샘솟는다. 그 표정은 모성과 자애로 가득해서 그야말로 여신님이라는 호칭에 어울려 보였다.

혼돈의 여신은 장난스러운 표정을 짓고 있었다. 은월의 신과는 또 다른 아름다움을 가진 여성이다. 모든 것을 꿰뚫어 보는 듯한 진홍색 눈동자. 무심코 만지고 싶어질 듯한 농염함이 있었다. 피부는 갈색이며, 뒤로 묶은 은색 머리에는 은월의 여신보다는 살짝 짙은 반짝임이 있었다. 회은이라고 하면 될까? 그러나 갈색 피부에는 이쪽 머리가 더 어울릴 것이다.

이 여신님들의 아름다움이나 얇고 몸에 꼭 맞는 의상도 내 이미지를 기초로 한 건가? 그렇다면 내 이미지 굿잡.

"저기……."

어떻게 말을 걸면 좋을지 당황하고 있자 명계의 여신이 내게 손짓했다.

"이 두 사람은 내 동료 같은 존재다. 그리고 그대를 구한 사람들이기도 하지. 뭐, 굳이 따지자면 나는 보조고 이 녀석들이 주도적인 입장이지만."

"당신에게 부탁이 있습니다."

"잠시 이야기를 들어줄래?"

"아, 네."

두 신이 제각기 이야기하기 시작했다.

놀랍게도 그녀들은 지구의 신이 아니라고 한다.

그럼 어디의 신일까?

이세계다.

지구와는 세계의 법칙부터 다른 세계. 그 세계를 창조하고 관리하는 신이라고 한다.

다만 나를 놀라게 한 건 그 점이 아니다. 물론 이세계가 있다는 사실이나 신과 대면한 일에는 놀랐지만 다음에 나온 이야기에 몇 배나 더 놀랐다.

이대로 죽으면 나는 지구에서 윤회에 섞일 뿐이지만 가능하면 그녀들이 관리하는 세계로 가서 새로운 몸을 얻기를 바란다는 것이었다.

"내 힘이 있으면 영혼만 저쪽 세계로 보내는 것도 가능하지."

그녀들은 원래는 지구의 신이기도 해서 지구에 미약하게 간섭하는 힘이 있다고 한다. 특히 명계의 신은 죽음의 경계에 있는 사람을 불러들이는 것도 가능한 모양이다.

"원래 지구의 신? 아니, 그보다 이세계에서 새롭게……? 지, 진짜로 이세계 전생……?"

위험해, 혼란스러워지기 시작했어. 설마 이런 창작물 같은 전개가 내게 일어날 줄이야!

"저기…… 어째서인가요?"

"자자, 당황하지 마. 그것도 설명할 테니까."

당연하지만 공짜로 전생을 시켜줄 리가 없었다. 저쪽 세계로 전생한 경우 완수해야 하는 사명이 있다고 한다.

그녀들이 관리하는 세계의 영상이나 신들끼리 벌인 싸움의 영상 등도 보며 해야 할 일에 대한 설명을 들었다.

검으로 전생해 펜리르라는 신수와 그 안에 있는 사신을 구해야 한다는 모양이다. 싸워서 마수를 쓰러뜨리면 될 뿐이라고 설명했지만 그리 간단하지는 않을 것이다.

지구인이라면 사신의 지배력에서 제외된다고 했지만…….

"그 아이들을 구해주세요. 부탁합니다."

"으음…… 검으로 전생이라……. 게다가 기억이 지워지잖아요?"

"지우는 것이 아니라 일시적으로 봉인할 뿐입니다. 사람인 채로 검이 되면 정신이 나가니까요."

"친구와 지인 등의 기억이나, 당신이 죽는 요인이 된 사고에 대한 기억의 태반이야."

"그리고 당신의 인격 형성에 크게 상관할 것으로 보이는 감동이나 비애의 기억도입니다."

"그 외에는 첫 성교섭의 기억이나 이성과 밀회한 기억도 일부는 봉인되게 될 거야."

이른바 내 안에서도 특히 강하게 남아 있는 기억이나 내 근간에 깊이 관련된 기억이 봉인되는 모양이다.

"검의 몸에 익숙해져서 기억이 돌아와도 미치지 않는다고 판단되면 원래대로 돌아가게 될 거다. 그게 없으면 다시 윤회의 고리에 사람으로 추가될 때 존재가 어떻게 될지 알 수 없으니 말이다."

"남은 건 기억을 봉인하는 동안 인격도 조금 달라지는 거려나?"

"네? 인격?"

왠지 엄청 무서운데. 내가 내가 아니게 된다는 거야?

"당신의 인격을 형성하고 있는 건 당신이 지금까지 살아온 인생에서 얻은 기억이야."

"그것이 일시적으로 봉인되면 당연히 인격에도 영향이 생깁니다."

"아, 그렇구나……. 듣고 보니 그러네요."

"하지만 인격의 변화는 그렇게 크지는 않을 겁니다. 완전히 다른 사람은 되지 않겠죠."

"지인이 뭐 안 좋은 일 있냐고 물어보는 정도?"

"그리고 기억이 돌아오면 인격도 원래대로 돌아올 거다."

으음. 불안하기는 하지만 기억과 함께 돌아온다면 괜찮지 않을까? 뭐, 신이 괜찮다고 했으니 괜찮겠지.

"저기, 그럼 이세계에서 죽으면요? 검인 경우에는 부서지는 건가? 어떻게 되나요?"

"사람으로서 지구의 윤회에 참여하는 게지. 그뿐만이 아니라. 그대가 사명을 완수했을 때도 마찬가지다."

이세계가 아니라 다시 지구로 전생할 수 있다고 한다. 게다가 조금은 우대를 받으며. 뭐, 그때는 기억이 없는 모양이지만.

"저기, 검으로 전생하는 걸 거절한 경우에는 어떻게 되나요?"

"그렇게 무서워하지 않아도 된다. 달리 벌을 주지는 않아. 그대는 이대로 지구의 윤회의 고리로 돌아가고 나는 다음 후보자를 찾을 뿐이니라."

듣자 하니 이 장소에 영혼이 끌려온 건 내가 처음이 아니라고 한다. 다만 검으로 전생하는 것을 거절당했다고 한다.

불안은 있고 공포도 있다.

하지만 내 대답은 정해져 있었다.

"……알았어요. 나는 전생할 거예요."

"괜찮겠습니까?"

"괜찮겠어?"

"네. 이대로 죽을 바에는 이세계를 보고 싶어요. 그리고 사명만 완수하면 끝이잖아요?"

"그래."

"아, 하지만 컴퓨터 데이터를 지우는 건 꼭 좀 부탁드려요. 설마 신이 그런 자잘한 부탁을 들어줄 줄은 몰랐지만."

"알았다. 알았어. 내게 맡겨라."

신은 애프터서비스도 만전이었다. 내가 구한 여자아이에게서 내가 차에 치어 죽을 때까지의 참혹한 기억을 지워준다고 했고, 집 컴퓨터의 데이터도 지워주며, 비밀 책을 은밀하게 처분해준다고 한다.

아니, 그래서 정한 건 아니야. 검이라고는 하나 치트 능력을 가지고 전생할 수 있다는 데는 역시 로망이 있다. 또한 내세에도 행복해진다는 보수 역시 컸다. 그 외에도 신들이 보여준 이세계의 경치나 사신의 본래——.

"그러면 이쪽 두 사람도 소개하지."

내가 누군가를 향해 변명을 하고 있는데 눈앞에 두 사람? 의 새로운 그림자가 나타났다.

?가 붙은 것은 한쪽 모습을 제대로 인식할 수 없기 때문이다.

"처음 뵙겠습니다. 저는 지혜의 신입니다."

"잘 부탁한다. 나는 후츠누시. 검의 신이다."

"네, 네에, 잘 부탁드립니다."

지혜의 신이라고 밝힌 쪽은 남자인지 여자인지 알 수 없는 중성적인 미형이었다. 찰랑이는 긴 금발에 화사하고 가느다란 프레임의 둥근 안경. 굴곡 없는 마른 몸을 체형을 알기 힘든 사냥복 같은 옷으로 감싸고 있었다.

아마 이 신도 내 이미지가 바탕이 됐을 것이다. 지혜의 신이니까 안경. 음, 그야말로 이미지대로다. 결코 안이한 게 아냐!

다만 또 한 신은 모두 이상했다.

"후, 후츠누시 님? 이름이 있으세요?"

다른 신은 이름을 대지 않았는데 이 신만은 후츠누시라고 이름을 밝혔다. 그리고 후츠누시라고 하면 나름대로 유명한 일본 신이다. 검의 신이었을 터다.

"그리고 그 모습은……?"

후츠누시는 검은 그림자로밖에 표현할 수 없는 모습이었다. 불규칙하게 일렁이는 어둠이 인형에 응고된 듯한 불가사의한 생김새였다.

내 이미지는 어떻게 된 거지? 검의 신이 그림자 같은 모습이라니……. 지금까지 겪은 흐름이라면 사무라이 계통의 미소녀가 나와야 하지 않을까?

하지만 이 신의 모습에는 내 이미지는 포함되어 있지 않았다.

"저분은 우리 중에서 유일하게 이름을 가진 신. 사신과의 싸움에서 지구에 남기고 왔던 자신의 신격의 일부를 소환해 활약한 대신, 버린 이름에 다시 구속당한 것이니라."

그러고 보니 신들과 사신의 싸움 영상을 봤을 때 거대한 검을 소환해 휘두르는 신이 있었지.

신들은 새로운 세계로 건너올 때 낡은 이름을 버리고 새로운 신으로 다시 태어났다. 애초에 한 위의 신이 아니라 새로운 세계에 흥미를 가진 많은 신들의 분령이 융합한 신격의 혼합체라고 한다.

그러나 검의 신은 사신에게 이기기 위해서 자신의 일부에 불과했던 후츠누시로서의 신격을 최대한 발휘하게 되고 말았다. 그 탓에 많은 신격을 내포한 이름에 구속당하지 않는 자유로운 새 신에서, 후츠누시라는 검의 신으로 고정되고 만 것이다.

"존재가 고정됐기 때문에 나는 쉽사리 모습을 바꿀 수 없어. 그러나 사람의 영혼으로는 신의 모습을 보는 걸 견딜 수 없지. 그러니 이런 모습으로 실례하마."

다른 신은 이름이 없기 때문에 간단히 모습을 바꿀 수 있지만 후츠누시는 그러지 못한다고 한다.

"당신이 들어갈 예정인 신검은 검의 신과 지혜의 신의 권속. 그래서 두 신의 협력도 필요해."

그 뒤에는 여신님들이 어떤 기억을 봉인할지 보여줬다.

와, 이게 참 부끄러웠다.

처음에는 괜찮았다. 죽었을 때의 고통이나 부정적인 감정을 포함한 기억. 좋아하는 영상 작품이나 푹 빠진 VR 게임의 기억. 감동한 경치의 광경 같은 게 많았다.

하지만 점점 개인적인 부분으로 들어가기 시작하더니…….

"이건 유행했던 영화의 기억이네요. 첫 데이트 때 본 점도 어우러져서 당신의 안에 강하게 남아 있어요."

지금도 재방송을 보면 달콤새콤한 기분이 들어 당시의 기억이 되살아난단 말이지.

"이건 처음 산 아이돌 사진집이야. 포인트는 거유로군."

잠깐, 하지 마! 가장 마음에 드는 페이지를 펼치지 않아도 돼!

"좋아하는 여자아이에게 쓴 러브레터네. 결국 주지 못한 것 같지만."

"꺄악! 낭독하지 마세요! 흑역사!"

"귀여워했던 개와의 이별의 기억이로군요."

본가에서 키웠던 믹스견인 프란이다. 하얀 대걸레 같은 개였는데 어느 날 갑자기 엄마에게 죽었다는 전화가 와서 본가로 달려 내려갔다. 마지막에는 편안하게 간 게 적어도 최소한의 구원일까. 한동안 비슷한 개를 보기만 해도 눈물이 나서 혼났다.

그 후 살짝 숙연해진 나였지만 조금 의문이 생겨서 물어보기로 했다. 마음도 달래고 싶었고 말이다.

"게임이나 사별의 기억이 중요해서 지워야 한다는 건 이해했어요. 다만 지식 같은 건 괜찮나요?"

전생 치트의 정석이라 하면 지식에 의한 문화 침략이다.

새로운 지식으로 사회에 변혁을 일으켜서 문명 수준을 크게 발전시킨다. 경우에 따라서는 대혼란이 일어날지도 모른다. 그런 내용의 이야기가 인터넷에는 얼마든지 돌아다녔다.

하지만 혼돈의 여신님의 말은 간결했다.

"당신이 가지고 있는 정도의 지식이라면 괜찮아."

내 지식 수준은 치트가 안 된대! 그렇겠죠!

"애초에 당신은 문과 아냐? 과학 계통 치트를 활용할 정도의 지식은 없어. 다른 지식도 이미 있는 지식뿐이고."

지식 치트의 정석은 비누, 우물용 펌프, 증류주, 활판 인쇄, 화약 정도일 것이다.

비누, 증류주의 제조 기술은 기본적으로 확립되어 세계에 퍼져 있다. 펌프, 활판 인쇄는 마술이나 마도구로 재현됐다. 화약은 비슷한 약품이 마법약으로 존재한다. 그 밖에도 중세 수준으로 보이지만 실은 지구 못지않게 발달한 분야가 아주 많다고 한다.

뭐, 과학자도 아닌 일반인의 어중간한 지식은 실제로는 크게 도움이 되지 않는다는 것이다.

"그리고 지구의 과학이나 물리 지식은 저쪽 세계에서는 별로 도움이 안 돼."

"그래요?"

"우리는 지구와 아주 비슷한 세계로 만들었지만 비슷할 뿐 같지 않아. 아주 비슷한 동물이 있어도 다른 존재야. 아주 비슷한 물질이 있어도 지구와 같은 물질이 아니야. 그리고 대기나 물질의 구성이 다르고 마력 같은 게 존재해."

그야말로 물리 법칙이 아니라 마력 법칙이라고도 부를 수 있는 전혀 다른 법칙에 의해 움직이는 세계라고 한다.

"물을 압축하는 것도, 얼음을 태우는 것도, 중력이나 공간을 조작하는 것도 마술의 실력에 따라서는 가능한 이세계. 자연의 법칙에조차 마력이 개입하고 있어. 거기에 당신의 어중간한 과학 지식이 도움이 될 것 같아?"

"……아니요."

지식을 펼쳐 문명을 혼란시키면 어떻게 하느냐는 걱정은 주제 넘은 걱정이었습니다.

그리고 저쪽 세계의 문명은 지구와 전제가 상당히 다르다고 한다.

세계가 생성됐을 때 신이 준 언어, 문자, 화폐, 도량형을 전 세계 사람들이 10만 년 이상 쓰고 있다. 사투리 같은 독자적인 변화는 있어도 대폭적으로 변이한 적도 없다. 신이 쓰라고 준 것이니, 그것을 적극적으로 바꾸려고 생각도 하지 않는 것이다.

그것은 지식 같은 면에서도 마찬가지라고 한다. 지나치게 혁신적인 생각이나 지식은 받아들여지지 않을 가능성도 있는 모양이다.

"도구도 그다지 모습을 바꾸지 않고 몇만 년이나 같은 형태의 것을 쓰곤 하니까."

"……문명이 정체됐다는 건가요?"

"지구인인 당신이 보면 그럴지도 몰라. 하지만 우리는 정체가 아니라 유지라고 생각하고 있어. 애초에 인간이라는 한 종족이 고작해야 몇만 년 만에 이상할 만큼 문명 수준을 올리고 자신들만 승승장구하고 있는 지금의 지구가 이상하잖아? 그들은 지구를 집어삼키고 우리야말로 세상의 소유자라는 일그러진 이상에 의문도 품지 않아. 신의 입장에서 보면 당신들은 아주 우스워."

으음, 반론할 수 없다. 인간의 시점에서 보면 이세계는 문명이 발전하지 않은 것처럼 보인다. 하지만 신의 시점에서 보면 사람과 자연이 균형을 잡고 안정되어 있는 상태라고 할 수 있을지도 모른다.

"그리고 전혀 변화가 없는 것도 아니야. 마술에 관해서는 연구가 진행되어 새로운 사용법이나 새로운 마도구, 마법약이 만들어지고 있어. 10만 년 전과 비교하면 꽤나 발전했지."

지구의 과학 문명과 다른, 마법 문명 나름대로 진전은 있다는 건가.

"그럼 기억의 봉인 작업으로 돌아갈게."

"아, 네."

"그럼 우선 이거네."

"이건 처음 여성과 살을 겹친 날의 기억이로군. 이래저래 실패해 괴로운 기억으로 남아 있어!"

저기요! 신님! 이 기억은!

거기서부터는 부끄럽다고 할 수준이 아니라 진짜로 고문이었다. 차라리 죽여! 아니, 죽었지! 처럼 혼자 태클을 걸 정도였다.

처음 캬바쿠라에 간 기억? 아니, 그건 선배에게 끌려서 간 것뿐이에요! 아아아! 좋아하는 야동의 기억 같은 걸 일일이 안 보여줘도 돼요!

미인이 일일이 해설해서 대미지가 두 배로 늘어난다고!

마지막에는 녹초가 되어 반응할 기력조차 남지 않았다.

여러 가지 힘을 준다고 했지만 잘 기억나지 않는다. 이제 그런 건 될 대로 되라였습니다.

준비가 완료된 나는 여신님들에게 이끌려 신전 안쪽으로 갔다.

"그 검에 손을 대라."

"아아, 이게 제 몸? 같은 게 되는 건가요?"

"그렇습니다. 신검 케루빔. 자, 자루에 손을 대세요."

"아, 네."

명계의 여신과 은월의 여신에게 재촉을 받은 대로 나는 검에 손을 댔다.

"！"

"두려워할 것 없다. 힘을 빼."

"마음을 편히 먹어요."

뭐야 이거! 기분 나빠!

나와 검이 융합해 하나가 되어가는 게 느껴져!

맛본 적 없는 감각에 몸부림치자 혼돈의 여신님이 말을 걸었다.

"다음에 우리와 만나는 건 당신이 사명을 완수했을 때야. 그야 뭔가 변수가 없으면 말이지만."

"변수라면……?"

"글쎄? 하지만 이야기해서 알잖아? 우리는 전지전능하지 않아. 불의의 사태가 일어나는 경우도 있어."

그렇군요, 하고 넘어가야 할까?

"하지만 만약 저쪽에서 우리와 만나는 경우가 있다 해도 그때 우리 신들은 초면인 척을 할 거야."

"네? 왜요?"

"신에 관한 사정이 기억을 얼마나 뒤흔들 거 같아? 봉인이 풀리면 위험하잖아?"

"그, 그러네요."

신이 한 봉인이라도 풀리는 경우가 있는 건가? 아니, 전지전능하지 않다고 하니 그럴 가능성도 있을 것이다.

"저기?"

"아, 네?"

"그 아이를 잘 부탁해."

"그 아이라면 펜리르——가 아닌 거죠?"

"응. 펜리르는 은월의 신의 권속. 내게도 소중하지 않은 건 아니지만, 그 아이가 훨씬 중요해."

"사신…… 아니, 싸움의 여신."

"그래, 귀엽고 사랑스럽지만 불쌍하고 고귀하고 어리석고 씩씩한, 나의 여동생."

"노력하겠지만 장담은 못 해요."

"나도 알아. 그리고 이 기억도 봉인되니까 눈을 떴을 때는 기억 못 할 거야. 그런데도 말하고 싶었어."

"아, 네에."

"자신 없어 보이네. 당신의 힘을 제어하는 시스템은 내 혼신의 작품이야. 노력하면 할 수 없는 일은 없을 거야. 좀 장난이 지나쳤지만."

"장난이요?"

전생은 꽤 중대사인데요? 거기서 장난이라니……!

"노는 건 중요해. 확실히 사명은 중요하지만 당신이 이세계를 즐기는 것도 마찬가지야. 알았어? 마음껏 놀도록 해."

"아, 네에."

아니 아니! 노는 것도 중요하다는 건 알아! 하지만 나로 놀지 마!

"뭐, 즉 열심히 하라는 거야."

"네? 네?"

"우후후후. 그러면 좋은 혼돈을."

잠깐만!

제4장 신생

"울시! 지금!"

"크오오오오오오!"

신체 대변화 스킬로 원래 몸보다 훨씬 거대화한 울시가 망치 같은 꼬리를 휘두르는 거수를 향해 돌진했다. 등에 섞인 회은색 털이 마치 한 줄기 유성처럼 보였다.

그 울시의 모습을 보고 다시 생각했다.

『크네.』

그 크기는 이전의 두 배 이상일 것이다. 코끝에서 꼬리까지 10미터 이상. 몸높이도 두 배 이상으로 늘어나고 다리는 마치 거목 같았다.

그러나 무거운 몸 때문에 움직임이 둔해진 것은 아니다. 힘이 늘어난 만큼 오히려 직선으로는 빨라졌다.

그럼에도 불구하고 발소리가 나지 않는 건 거대화해도 은밀 능력은 이전 그대로라는 뜻일 것이다.

쏟아지는 다양한 공격을 완벽하게 피하며 간단히 거리를 좁히는 울시. 그리고 그 거대한 앞다리가 단단한 수정 껍데기에 보호받던 거수——인비저블 데스의 머리에 박혔다.

아무리 그래도 이거 한 번으로 해치우지는 못했지만 상대의 머리를 세차게 뒤흔드는 데는 성공한 모양이다. 울시의 일격에 가벼운 뇌진탕을 일으킨 거대 짐승이 공격의 손길을 멈추고 그 자리에서 발을 헛디디듯이 움직임을 멈췄다.

기회다.

"갈게!"

『그래!』

하늘에서 뛰어내린 프란이 나를 머리 위로 치켜들었다.

"부오오오오오오오오오오오!"

역시 위협도 B 마수. 설령 빈틈을 드러낸 상태라 해도 쉽게 공격을 할 수는 없을 듯했다.

인비저블 데스는 온몸의 수정 비늘을 거꾸로 세우고 바로 위에 있는 프란을 향해 일제히 사출했다. 거기에 강력한 저격까지 섞었기에 상당히 흉악했다.

하지만 프란은 초조해하지 않고 냉정하게 대처했다.

내 전이를 쓸 필요도 없이 몸놀림과 검놀림으로 수정을 완전히 방어한 것이다.

이전 그대로였다면 공중 도약을 이렇게까지 단시간에 연속으로, 게다가 미묘하게 힘을 조절해 쓸 수는 없었을 것이다.

그러나 지금의 프란에게는 어렵지 않았다. 마력을 완전히 제어해서 지면을 뛰어다니듯이 공중 도약을 구사했다.

때때로 쏟아지는 꼬리의 저격은 빈틈없는 검기를 써서 상쇄하고 있었다. 이것 역시 수행의 성과다.

검술로 비늘의 산탄을 요격하면서도 프란은 공방 중에 막힘없이 검기를 섞었다.

공중에 있는 프란은 당연하지만 중력에 끌려 조금씩 그 고도를 낮췄다. 인비저블 데스에게 다가가면 다가갈수록 공격의 격렬함은 늘어갔지만 프란의 수비에 혼란은 전혀 없었다.

조금도 허둥대지 않고 맹렬한 탄막을 빠져나간 뒤.

눈 아래 마수를 내려다보는 그 눈에 자신감이나 자부심이 떠오르는 일은 없었다. 이 정도는 지금의 프란에게는 자랑할 정도의 일도 아니고, 당연하게 할 수 있는 움직임밖에 안 되기 때문이다.

"단숨에 갈게!"

『알았어!』

"섬화신뢰!"

그대로 프란이 단숨에 승부를 걸었다.

"야아아압!"

"부오오오!"

『거기다아!』

인비저블 데스가 쏜 비늘과 빛 마술은 공격에 나선 프란을 대신해 내가 막았다. 이전보다 정밀성이 늘어난 덕분에 프란에게 날아오는 수정 비늘만을 확인해 염동으로 막으며 빛 마술은 어둠 마술로 상쇄하는 것도 가능했다.

잇달아 줄어드는 우리와 거대 짐승의 거리. 그리고 흑뢰에 둘러싸인 프란이 날린 전력의 검성기가 눈앞의 등딱지를 갈랐다.

거대한 수정과 몇 겹의 장벽에 보호받던 인비저블 데스의 강인한 등딱지도 지금의 우리에게는 장애가 아니었다.

기술이 특별한 건 아니다. 기술을 쓰는 프란이 강해졌다.

프란의 흑뢰와 내가 다중 전개시킨 속성검이 등딱지의 안쪽 살과 뼈를 부숴 안쪽에서 터뜨렸다. 그래도 쓰러뜨리지는 못했지만 프란은 여전히 냉정했다.

"하압!"

"부오오오오오오……."

마지막으로 마술을 때려 박아 마석을 노출시킨 뒤 나를 꽂자, 인비저블 데스는 단시간에 쓰러지고 말았다.

이전에 큰 부상을 입을 만큼 고전한 끝에 쓰러뜨리지 못했던 마수를 상대로 완승을 거뒀다. 물론 그때의 경험이 살아 있는 건 확실하지만 그 이상으로 프란과 울시의 힘이 늘어났다.

『프란, 정말 강해졌어.』

"스승, 또 말했어."

『어쩔 수 없잖아. 네 성장한 모습은 몇 번 봐도 기쁘니까.』

"하지만 벌써 한 달 지났어."

『그래도야!』

"딱히 울시처럼 변하지는 않았어."

『외모는 그렇지! 울시의 경우에는 너무 변했어.』

"웡?"

소만한 크기가 되어 다가온 울시를 프란이 쓰다듬었다.

가장 변한 건 털 모양이겠지.

예전에는 검은 바탕에 살짝 붉은색이 섞인 모습이었지만 지금은 붉은 털의 양이 늘어나고 등에 흐르는 듯한 은색 선이 두 줄 들어갔다. 또한 전체적으로도 복슬복슬함이 늘어난 것 같았다.

프란이 울시에게 안기는 빈도가 명백하게 올라갔다. 털이 아주 기분 좋은가 보다.

『단기간에 이만큼 강해진 건 정말 대단한 성장이야.』

"웡!"

"응."

그런 이야기를 나누고 있는데 갑자기 우리의 귀에 무기질적이면서도 어딘가 부드러운 여성의 목소리가 들려왔다.

〈인비저블 데스의 마석에서 복수의 스킬을 획득. 동명 스킬, 상위 스킬에 대한 통합을 확인〉

"응."

미약하게 힘을 되찾은 알림이다. 잠재 능력 해방 때처럼 유창한 대화를 나눌 수 있는 건 아니지만 내가 이 세계에 왔을 때와 같은 수준의 힘을 되찾은 듯했다. 파나틱스의 힘을 흡수한 것도 좋은 방향으로 작용한 듯했다.

시스템 제어의 일부를 알림이 맡아주고 있어서 마술이나 염동을 쓸 때의 부하도 상당히 줄어들었다.

또한 새로운 기능으로, 알림의 목소리가 프란에게도 들리게 됐다.

프란에게 전부 설명했지만 완전히 이해하지는 못한 것 같다. 내 안에서 목소리만 내는 정령 같은 이미지인 듯했다.

맞다, 프란에게는 되찾은 기억에 대해서도 이야기했다.

내가 죽고 검이 될 때까지의 기억이다.

보수가 종료되기 직전 혼돈의 여신님을 다시 만나 설명을 들었는데, 일부러 전생 전후의 기억을 떠올리게 한 모양이다.

어중간하게 돌아오기 시작한 기억을 내버려 두고 있으면 괜히 신경을 쓰다 다른 기억의 봉인에까지 영향을 끼칠 수 있었다고 한다.

만약 모든 기억이 한 번에 돌아오면 나는 확실하게 미칠 거라니까 차라리 다행이다. 뭐, 떠올릴 듯 말 듯 하는 게 가장 질이 나쁘다는 뜻이겠지.

아, 야한 얘기는 일단 안 했습니다. 프란에게는 아직 이르니까요. 아니, 뭐라고 설명해야 되는데? 야한 기억은 내 정신을 강하게 뒤흔들 가능성이 있으니까 신에게 봉인당했다고 할까? 스스로 프란에게 그런 설명을 할 바에야 죽을래.

『그건 그렇고 이제 곧 내가 부활하고 한 달인가.』

"응."

『이제 연계도 확실하네.』

"확실해."

"윙!"

처음에는 상당히 당황했지. 서로. 프란도 옛시도 몰라보게 달라졌고 나는 알림의 보조로 인해 전투력이 늘어났기 때문이다.

그래서 한 달에 걸쳐 연계를 완성해왔다. 그 결과가 이번 전투였다.

『눈을 뜬 직후에는 힘들었어. 연계 이외에도 여러모로……』

한 달 전.

아, 이 느낌은 뭐지…….

몸이 떠오르며 나를 덮치고 있던 무게에서 해방되어가는 듯한 감각.

어두운 해저에서 빛이 비치는 해면을 향해 천천히 떠오르는 건가? 아니면 중력의 우물 바닥에서 무중력 공간을 향해 올라가는 건가?

아무튼 해방감과 상쾌함. 그 두 가지가 뒤섞인 신기한 상태였다.

애초에 여기는 어디일까.

아무것도 보이지 않는다. 칠흑 같은 어둠 속에 있었다.

나는 지금까지 뭘 하고 있었더라?

아주 오랫동안 자고 있었던 감각이 있다. 다만 지나치게 자서 나른하지는 않다. 그러기는커녕 온몸이 가볍다. 뭐, 조금 잠에 취했다는 자각이 있는 건 확실하지만.

"자자, 할 이야기가 좀 있는데 아직 자고 있네?"

『어?』

멍하니 있는데 어디선가 여성의 목소리가 들렸다. 묘하게 색기 있으면서도 장난꾸러기 같은 특징적인 목소리다.

들은 기억이 있다.

이건──.

『혼돈의 여신, 님?』

"당신이 완전히 눈을 뜨기 전에 이야기를 잠시 나눌까 해서."

그건 혼돈의 여신의 목소리였다. 모습은 보이지 않지만 그녀의 목소리를 잊을 리가 없었다.

"우선 당신 기억의 봉인을 풀기로 할게."

『네? 그래요?』

갑자기 그런 말을 들었다. 기억이 돌아오면 미치는 거 아닌가?

"당신은 기억이 없는 것을 꽤 신경 쓰고 있었던 것 같아서, 이것을 봉인한 채로 두면 반대로 악영향이 생길 것 같거든."

『악영향이요?』

"생각해내려고 하는데 생각나지 않는 기억이 있으면 아무래도 신경 쓰여서 어떻게든 생각하려고 하잖아?"

『아아, 확실히 그렇죠.』

그게 마중물이 되어 일부 기억의 봉인이 예기치 않는 형태로 풀릴지도 모른다고 한다. 그 결과 그 이외 기억의 봉인에까지 영향을 끼칠 가능성이 있다고 한다.

"당신도 파나틱스처럼 미치고 싶지는 않잖아?"

파나틱스도 그런 소리를 했었지. 검의 몸에 인간의 혼이 들어간 상태는 위험하다고 했다. 뭐, 그건 어떻게든 이해했고 파나틱스의 미친 모습도 떠올랐다. 확실히 그렇게는 되고 싶지 않았다.

"그래서 전부가 아니라 현시점에서 돌아와도 괜찮아 보이는 부분에 관해서는 봉인을 풀기로 했어. 그러면 간다?"

『네? 잠깐──.』

여신님에게 되물을 새도 없이 내 머릿속에 단숨에 온갖 기억이 넘쳐흘렀다.

『크…….』

뭐라 말할 수 없는 감각이다. 아프지도 가렵지도 않지만 기분 나쁘다. 뭐랄까. 파나틱스를 동족상잔했던 순간과 비슷할지도 모른다. 뭐, 이쪽이 좀 더 낫기는 하지만 말이다.

덮쳐온 것은 인간이었던 시절의 기억과 차에 치었을 때의 기억. 기억의 조각에 남아 있던 의문의 세 여성의 정체. 그리고 그 세 여신에게 기억을 봉인당하는 장면의 기억이다.

기억이 모두 돌아온 건 아닐 것이다.

전생 때 기억 역시 조금 불명료한 부분이 남아 있다. 케루빔을 만진 뒤부터 대좌에서 눈을 뜨기까지의 기억 등이 말이다.

하지만 가장 신경 쓰였던, 왜 기억이 없느냐는 근원적인 부분에 대해서는 이해할 수 있었다.

뭐, 그 탓에 반대로 굴욕적인 기억도 떠올렸지만. 여신님들에게 당한 수치 플레이라든가……

특수한 성벽을 가지지 않은 나로서는 그저 부끄럽기만 한 기억이었다.

죽을 때의 기억도 지금의 나라면 그다지 문제가 되지 않는다. 프란도 이때의 나 이상으로 큰 부상을 몇 번이나 입었고, 프란을 만난 계기가 된 차에 대해서도 지금은 그렇게 강한 원한은 없었다.

"왜 그래?"

『아, 아무것도 아니에요. 기억을 일부 되찾았다 해도 눈을 뜬 뒤에도 지금까지처럼 행동해도 되는 거죠?』

"응. 그건 안심해. 지명을 완수하기 위해서 마차 끄는 말처럼 일하라고는 안 하니까."

다행이다. 뭐, 우리가 강해지기 위해 마석을 모아가면 자동적으로 펜리르도 회복할 테고 말이지.

"그건 그렇고……. 모르는 아이를 구하려다가 차에 치이고 이 세계에서도 죽을 뻔했던 아이를 구해 여행을 떠나고……. 정말 어린아이를 좋아하는구나."

『왠지 그 말 불쾌한데요! 마치 로리콘 같아서요!』

"우후후. 농담이야. 아아, 슬슬 시간인 것 같아."

『?』

"눈을 뜰 시간이 왔다는 뜻이야."

『그럼 수복이 끝난 건가요?』

그러고 보니 이렇게 의식이 또렷하게 눈을 뜬 건 오랜만인 것 같다. 그야말로 대좌 앞에서 프란과 헤어진 이후로 처음이다. 그럼에도 불구하고 한순간이라는 감각은 아니었다. 오랫동안 자고 있었던 것을 스스로도 이해할 수 있었다. 그래서 오랜만이라고 생각했다.

"우후후. 흑묘에게도 안부 전해줘. 그럼 좋은 혼돈을."

그 말 듣는 것도 두 번째야! 혼돈의 여신님의 트레이드마크인가?

어라? 두 번째? 다른 데서 더 들은 적 없었나······? 기분 탓인가?

〈개체명 스승의 완전 각성까지 남은 시간 60초〉

『응?』

혼돈의 여신님의 기척이 떠났나 싶더니 이번에는 무기질적이지만 온기가 있는 신비한 목소리가 들렸다.

『아! 알림!』

〈네〉

『어? 얘기할 수 있어?』

〈지금은 대화가 가능해졌습니다. 하지만 바로 원래대로 돌아가겠죠. 지금은 주 인격이 휴면하고 있을 때의 긴급 조치로 힘을 빌리고 있는 상태입니다〉

『어어? 주 인격?』

나를 말하는 건가? 즉 내가 자고 있는 사이에만 평소 내가 쓰는 힘이 알림에게 주어져서 잠시 대화가 가능해진다고?

〈개체명 스승의 완전 각성과 교대하여 가칭 알림의 능력 영역이 박탈됩니다. 그 전에······. 스승, 당신에게는 다시 감사를 드립

니다〉

『어?』

〈다시 장비 등록자를 위해 힘을 펼칠 기회를 얻었습니다〉

『하지만 능력 영역이 박탈이라니…… 그건 전처럼 잠드는 게…….』

〈앞으로 가칭 알림이 펜리르와 함께 힘을 되찾을 확률, 77퍼센트. 또한 동결됐던 권한의 일부가 부활했습니다〉

『즉 조금은 회복했다는 거야?』

〈네. 폐기 신검의 가상 인격을 동화 흡수하고 그 힘의 일부를 얻음으로써 일부 필요한 연산 영역을 확보했습니다〉

으음, 파나틱스를 먹은 게 좋은 쪽으로 작용한 건가?

〈시간이 다 된 것 같습니다〉

『알림! 내가 펜리르의 힘을 회복시키면 당신도 부활하는 거지?! 나 열심히 할게!』

〈고맙습──〉

그리고 내 시야에 변화가 찾아왔다.

칠흑으로 물들어 있던 시야에 한 줄기 빛이 비쳐드나 싶더니 그 빛이 폭발한 것처럼 부풀어 올랐다. 내 주위의 어둠이 순식간에 사라졌다.

망막을 가지지 않은 나이기 때문에 똑바로 볼 수 있었지만 보통 생물이라면 눈이 안 보이지 않았을까?

색이 돌아왔다.

하늘의 푸른색과 평원의 녹색.

그리고 그 중앙에 서 있는 것은 한 소녀였다.

살짝 곱슬거리는 검은 머리, 건강한 피부. 굴곡 없는 몸. 그리고 특징적인 검은 고양이 귀와 고양이 꼬리에 오기 있어 보이는 커다란 눈.

잊을 리도, 잘못 볼 리도 없다.

『……프란.』

내 파트너 프란이었다.

"스승?"

『그래.』

확인하듯이 중얼거린 프란의 말에 나도 작은 목소리로 대답했다.

뭐랄까, 가슴이 벅차서 말이 제대로 나오지 않았다.

그냥 자고 일어난 느낌이라 그렇게까지 시간의 경과를 체감하지 않았다고 생각했는데…….

이건 그립다는 감정이다. 내게 눈물샘이 있다면 울음을 터뜨렸을 것이다.

"스승……."

『프란.』

"스승!"

프란이 달려들었다. 그리고 대좌에 꽂혀 있는 내게 안겼다. 포옹이라기보다 전력으로 조르는 느낌이다.

내가 아니었다면 벌써 부서졌을지도 모르지. 일반인이라면 죽을지도 모르겠는데? 그만큼 힘이 강했다.

다만 그 조절하지 않은 힘이 반대로 프란의 외로움을 나타내는 듯해서 나는 오히려 기뻤다. 힘 조절을 잊을 만큼 나를 만나고 싶다고 생각해줬다는 뜻이기 때문이다.

"스승……."

『프란, 다녀왔어.』

"응……!"

나는 염동을 써서 프란의 눈가에 고인 눈물을 가만히 닦았다. 그러자 프란이 더 어리광을 부리듯이 내 자루에 머리를 비볐다.

『프란, 그렇게 세게 하면 머리가 아플 거야.』

"괜찮아."

어리광부리는 프란의 머리를 가볍게 쓰다듬어주던 그때.

꼬르륵……!

『응?』

의문의 소리가 울려 퍼졌다.

아니, 의문도 뭣도 아니네요. 프란 씨, 엄청나게 배가 울렸어요. 감동의 재회 장면인데요?

꼬르르륵!

"……배고파."

다섯 달 만에 만나도 프란은 프란이었다.

변하지 않았다고 기뻐해야 할까, 성장하지 않았다고 한탄해야 할까. 외모에 거의 변화는 없지만 말이다.

프란은 오른손으로 나를 안은 채 왼손으로 배를 문지르고 있었다. 그리고 바로 야무진 얼굴을 하고 나를 향해 입을 열었다.

"스승."

『뭐, 뭐야?』

"카레를 꺼내줘."

『카, 카레?』

"응!"

프란이 엄청난 눈으로 쳐다봤다. 기뻐한 건 나와 재회해서 그런 거지? 이제야 카레를 보충할 수 있기 때문이 아닌 거지?

"카레."

"윙!"

『아, 알았어──어?』

"윙윙!"

어느샌가 울시가 있었다. 프란의 그림자에서 나온 모양이다. 그런데 그 모습이 크게 바뀌어 있었다.

기본은 울시다. 털이 윤기 있는 검은 늑대. 그 털이나 내는 기척이 크게 변했다.

원래는 목의 털에 붉은빛이 섞여 있을 뿐이었지만 지금은 그게 온몸에 퍼져 있었다.

목과 무릎, 꼬리 등의 끝에 진한 붉은색이 섞여 있었던 것이다. 더욱이 등의 털에는 은색 선이 들어가 있었다.

상당히 화려해졌다. 어떻게 봐도 진화했다.

『울시, 진화──.』

꼬르르으으으으으으윽!

울시, 너도냐! 놀랄 틈도 없네!

"스승…… 카레……."

『아아, 미안 미안! 자, 지금 꺼낼게! 울시는 아주 매운 맛이면 되지?』

"나는 곱빼기."

"웡웡!"

『자, 분발해서 토핑 열 종류 올린 기가 곱빼기 카레야. 울시에게는 만 배 매운 맛 카레고.』

"오!"

"워엉!"

내가 꺼낸 카레를 받은 프란과 울시는 마치 며칠 만에 식사를 한다는 듯이 일사불란하게 카레를 먹기 시작했다.

너무 담았다고 걱정했던 카레가 순식간에 그 배로 들어갔다.

정말 식사를 안 했나? 고갈의 숲 앞에서 만든 요리는 프란의 차원 수납에도 나름대로 들어 있을 텐데…….

『아! 호, 혹시 스킬 공유가 끊어진 건가?』

그렇다면 차원 수납도 요리 스킬도 잃었을 텐데. 오히려 이 평원에서 살아남는 것조차 어려웠을 것이다.

『프, 프란……. 정말 애썼──.』

"응? 스킬은 있었어."

『어? 스킬 공유는 살아 있었어?』

"응."

『그럼 왜 그렇게 카레를…….』

"프란과 울시는 첫 두 달 동안 카레를 다 먹어치웠거든."

『아아, 그런 거구나…….』

보통은 내가 관리했으니 말이다. 말리는 사람이 없으면 좋아하는 음식부터 먹을 것이다. 오히려 용케 체형에 변화가 없었구나!

오랜만에 만난 프란이 돼지가 되지 않아서 다행이야!

『그래서 아만다는 어쩔래?』

나는 프란과 울시의 뒤에서 쓴웃음을 짓고 있는 아만다에게 말을 걸었다. 처음부터 있었지만 아만다라면 문제없겠다며 일단 뒤로 미루고 있었다.

"나는 됐어. 그보다 스승 이야기를 들려주지 않을래?"

『얘기할 수 있는 건 거의 없어. 오히려 내가 없었던 동안의 일에 대해 알고 싶은데?』

"좋아. 이쪽은 이야기할 게 잔뜩 있으니까."

『부탁해. 프란은 한동안 손을 뗄 수 있을 것 같지도 않으니.』

"우물우물우물우물!"

"와구와구와구와구!"

"그런 것 같네……."

어떻게 생각해도 배가 불룩해서 한동안 쓰러질 코스다.

몸을 쉬기 위한 침대를 꺼내둘까?

Side 아만다

스승이 사라지고 프란은 한동안 침울해 있었다. 얼굴에는 드러내지 않았지만 목소리나 눈에 힘이 없었다.

밤에 울시의 모피에 파묻힌 채 멍하니 별을 올려다보는 모습이 나이에 걸맞은 아이 같네.

그래도 며칠이 지나자 기운이 조금씩 돌아오기 시작했다.

"열심히 하자. 돌아온 스승을 깜짝 놀라게 하는 거야."

"응!"

"나도 인정사정 봐주지 않을 거야!"

"바라던 바야."

프란의 결의는 진짜였다. 오히려 기합이 너무 들어가서 몇 번이고 혼을 냈을 정도다.

내가 알레사에서 돌아오면 방어구가 크게 파손된 경우가 빈번하게 있었기 때문이다. 그뿐 아니라 내가 조달해 온 검이 부러져 있거나 부상을 한창 치료하고 있는 적도 있었다.

아무래도 상위 수준 마수에게 도전했다 물러나고 또 도전하는 무리를 반복하고 있는 듯했다. 쉴 새 없이 싸움을 반복하고 있는 것 같지만, 내가 무슨 말을 해도 멈출 아이가 아니고 내가 강제적으로 멈출 권리도 없다. 프란은 이미 어엿한 모험가. 스스로 판단한 모든 것은 자기 책임이다.

설령 수행하다가 큰 부상을 입어 죽는다 해도 말이다. 나 자신이 무모한 수행을 반복해 여기까지 온 것이기에 주의를 주기 힘든 것도 있지만.

내가 할 수 있는 일은, 이 평원에 오는 빈도를 늘리거나 프란이 죽지 않도록 단련시키는 것뿐이다.

다만 그대로 한 달 정도 지났을 무렵 프란과 울시에게 이변이 찾아왔다.

눈에 띄게 패기가 없어지기 시작한 것이다.

그리고 식사에도 변화가 있었다. 그때까지는 아침 점심 저녁 카레라는, 밥에 갈색 소스를 뿌린 것을 먹었지만 그것을 먹는 빈도가 줄기 시작했다. 1일 1식으로 줄이고, 3일에 1식으로 줄이고, 마침내는 먹지 않게 되었다.

프란이 아주 좋아하지만 만들기가 어려운 데다 재료를 모으기도 아주 힘든 요리라고 한다. 프란은 요리가 특기 같지만 재료는 가지고 있지 않다고 했다.

결국 카레에 쓰는 향신료의 일부를 내가 알레사에서 조달해 와 그것을 고기 등에 뿌려 먹음으로써 어떻게든 버티기로 했다.

만약 카레가 무한했다면 프란과 울시의 수행은 더 순조로웠을지도 몰라.

"그럼 이건 피할 수 있겠어?"

"핫! 헛!"

"좋아! 그래그래! 상대의 의도를 읽고 유도되지 않도록 조심해!"

"응!"

프란의 움직임은 날이 갈수록 좋아지고 예리함도 더해갔다. 나는 아무렇지 않은 얼굴을 하고 채찍을 휘두르고 있지만 내심으로는 식은땀이 한가득이다.

내게 유리한, 마술 없이 무기만 쓰는 모의전에서도 슬슬 한 방을 허용할 것 같았다.

원래 우리의 무술 레벨에 큰 차이는 없다고 생각했다. 그뿐 아니라 단순한 스킬 레벨은 프란이 더 위일지도 모른다.

그래도 내가 이겼던 것은 경험의 차이 때문이다. 하지만 그 경험의 차이가 엄청난 기세로 좁혀지고 있었다.

나와의 모의전 덕분이라고 하고 싶지만 프란의 수행은 그뿐만이 아니다.

마수와 싸우는 것도 수행의 일환이다.

상대는 위협도 D 정도 되는 마수. 때로는 검기만으로, 때로는 마술만으로. 프란은 그렇게 제약을 걸며 싸워서 쓰러뜨리고 있었다. 나는 여차할 때의 보험 같은 것이다.

그건 그렇고 재미있는 것은 가끔 멍하니 있다 싶더니 갑자기 움직임이 좋아지는 경우가 있다는 점이다. 아무리 생각해도 누군가에게 조언을 받은 것 같지만 누구와도 대화를 나눈 느낌은 없었다.

프란은 검의 정령이라고 했으나 정령의 기척은 없었다. 얼굴이 진지해서 알기 힘들지만 프란도 농담을 할 수 있게 됐구나. 뭐, 아마 여러 가지를 머릿속으로 정리해서 움직임을 조정하고 있지 않으려나. 역시 깊이를 알 수 없다.

"검이 또 엉망이네~."

"응······."

문제는 무기였다.

프란의 차원 수납에는 무기가 몇 개 들어 있고, 그중에는 마검류도 있었다. 하지만 그것들은 프란의 힘을 견디지 못했다. 가장 강한 환휘석으로 만든 마검조차 첫 2주 만에 부서지고 말았다.

프란이 쓰러뜨린 마수의 소재를 내가 알레사에서 팔아 검을 사서 주게 됐지만, 프란에게 맞는 검이 바로 손에 들어올 리도 없었다.

약한 검으로 힘을 조절해가며 싸우는 것도 수행이 됐으니 결과는 좋았지만 말이다. 결국 아리스테아가 나타날 때까지는 고생했다.

아리스테아——신급 대장장이인 그 여성은 눈이 흩날리기 시작한 겨울 초입에 마랑의 평원에 나타났다.

그녀는 초강력 은밀 마도구를 가지고 있었기 때문에 우리에게도 들키지 않고 갑자기 대좌 근처에 나타났다. 솔직히 초조했다. 의외로 높은 전투력에 고품질 무구를 걸친 의문의 여자니까.

레이도스 왕국의 특무 부대원이라고 생각해 나도 모르게 시비조로 말을 걸고 말았다.

저쪽도 비슷한 감정을 가지고 있었는지, 프란이 사이에 끼어들지 않았다면 사생결단이 벌어졌을지도 모른다.

이야기를 나눠보니 착한 상대여서 바로 친구가 됐지만.

그 아리스테아가 프란을 위해 만든 것이 중마강철로 만든 마검이다. 그만한 좋은 검을 고작 일주일 만에 만들다니, 역시 신급 대장장이. 무심코 내 채찍 제작을 부탁했을 정도다.

재료만 모아오면 만들어주겠다는 약속을 받았으니 내년에는 그걸 위해 바빠지겠지.

그 아리스테아는 지금 내게 받은 의뢰 때문에 마랑의 평원을 떠나 있다. 채찍과는 별개로 내가 만들어달라고 한 물건이 있던 것이다. 아리스테아도 같은 생각을 했는지 두말없이 받아들였다.

그리고 수행의 나날은 흘러갔다. 그것은 울시가 뭔가에 안달하듯이 무리를 해서 오른쪽 다리와 오른쪽 눈을 잃은 며칠 뒤의 일이었을 것이다. 마침내 그날이 찾아왔다.

"하아압! 거기야!"

"크으…… 핫!"

"아니? 얍!"

내 편기를 검기로 튕긴 프란이 채찍의 틈을 파고들어 접근했다. 하지만 아직 예상대로야!

나는 채찍을 거둬들이며 발차기를 날렸다. 발차기는 피하겠지만 그 한순간의 시간이 있으면 채찍을 거둬들이는 시간을 벌 수 있다.

하지만 그 뒤의 움직임은 완전히 예상을 뛰어넘었다. 프란은 내 예상보다 아슬아슬하지만 재빠르게 발차기를 피했다. 불과 한순간. 눈 깜박임보다 짧은 시간이기는 하지만 현실의 프란이 내 상상 속의 프란을 뛰어넘었다.

그리고 채찍으로 검을 튕겨내는 것보다 빨리 프란의 찌르기가 내 몸에 들어왔다.

마지막 공격은 단검기일 것이다.

검기의 경직이나 틈을 극한까지 줄이는 데 성공한 고도의 제어력. 검술과 검기를 완벽하게 조합한 막힘없는 연계. 주위를 보는 예리한 관찰력. 그리고 그것들을 다루는 데 필요한 순간적인 판단력. 그것들이 지금 공방에서 완벽하게 발휘되었다.

"처음으로 완벽하게 한 방 먹었네~."

"응! 하지만 아직 멀었어."

"후후. 그럼 다음으로 가볼까?"

"응."

분명 프란은 터무니없이 강해질 것이다. 수행의 끝이 정말 기대된다.

그때로부터 한 달쯤 더 지난 무렵.

다리와 눈을 잃어도 포기하지 않고 무작정 계속 싸운 울시가 놀라운 진화를 달성했다. 그 며칠 뒤의 일이다.

"프란, 왜 그래? 수행하러 안 가?"

드물게 일출 때부터 프란이 일어나 있었다. 그리고 대좌 앞에서 무릎을 안고 쪼그려 앉은 채 움직이려 하지 않았다. 옆에서는 막 진화한 울시가 얌전히 앉아 있었다.

어째선지 기뻐 보이는 프란에게 뭘 하고 있느냐고 물어보니 놀라운 대답이 돌아왔다.

"응. 스승이 돌아와."

"어? 진짜야?"

"스승이 말했어. 150일 정도 지나면 돌아온다고. 오늘이 정확히 150일이야."

"전에 말했던 검의 정령의 목소리는?"

내게는 들리지 않았지만 아무래도 진짜로 검의 정령의 목소리가 들린 모양이다. 처음에는 믿지 못했지만 명백하게 조언을 받았다고밖에 생각할 수 없는 성장을 몇 번이나 보여줘서 믿을 수밖에 없었다. 스승이 아니라 알림이라는 좀 이상한 이름의 여성이라고 한다.

매번 대답해주는 것은 아니지만 스승의 근황이나 때로는 수행의 효율 등에 대해서도 의견을 말해주는 듯했다.

"얼마 안 남았다고 했어. 하지만 정확히는 모른대. 두 시간 뒤일지도 모르고 이틀 뒤일지도 몰라."

"어? 이틀 뒤?"

"응."

프란은 고개를 끄덕이고 다시 대좌를 빤히 응시하는 작업으로 돌아갔다.

"기다릴 거야……?"

"응."

뭘 당연한 것을 묻느냐는 느낌의 얼굴로 나를 마주 응시했다. 정말로 스승을 계속 기다릴 생각인가 보다.

"나, 나도 기다릴게……."

"응."

스승, 빨리 돌아와!

Side 펜리르

내 권속인 작은 늑대의 고민.

도움이 되는 걸 넘어, 그들의 옆에 나란히 서서 함께 싸우고 싶다.

그저 그뿐인 마음. 하지만 강자이기는 해도 압도적이지 않은 그에게는 심각한 고민이었다.

"웡웡――깨앵!"

오늘도 수준 높은 마수를 상대로 도전했다 호된 반격을 받았다.

목적은 안다. 더 강하고 큰 마수의 힘을 포식 흡수해 받아들여 새로운 진화를 달성하려 하는 거겠지. 실제로 그 생각은 아주 틀린 것도 아니었다.

강대한 상대의 피와 살을 거두어들여서 새로운 진화를 달성한 개체는 존재한다. 게다가 울시는 유니크 개체. 이상 진화를 달성할 가능성은 있었다.

다만 지금 이대로는 무리일 것이다. 고작해야 위협도 C 정도의 마수의 피와 살로는 부족하다. 울시 자신의 입장에서는 수준 높지만 그건 레벨이나 상성이 관련된 것뿐, 종족 간에 그렇게까지 차이는 없다.

울시가 새로운 진화를 달성하려 한다면 위협도 A 이상의 마수의 피와 살을 대량으로, 게다가 여러 종류를 거둬들일 필요가 있었다.

울시 자신도 그 사실을 알고 있을 것이다. 그렇게 더 강한 마수를 원해서 무리를 하다가 그만 비극을 만났다.

"크어어어어어엉!"

"울시이!"

들은 적도 없는 비통한 비명을 지르며 하늘로 날아가는 울시.

작은 늑대에게 호된 타격을 가한 상대는 몸길이 15미터가 넘는 이족 보행 마수였다. 아니, 꼬리를 사용해 몸을 지탱하고 있으니 완전한 이족 보행은 아닌가.

마강룡이라고 불리는 드래곤의 일종이다. 분류로는 날개가 작은 대신 다리가 두껍게 자란, 지룡이라고 불리는 종이 된다. 강인한 비늘과 단단한 근육을 가진 압도적 물리 공격력의 마수. 특히 그 앞다리로 펼치는 공격은 위협도 B에 상응하는 위력을 자랑한다.

이전에 이 마수의 하위종인 강력 도마뱀에게 고전했으니 지금의 울시가 이길 수 있을 리가 없다.

50미터 가까운 거리를 날아간 울시는 몸에서 엄청난 피를 흘리며 경련하고 있었다. 배에서는 내장이 흘러나오고 오른쪽 다리는 앞뒤 모두 갈기갈기 찢겨 있었다. 등뼈와 목뼈도 부러졌다. 얼굴도 절반이 뭉개져서 뇌에 영향이 있을지도 모른다.

의식이 없을 것이다. 울시는 그 자리에서 도망치지도 못하고 있었다.

지금의 나는 지켜보는 것밖에 할 수 없다. 내 권속인 울시를 지켜보는 것은 가능해도, 나는 어차피 영혼이 소멸할 뻔한 이름뿐인 신수밖에 되지 않기 때문이다.

"하아압!"

"크어어어!"

프란이 도우러 나섰다. 뇌명 마술을 연타해 마강룡의 주의를 끌고 울시에게 회복 마술을 걸었다. 하지만 그 마술은 프란이 상상하는 대로의 회복량을 보이지 못했다.

"어째서! 그레이터 힐! 그레이터 힐!"

"워, 워우우우⋯⋯."

"안 돼⋯⋯."

미약하게 의식을 되찾은 울시가 치료 마술에 맞춰 재생을 썼지만 역시 회복이 느렸다.

"크어어어어어어어어!"

마강룡이 분노의 포효를 지르며 쫓아왔다. 지금의 프란 혼자서는 이기기 어려울 것이다.

"큭⋯⋯ 울시, 미안!"

"워, 워후⋯⋯."

프란은 울시를 안고 그대로 마강룡에게서 거리를 벌렸다. 5분 이상 쫓긴 프란은 겨우 마강룡을 따돌리고 다시 울시의 회복을 시도했지만⋯⋯.

프란 자신의 마력뿐만 아니라 스승에게 받은 포션도 전부 썼음에도 울시는 완치되지 않았다. 이건 프란과 울시의 탓이 아니었다.

마강룡은 파워 파이터면서 드래곤답게 마력도 다룬다. 특히 자신을 강화하는 생명 마술을 특기로 하는데, 생명 마술에는 상대의 회복을 방해하는 술법도 존재했다.

그 앞다리 일격에는 그 마술이 걸려 있었다.

결국 울시의 부상은 완전히 낫지 않아서 오른쪽 뒷다리와 오른쪽 눈을 잃게 됐다.

마술이 특기인 스승이 있었다면 또 다른 결과가 나왔겠지만 프란과 울시만으로는 목숨을 건진 것만으로도 다행이었을 것이다.

"울시…… 미안해."

"웡웡!"

"응…….”

"웡!"

"알았어, 꼭 진화하자."

울시는 그런 모습이 되어도 진화를 뜻하는 마음을 잃지 않았다. 오히려 더 확고해진 것 아닐까?

거기에 진화하면 사지가 멀쩡해질지도 모른다는 등의 이기적인 마음은 전혀 섞여 있지 않았다. 다리를 잃고 전투력이 떨어졌기 때문에, 그것을 보충하기 위해 강해져야 한다. 주인들의 족쇄가 되지 않도록.

일의전심. 그저 주인들을 위해 강해지고 싶다는 강한 마음만이 울시의 행동 원리였다.

"캐애애애애애앵!"

"크르으으으……!"

"워, 워후……."

"크르……."

한쪽 눈과 한쪽 다리를 잃은 상태로 더 격한 전투에 몸을 던지는 울시의 모습에서는 신성함마저 엿보였다.

고통에 몸부림치면서도 앞만 보고 걷는 그 모습에서 과거의 자신이 떠올랐다. 사신의 마음을 흡수해 그 힘에 침식당하면서도 창조주를 위해 계속 싸우다 마침내 한계를 넘어 쓰러진 어리석은 신수가.

아니, 신의 권속으로서 명령받은 대로 싸웠던 나와는 다른가.

울시의 마음은 전부 자신의 안에서 흘러나온 것이다. 명령을 받았기 때문에 행동했던 나 같은 것보다 울시의 마음이 훨씬 고귀했다.

그렇기 때문에 매일 다치고 계속 기력을 소모하는 울시를 보고 참을 수 없었다.

울시가 다리와 눈을 잃고 30일쯤 지났을까.

나는 무심코 울시에게 말을 걸고 말았다.

미안하다, 스승. 이것 때문에 수복에 지연이 생길지도 몰라. 하지만 그러지 않고서는 견딜 수 없었다.

『울시여…… 너는 지금부터 진화한다.』

"크르릉……!"

울시의 레벨이 진화 가능한 레벨에 도달했다.

송곳니에 금이 갈 만큼 강하게 악물며 울음소리를 내는 울시. 스스로도 알고 있을 것이다. 자신의 노력이 보답받지 못했다는 것을.

이대로 가면 이 작은 늑대는 다크나이트 울프로 진화한다. 그러나 울시는 그것을 거부하듯이 자신의 안에 흐르기 시작한 마력을 막으려고 발버둥 치고 있었다.

이미 시작된 진화를 강제로 정지시키는 것은 나로서도 무리다. 이대로 진화를 계속 거부하면 마력이 폭주해 목숨을 잃어도 이상하지 않다.

그 어리석은 모습을 보고 나는 뭔가 하지 않을 수 없었다.

『네게는 한 가지 선택지가 있다…….』

"크르?"

『……내 힘을 받아라. 그에 따라 너는 새로운 길을 선택하는 게 가능해져.』

"!"

『하지만 그건 고독한 길이야.』

나는──늑대이면서 늑대가 아니다. 그런 힘의 한 부분을 받아들인다는 것은 울시도 역시 늑대이면서 그렇지 않은 것으로 변모한다는 뜻이다.

지금 이 세상의 어디에도 없는 새로운 종으로 진화한다. 즉 같은 존재가 다른 어디에도 없다는 것이다. 한 쌍을 이룰 수도, 종을 남길 수도 없다.

신수도 아닌 울시는 진정한 의미에서 고독한 존재가 될 터다. 이제 앞으로는 동족과 털 고르기를 할 수도, 함께 걸을 수도 없게 된다.

『알겠어? 힘의 대가는 고독이야. 스승이나 프란에게 버림받는다는 게 아냐. 종이라는 틀에서 벗어나 너는 외톨이인 존재가 될 거다.』

"크릉!"

『진짜 괜찮겠나? 주인들을 위해서라면 고독도 상관없다고?』

"워후……."

『……네 각오는 알겠다. 그렇다면 네게 힘을 주마!』

스승에게 힘을 빌려 그것을 울시에게 나눠줬다. 이건 스승에게도 상당한 부담을 주겠지.

하지만 스승이라면 분명 용서해줄 것이다. 그런 확신이 있었다. 오히려 아무것도 하지 않고 있으면 화를 낼 것이다.

울시가 막고 있던 마력에 내가 준 힘이 섞였다. 그것이 순환을 시작해 몸에 퍼져가는 것을 알 수 있었다. 육체가 새로 만들어지고, 울시는 다른 종으로 진화를 시작했다.

"크우우우…… 크르……."

괴로운가? 하지만 전혀 다른 종으로 거듭나는 것이다. 이 정도는 시련이라고도 할 수 없다.

"울시! 괜찮아?"

전투 후 갑자기 막대한 마력을 두르고 괴로워하기 시작한 울시를 보고 프란이 비명을 질렀다.

아가씨에게 내 목소리는 들리지 않는다. 프란에게는 울시가 의문의 폭주 상태에 있는 것처럼 보일 것이다.

"울시!"

"크르……."

울시는 의식을 잃지도, 울부짖지도 않고 그저 온몸에 힘을 주고 계속 서 있었다. 그래, 이 정도로 흐트러지면 앞으로 찾아올 온갖 시련을 이겨낼 수 없어!

"크르르르르우우우!"

자신을 위해서, 그리고 프란을 이 이상 놀라게 하지 않기 위해서. 울시는 계속 참았다.

"크워어어어어어어어어어어엉!"

달 아래 평원에 새로운 마랑의 포효가 울려 퍼졌다. 그것은 탄생의 울음소리이자 종이라는 요람과의 결별을 의미하는 영혼의 외침이었다.

작은 산으로도 보일 만큼 부풀어 오른 그 몸에서는 검은색과 금색이 섞인 흉악한 마력이 피어 오르고 있었다. 잃었던 오른쪽 눈과 뒷다리는 완전히 수복된 듯했다. 두꺼운 사지로 대지를 밟고, 울시는 날카로운 시선으로 어둠을 노려보고 있었다.

원래 털에 살짝 섞여 있던 붉은색은 더 강해진 듯했다. 더욱이 등에는 은색 털이 갈기처럼 돋아나 있었다.

나조차도 본 적 없는 완전한 신종이다.

『울시여. 새로운 마수여. 네 종족은 라그나로크 울프. 다른 늑대에게서 미움받아 이 세상에서 혼자인 존재. 네가 바란 모습이 이것이다.』

"웡!"

『좋은 대답이야.』

그 고독과 맞바꿔 울시는 큰 힘을 손에 넣었다. 분명 프란이나 스승과 나란히 설 수 있을 것이다.

"울시……? 진화했어……?"

"윙."

"멋있어!"

"윙!"

아아, 그래. 칭찬해줘. 프란 아가씨. 그것이야말로 울시가 원하는 거니까.

*

『그럼 간다?』

"응!"

"윙!"

내가 눈을 뜬 후.

전원의 성장을 확인하기 위해 우리는 마랑의 평원에서 마수를 찾고 있었다.

나는 스스로도 잘 알 수 없었던 시스템 부분의 나쁜 부분이 수복된 모양이다. 더욱이 알림이 일부기는 하지만 힘을 되찾았다.

자유롭게 말하는 건 무리지만, 알림은 나 자신의 상태를 파악하기 위한 질문 등에 대답해줬다. 더 나아가 내가 마력을 운용할 때 일부를 보조해준다고 한다. 세세한 제어나 큰 마술을 사용할 때도 앞으로는 조금은 편해질 것이다.

프란은 아리스테아가 새로 벼리어준 검을 써서 아만다에게 수행을 받고 있었던 모양이다.

프란의 무모한 운용에 견딜 수 있도록 위력은 무시하고 튼튼하게만 만든 검이다. 아리스테아는 임시 검이라고 말했나 보지만 충분히 강했다.

이름 : 중마강철로 만든 검
공격력 : 480 보유 마력 : 80 내구도 : 1200
마력 전도율 D-

이게 임시라니……

일러스트를 잘 그리는 사람이 5초 만에 대충 그린 초상화나 요리를 잘하는 사람이 자투리 재료로 얼른 만든 안주 같은 느낌일까. 이쪽에서 보면 굉장하지만 본인 입장에서는 대단치 않은 것이라나 보다.

『으음.』

"스승? 왜 그래?"

『아니, 아무것도 아냐…….』

조만간 나를 휘두를 때를 위해 중심이나 칼날의 길이는 나와 비슷했다. 그런데 그게 또 속이 복잡하다.

분명 프란에게 도움이 됐겠지. 내가 없는 동안 프란을 지키고 그 성장을 지켜보며 난폭하게 휘둘러도 묵묵하게 견뎠다. 으음, 멋진 일이다.

하지만 마음에 들지 않는다. 아니, 솔직히 말하자. 나는 이 검을 질투하고 있다. 내가 없는 동안 나 대신 프란에게 쓰이고 있었다니. 나와 아주 비슷한 그 검이 부러웠다.

상상해보기를 바란다. 장기간 출장을 갔다 돌아와 보니 자신과 빼닮은 하인이 가족의 수발을 들고 있었다는 거다. 게다가 가족은 그 녀석을 따르고 있다. 가족에게 쓸쓸했다는 말을 들어도 납득이 안 되는 부분이 생길 것이다.

지금의 나는 그야말로 그런 느낌이었다.

『뭐, 뭐어, 내가 돌아왔으니까 그 검은 한동안 나설 일이 없을 거야.』

"응. 오랜만에 제 실력을 낼 수 있어."

『그래, 맡겨줘!』

프란이 크게 성장한 것은 틀림없다. '대물 사냥'이라는 칭호를 얻었고 스킬도 늘어났다. 대물 사냥은 그 이름대로 거대한 상대를 쓰러뜨린 경우에 얻을 수 있는 칭호라고 한다. 프란은 언제 획득했는지 잘 모르는 듯했지만 알림이 가르쳐줬다. 대지를 삼켜 거대화하는 어스 슬라임이라는 상대와 싸웠다고 한다.

자신보다 큰 상대와 싸울 때 스테이터스가 상승하는 칭호여서 상당히 도움이 될 것이다. 어차피 프란은 작으니 말이다.

프란의 스킬 성장에도 놀랐다. 나와의 스킬 공유가 없어도 검성술과 검성기를 다루게 된 것이다. 나와 스킬 공유를 해서 고레벨의 스킬을 다룬 경험이 그 성장을 촉진시켰다 해도 이상한 속도였다.

여러 요인이 겹친 덕분이겠지.

원래 재능이 있던 데다 아만다라는 최고의 수행 상대를 얻었다. 더욱이 반년 동안 마랑의 평원에서 수준 높은 상대와 싸워서 경험치를 쌓았다.

그리고, 그 요인들을 살리기 위한 혹독한 수련을 스스로 원할 만큼 강인한 정신력이 있었다.

그 결과가 지금의 성장이었다. 그러나 수행의 진가는 수치가 아니다. 지금까지는 힘에 맡기던 마력의 운용이 훨씬 가다듬어졌다.

그건 마술의 행사를 한 번 본 것만으로 알 수 있었다. 불을 켜기 위해 사용한 하급 불 마술. 그 술법을 영창했을 때 마력의 흐름이 놀랄 만큼 매끄러웠다.

아무리 무영창을 가지고 있어도 마력을 집중하고 제어하는 공정은 사라지지 않는다. 이전의 프란이라면 한순간의 막힘이 있었을 텐데, 그게 사라졌다.

『성장했구나.』

"응!"

"웡!"

내가 프란을 칭찬해주자 울시가 자신도 잊지 말라는 듯이 울었다. 그 목소리는 훨씬 머리 위에서 내려왔다. 지금 울시의 몸높이는 10미터 이상이었다.

『물론 안 잊어버렸어. 너도 노력했구나.』

"웡웡!"

울시의 진화에도 놀랐다. 어쩌면 프란 이상으로. 기절초풍한다는 건 이런 걸지도 모르겠다.

그건 크기 때문만은 아니었다. 펜리르에게 들은 울시의 진화 후보인 게헨나 울프와 다크나이트 울프. 그 양쪽이 아닌 진화를 달성했기 때문이다.

라그나로크 울프. 그게 울시의 종족이었다.

아무래도 특수한 진화를 달성한 모양인지 감정했을 때의 설명이 불명으로 나와 있었다. 사인과 마찬가지지만 울시가 사신의 가호를 받았을 리가 없다.

알림에 의하면 전혀 새로운 종이라고 한다. 세계의 이치 중에 도 정보가 존재하지 않는 것이다.

이름 : 울시

종족명 : 라그나로크 울프 : 마랑 · 마수

Lv : 62/99

생명 : 1834 마력 : 1910 완력 : 980 민첩 : 1274

스킬 : 암흑 마술 7, 예민 후각 10, 우렁찬 외침 3, 은밀 8, 괴력 3, 그림자 전이 3, 그림자 숨기 10, 그림자 건너기 10, 아투기 9, 아 투술 9, 공중 도약 8, 광화(狂化) 7, 공포 7, 경계 8, 기적 차단 6, 고속 재생 3, 강력(剛力) 10, 재생 10, 사독 마술 4, 사기 감지 6, 사 기 내성 5, 순발 10, 순보 4, 소음 행동 6, 상태 이상 내성 6, 사령 마술 6, 생명 탐지 10, 정신 내성 10, 조투술 6, 조투기 5, 독 마술 10, 패기 5, 반향정위 10, 포효 10, 마술 내성 6, 마력 흡수 5, 야 간 행동 10, 어둠 마술 10, 뇌명 내성 7, 암흑 무효, 암시, 왕독아, 모피 강화, 재생 방해, 자동 회복, 신체 대변화, 독 무효, 분할 사 고, 폭주, 마력 제어

유니크 스킬 : 암흑 흡수, 포식 회복

엑스트라 스킬 : 포식 동화

고유 스킬 : 차원아, 동족 위압, 동족 혐오, 봉인 무효

칭호 : 검의 권속, 신랑의 권속, 고고한 짐승, 사인의 포식자, 유 일무이

장비 : 신강의 마조, 용뱀의 목걸이

능력이 장난이 아니다. 스테이터스가 대폭 상승해서 완력 이외에는 1000을 넘었다. 위협도 B는 확실할 것이다.

게다가 스킬도 대폭 늘었다. 기본적으로 원래 가지고 있던 스킬의 상위 스킬이 많지만 고유 스킬 등도 새로 획득했다.

눈에 띄는 스킬만 해도 이하대로다.

통상 스킬

그림자 전이 : 그림자 건너기의 상위 스킬.

재생 방해 : 물어뜯어 생긴 상처의 치유가 느려진다.

신체 대변화 : 신체 변화의 상위 스킬.

폭주 : 궁지에 몰리면 폭주한다.

유니크 스킬

암흑 흡수 : 그 몸에 받는 어둠 마술, 암흑 마술에 포함된 마력의 일부를 흡수.

포식 회복 : 먹어서 상처를 치유한다.

엑스트라 스킬

포식 동화 : 포식 흡수의 상위 스킬. 먹은 자를 자신의 힘으로 삼는다.

고유 스킬

차원아 : 차원을 투과해서 방어를 무시해 대미지를 주는 이빨.

동족 위압 : 동종, 근연종을 무조건적으로 위압한다.

동족 혐오 : 동종, 근연종에게서 혐오를 받는다.

봉인 무효 : 봉인을 무효화한다.

특히 이상한 스킬이 동족 위압, 동족 혐오였다. 더 상위 종족일 텐데도 명백하게 불리한 스킬이다. 게다가 칭호도 이상하다.

사인의 포식자는 이해가 간다. 그 이름대로 사인을 쓰러뜨려 먹음으로써 얻은 것이리라. 하지만 고고한 짐승, 유일무이의 두 가지는 고독한 존재에게 그나마 위안으로 주어진다는 칭호였다.

이것도 알림이 가르쳐준 건데, 펜리르 씨가 우리 힘의 일부를 줬다고 한다. 그 결과 특수한 종족으로 진화해서 동종인 늑대를 초월해 경원당하는 존재가 된 모양이다.

『울시…….』

"웡?"

울시의 순수한 눈이 나를 바라봤다. 10미터의 거구가 돼도 그 눈은 변하지 않았다.

거기서 고독이나 비장감은 전혀 느껴지지 않았다.

그리고 나는 생각했다.

만약 내가 누군가에게 동정을 받는다면? 세상에 단 하나뿐인, 인간의 영혼이 깃든 검이 돼서 쓸쓸하지? 같은 말을 듣는다면?

전혀 기쁘지 않을 것이다. 내가 바라는 말은 그런 게 아니다.

『울시, 강해졌구나! 믿음직해! 앞으로도 잘 부탁한다!』

"응. 멋있어."

"웡!"

우리의 말에 울시가 기쁜 듯이 짖었다.

역시 울시는 나랑 닮았구나. 사고방식이 나와 가깝다는 뜻이다.

『그럼 아직 연습할 게 잔뜩 있으니 다음 적을 찾아볼까.』

"응!"

"웡!"

그리하여 우리는 수행의 성과를 서로 보여주기 위해 마수를 찾아 싸움을 걸었지만…….

"하아압──?"

『위험해! 타이밍이 어긋났어!』

"웡?"

『아, 울시 미안.』

갑자기 연계에 실패하고 말았다.

상대는 팽 보어 무리다. 보통이라면 고전할 일도 없는 하급 마수들. 지금의 프란이라면 손끝 하나로도 쓰러뜨릴 수 있을 것이다.

다만 첫 사냥감으로 정한 선두의 팽 보어에게 뜻밖에도 첫 공격, 두 번째 공격이 빗나갔다.

우선 프란이 공격을 시도했는데, 나도 프란도 서로의 성장을 이해하지 못한 듯했다. 마술의 발동이 빨라질 건 알았지만 설마 프란이 그렇게나 완벽하게 화염 마술 배니어를 제어할 줄이야.

지금까지는 바람 마술이나 염동으로 자세를 안정시킬 필요가 있었지만 지금의 프란은 배니어만으로 흐트러지지 않고 곧장 나아갈 수 있었다.

뭐, 그게 다였다면 프란이 돼지 마수를 양단하고 끝났겠지만 그 동작을 내가 방해하고 말았다.

아니, 어쩔 수 없잖아. 연계를 확인하는 거라서 보고만 있을 수는 없었다고.

프란이 공중 도약과 화염 마술로 가속하려 하는 것까지는 순간적으로 이해해서 나는 바람 마술로 가속을 도우며 팽 보어의 움직임을 염동으로 멈출 생각이었다.

그러나 내가 생각했던 것보다 내 제어력이 지나치게 향상됐다. 뭐, 오랜만에 만나서 좋은 모습을 보이려다 마력을 지나치게 넣은 것도 분명하지만……

지금까지의 두 배는 되는 출력에 바람 마술의 가속이 너무 빨라서, 프란이 팽 보어를 넘어가고 만 것이다.

그래도 어떻게든 나를 휘둘러 다른 팽 보어를 공격한 프란은 대단하다. 하지만 그것 때문에 팽 보어 무리가 괴멸하고 말았다.

설마 속성검의 위력도 그렇게까지 강력해졌을 줄이야. 바람의 속성검 한 번에 세 마리가 댕강. 떨어져 있던 두 마리는 풍압에 떠올라 지면에 처박혀 있었다.

전자보다 후자가 더 무참했던가? 숨통이 끊어질 때까지 괴롭히고 말았다.

아무튼 앞으로는 조심하자.

마지막에 남은 선두 개체에게 울시가 향했다. 크기가 너무 다르니 힘을 보기도 전에 울시가 거대한 앞다리로 짓이기면 그대로 납작해지겠지.

그렇게 생각했는데, 눈앞에서 울시가 작아졌다. 신체 대변화 스킬의 능력이다. 지금까지 보인 변화는 4미터에서 1미터 정도 사이였다. 하지만 지금은 크게는 10미터, 작게는 30센티미터로 몸의 크기를 변화시킬 수 있다고 한다.

소형견 크기가 된 울시가 내 염동에 움직임이 봉인된 팽 보어에게 달려들었다. 하지만 그 공격이 튕겨 나갔다. 고기를 최대한 확보하기 위해 힘을 조절한 공격으로 머리를 노린 모양이지만 내 염동이 방해를 한 것이다.

마력을 지나치게 실은 탓에 강도가 상당했던 모양이다. 게다가 그 일격에 염동의 구속이 사라져 팽 보어가 도망치고 말았다.

울시가 그림자 전이로 순식간에 따라붙어 그 목을 앞다리 일격으로 날려버렸다.

그림자 전이는 그림자에 숨는 것이 아니라 그림자가 있는 장소에 전이가 가능한 스킬이다. 이제 울시가 드나들 수 없는 작은 그림자라도 전이가 가능해졌다.

그리고 앞다리에는 새 장비가 달려 있었다.

이건 아리스테아가 울시에게 만들어준 무기였다.

이름 : 신강의 마조

공격력 : 480 보유 마력 : 250 내구도 : 800

마력 전도율 B

스킬 : 크기 조절 강화

이름 : 용뱀의 목걸이

방어력 80 내구도 600/600

효과 : 아이템 주머니 능력 소, 크기 조절 강화

신강의 마조는 이전에 장비했던 포박의 발톱과 비슷하지만, 처음부터 울시용으로 만들어진 장비다. 마비 능력은 잃었지만 성능이 현격히 달라서 틀림없이 강화라고 할 수 있을 것이다.

용뱀의 목걸이는 아만다가 사냥한 웜의 가죽 등을 써서 만들었다. 종마증을 대신하기도 하고 프란이 올라탈 때 고삐도 되는 듯했다.

둘 다 울시가 최대 크기가 돼도 부서지지 않아서 아주 편리했다. 아무래도 이 상식 밖의 크기 변경 기능을 부여한 탓에 다른 스킬을 넣을 수 없었던 모양이다. 아이템 주머니 능력만은 어떻게든 넣은 모양이군.

『……뭐랄까, 미안.』

"괜찮아."

"웡!"

『연계보다 내 힘을 먼저 확인해야 할 것 같네.』

그때부터는 따로따로 힘을 펼치면서도 때때로 연계를 맞추는 것을 시간을 들여 반복해갔다.

아, 그리고 내가 없는 동안 프란이 모아둔 마석을 흡수해서 늘어난 스킬을 검증하기도 했다. 게다가 스킬뿐만 아니라 랭크업도 완수했다.

프란이 모아둔 마석은 무려 300개가 넘었다. 단숨에 랭크업해 마석치를 상승시킬 수 있었다.

문제였던 건 마석에서 흡수할 수 있는 마석치가 묘하게 낮아진 점과 자기 진화 포인트를 얻지 못했다는 점이다.

이래서는 기껏 자기 진화를 한 의미가 없다.

이유가 뭔지 고개를 갸웃거리고 있는데 알림이 설명해줬다.

〈펜리르가 개체명 울시에게 힘을 양도해서 그 보전이 필요해졌습니다〉

『무슨 소리야?』

〈펜리르의 회복을 우선하기 위해서 양도되는 힘이 대폭 감소했습니다〉

마석을 흡수→펜리르 회복→그 힘의 일부가 내게도 양도되는 것이 원래 내가 마석치를 얻는 흐름이다. 뭐, 대략적으로 말하자면 말이다.

울시를 특수 진화시키기 위해 펜리르가 여러모로 애써준 모양이다. 다만 그 탓에 나도 펜리르도 힘을 소모해서 이쪽으로 오는 마력을 줄여 회복에 쓴다는 것이었다.

『이 현상이 얼마나 이어질 것 같아?』

〈다다음 번 랭크업까지로 예정되어 있습니다〉

『으음. 하지만 울시를 위해서라면 불만은 없어.』

오히려 감사 인사를 하고 싶을 정도다. 그 덕분에 울시는 염원하던 힘을 손에 넣었으니 말이다.

동족 혐오가 없다면 최고였겠지만……. 고유 스킬이라서 스킬 테이커로도 지울 수 없을 것 같다.

아, 스킬의 소유 숫자가 갑자기 늘어난 건 잘 해결될 것 같다. 알림이 관리를 도와줘서 내 부담이 줄기 때문이다.

그렇다고 무리하면 안 되지만.

이 제단은 실제로 그렇게 빈번하게 이용할 수 있는 것이 아니라고 한다. 기동에도 수복에도 막대한 마력을 필요로 하기 때문이다. 마랑의 평원에서 마력을 흡수해 축적하고 있다 해도 그 마력은 무한하지 않았다.

『다음 랭크업에서 포인트는 얻을 수 있어?』

〈네. 다만 예정대로 자기 진화 포인트를 입수할 확률은 11퍼센트입니다〉

『전혀 못 받는다는 거야?』

〈입수 포인트가 반으로 줄 가능성은 89퍼센트입니다〉

반은 입수할 수 있는 건가? 그러면 됐어. 울시의 진화에 썼다고 생각하면 오히려 싸게 치렀다.

그리고 우리의 힘을 전혀 다룰 수 없는 상태로 새로운 힘을 원해봤자 소용없다. 우선 지금 있는 모든 것을 다룰 수 있어야 한다.

『연계 강화, 스킬의 숙련, 마석 입수. 할 일은 아직 남았어!』

"응! 힘낼게!"

"웡!"

〈다음 랭크업까지 필요한 마석치는 1022포인트입니다〉

*

『연계도 충분히 확인했고 서로의 능력도 파악했어. 스킬 검증도 끝났고, 아주 조금 얻은 자기 진화 포인트를 써서 새로운 스킬도 얻었어.』

"응."

내가 눈을 뜨고 프란과 울시의 성장에 놀란 지 어느덧 한 달이 지났다.

달력상으로는 2월의 절반을 지나 하순으로 접어들었다. 그런 시기다.

그리고 오늘은 우리에게 특별한 날이기도 했다.

『수행은 내일로 끝이야.』

대좌 옆에서 모닥불을 둘러싸고 식사를 하는 프란과 울시에게 나는 그렇게 선언했다.

실제로는 이 평원에서 수행을 계속하고 싶은 마음이다. 여기서 이대로 마물을 사냥하며 힘을 키우고 싶다.

하지만 그럴 수 없었다. 나뿐이라면 몰라도 프란의 소원은 여기서 오래 수행을 해도 이루어지지 않기 때문이다. 애초에 마경에 틀어박혀 있는 건 프란의 교육에 좋지 않을 것이다. 다양한 사람과 접하는 게 어린아이에게는 필요할 터다.

『아만다도 오늘까지 함께해줘서 고마워.』

"고마워."

"웡!"

"됐어. 우리 사이잖아. 그리고 즐거웠고 내 수행도 됐어."

실제로 아만다는 레벨이 오르고 스킬의 레벨도 몇 개 올랐지만, 그래도 아주 바쁜 랭크 A 모험가가 최소 한 주에 한 번은 이곳에 찾아와줬으니 큰 빚이 생겼다고 할 수 있겠다. 뭐, 아만다는 진심으로 신경 쓰지 말라고 하는 말이겠지만 우리 입장에서는 그렇다.

"아리스테아에게도 여러모로 신세를 졌어."

"뭘, 광신검의 정보료 대신이야. 그리고 스승을 진단하는 것만 해도 내게 다른 곳에서는 얻을 수 없는 경험이거든."

『장비 대금은 정말 필요 없어?』

"재료는 내가 전부 모아온 거니 신경 쓰지 않아도 돼."

프란의 검뿐만이 아니다. 울시의 발톱과 목걸이도 아만다가 아리스테아에게 의뢰해 만들어줬다고 한다. 울시도 분명 강해질 거라며 부탁했다는데.

"우후후. 울시도 노력하고 있다니까."

"웡웡!"

아만다가 울시의 등을 가만히 쓰다듬었다. 울시도 아만다에게 칭찬받고 기쁜 듯했다. 생각해보면 둘은 울시가 내게 소환됐을 때부터 어울린 사이다. 소환하는 자리에도 있었고 말이다.

"신경 쓰이면 그 의뢰를 부탁해."

"응."

『맡겨줘.』

그 의뢰란 이웃 나라의 마술 학원에서 의뢰를 받으라는 것이다. 반년 이상 된 이야기지만 아주 잘 기억하고 있다.

모의전 상대를 찾고 있고, 그 밖에도 뭔가 의뢰를 받을지도 모른다고 했다.

하이 엘프인 학원장은 아리스테아가 세게 나갈 수 없는 상대인지, 꼭 의뢰를 받아달라는 말을 들었다.

『……자, 슬슬 날짜가 바뀌었으려나?』

"응? 그렇지."

내 중얼거림을 들은 아리스테아가 로브 소매에서 회중시계를 꺼냈다. 살짝 가지고 싶지만 아주 비싸다고 한다.

특히 아리스테아가 만든 회중시계쯤 되면 수백만으로도 구할 수 없는 가치가 있다는 모양이다.

『자, 프란. 오늘이 무슨 날인지 알겠어?』

"응?"

이거 모르는구먼.

뭐, 줄곧 마경에서 수행 삼매경인 나날이었으니 날짜 감각도 없을 것이다.

나는 오늘이 무슨 날인지 프란에게 말했다.

『오늘은 나와 프란이 만난 지 딱 1년이 되는 기념일이야.』

"오오. 벌써?"

『그래. 순식간이었지.』

절반은 함께 있을 수 없었지만 그래도 합하면 반년 이상은 줄곧 가까이 있었다.

슬플 때도 화날 때도 즐거울 때도 기쁠 때도.

무서울 만큼 진한 시간이었다.

『……강해졌구나.』

"응."

만났을 때는 힘없는 노예 소녀였던 프란.

덮쳐드는 고난을 견디고 일사불란하게 헤치며, 목표로 했던 고지를 향해 올라갔다.

결코 편한 길은 아니었다. 때로는 죽음을 각오할 때마저 있었다.

그래도, 도망치지 않고 수많은 강적을 상대로 쉴 새 없이 싸웠다.

그 결과가 지금의 프란이다.

감회가 새롭다. 프란도 그럴 것이다. 부끄러워하는 얼굴로 고개를 끄덕이고 있었다.

다만 프란을 감정해본 나는 어떤 사실에 놀랐다.

『어? 프란······의 나이가······. 그러고 보니 지금까지 열두 살이었지······.』

놀랍게도 어제까지 열두 살이었던 프란의 나이가 열세 살로 바뀌어 있었다.

"왜 그래, 스승?"

『저기, 프란은 생일 기억해?』

"응? 으음?"

프란이 내 질문에 미간을 찌푸리고 고개를 갸웃거리며 신음하기 시작했다.

기억하지 못하는 듯했다.

오늘이 우연히 생일이라는 기적이 있을 수 있나? 어쩌면 프란이라는 이름을 다시 붙인 그날이, 무명에서 프란이 된 그날이 새로운 생일이라고 세계의 이치에 인식된 건가?

프란의 부모님에게 조금 죄송하긴 하지만 생일이 없는 것보다는 나을 것이다.

『오늘은 프란을 만난 날인 데다 프란의 생일이기도 했어! 이중으로 축하할 기념일이야!』

"생일?"

『그래! 프란의 나이가 열세 살이 됐어!』

"정말?"

『진짜야! 축하해!』

"응. 고마워."

설마 생일 축하도 할 줄은 몰랐지만 만난 지 1년 된 기념으로 이것저것 준비했지!

『후후후. 좋은 걸 준비했어! 뭔지 알아?』

"좋은 것…… 팬케이크?"

『오오? 용케 알았네! 정답이야!』

"오오."

내 말을 들은 프란이 기쁜 듯이 손뼉을 쳤다.

프란에게 팬케이크는 기념일의 성찬이라는 이미지가 있는 듯했다. 그래서 이런 경우에는 팬케이크라고 생각한 거구나.

프란은 이미 볼을 빨갛게 물들이고 정신을 못 차리는 상태였다. 카레와는 또 다른 의미로 아주 좋아하는 음식이니 말이다.

『후후후. 프란이 자는 사이에 몰래 준비를 진행한 스페셜 팬케이크 생지야!』

"스페셜!"

내 말에 프란의 눈이 빛났다. 그 기대, 배신은 하지 않아!

요 일주일 동안 아만다에게 재료 구입을 부탁해 은밀하게 준비해왔다. 토핑용 크림 등도 준비를 다 해서 이제 이 자리에서 팬케이크를 구우면 완성이었다.

『우선 프란 몫이야! 지금의 나라면 동시에 열 개라도 만들 수 있어!』

"스승, 대단해!"

『하하! 그치?!』

불 마술로 생성한 화염 열 개 위에 프라이팬 열 개를 제각기 얹고 거기에 생지를 부어갔다. 보이지 않는 손이 몇십 개나 있는 듯한 광경이었다. 모두 염동으로 하고 있지만 알림의 보조가 있는 지금의 나라면 별것 아니었다.

〈모든 염동의 출력이 오차 범위 내에 있습니다〉

『좋아! 여기서 이거다!』

"스승, 멋있어!"

『하하하!』

일제히 프라이팬을 흔들어 팬케이크를 뒤집은 내 묘기를 보고 프란이 아까보다 더 빠른 속도로 손뼉을 쳤다. 그 입가에서 흘러 떨어지는 침, 지금만큼은 닦지 않아도 돼.

『이것으로 완성이다!』

"오오오오오!"

『팬케이크 10단 타워, 토핑 20종 취향껏 얹기다!』

프란의 앞에 놓인 커다란 접시 위에 팬케이크가 후두둑 쌓여갔다. 그 위에는 버터와 메이플 시럽만이 뿌려져 있었다.

그것과는 다른 접시에 휘핑크림과 초콜릿 소스, 견과류와 각종 잼 등을 소분한 볼을 준비했다. 스푼을 써서 취향껏 얹어 먹는 것이다.

『어때!』

"대단해! 스승, 엄청 멋져! 먹어도 돼?"

『그래! 먹어!』

"응! 잘 먹겠습니다!"

프란은 그렇게 말하고 가장 위 팬케이크를 잘라 우선 그대로 입에 넣었다.

"우물우물."

『어때?』

"응!"

고개를 끄덕이는 게 다였지만 그 환한 미소를 보면 평가를 알 수 있었다. 만점이라는 뜻일 것이다.

입가를 메이플 시럽으로 치덕치덕 묻힌 프란이 엄청난 기세로 팬케이크를 배 속에 넣어갔다. 그것을 싱글거리며 보고 있던 아만다가 문득 의문을 입에 담았다.

"저기, 프란?"

"우물우물?"

"카레라는 것과 팬케이크. 뭐가 더 맛있어?"

"음……?"

오? 프란이 먹던 손을 멈추고 고개를 갸웃거렸어.

"카레는 기운이 나!"

"그럼 카레가 더 좋아?"

"팬케이크는 행복해! 둘 다 맛있어. 하지만 다르게 맛있어."

프란은 그렇게 말하고 다시 팬케이크를 먹으려 하다가——.

꼬르륵.

배에서 소리를 냈다. 팬케이크를 잔뜩 먹었는데? 아니, 카레 얘기를 한 탓일 것이다. 그 증거로 프란이 애처롭게 나를 응시하고 있었다.

"스승……."

『그래그래. 카레도 내줄게. 오늘만이다?』

"응!"

보통은 그다지 감정을 얼굴에 드러내지 않는 프란이 내가 만든 밥을 먹고 저만큼 환한 미소를 보여준다. 이렇게 기쁜 일은 없다.

프란이 돼지가 되면 안 되니까 마음껏 먹게 둘 순 없겠지만…….
가끔은 괜찮겠지?

제5장 **새로운 시작**

『그럼 간다? 이게 마지막이야.』

"응!"

"웡!"

『녀석들의 마석을 받아서 수행의 집대성을 장식하는 거야!』

"알았어!"

나를 든 프란이 결의에 찬 표정을 지으며 고개를 끄덕이고 울시의 등에서 뛰어내렸다.

눈 아래 존재하는 것은 흰 연기다.

잊을 수도 없는 성가신 강적. 그레이터 베놈 거스트.

게다가 적은 그뿐만이 아니었다.

"오늘은 놓치지 않는다, 계집!"

"오늘이야말로 해치울 거야."

"무리다!"

전장에는 와이트 킹도 있었다.

실은 프란은 이 와이트 킹과 몇 번에 걸쳐 싸운 모양이다. 하지만 와이트 킹과 그레이터 베놈 거스트는 항상 지근거리에 있어서 반드시 양쪽과 동시에 전투를 하게 됐다.

그 탓에 한쪽을 토벌하기 전에 지나치게 힘을 소모하는 경험을 몇 번이고 몇 번이고 반복했다고 한다.

『거스트의 마석은 확인 못 했어?』

"응."

아주 교묘하게 숨겼거나 탐지할 수 없을 만큼 멀리 숨긴 건가. 아무튼 간단히 찾을 수 없는 듯했다.

『흐음……. 우선 와이트를 해치울까.』

"알았어."

『울시는 부하들을 상대해줘!』

"크릉!"

이전이라면 이건 꽤나 무모한 지시다.

울시 혼자서 와이트 하이 위저드 네 마리와 와이트 임페리얼 가드 두 마리를 상대하는 건 너무 무모하다. 잘해 봐야 두 마리를 끌어들이는 게 다였겠지.

그러나 지금의 울시라면 무모하지 않았다.

"크르르!"

"──!"

울시는 그림자 전이에 차원아를 이어 하이 위저드에게 큰 대미지를 줬다. 녀석들은 시공 마술을 탐지하는 능력이 있지만 그림자 전이는 어둠 마술과 같은 계통의 스킬이다. 이 능력에 의한 기습은 탐지할 수 없는 듯했다.

그 뒤로 일격 후 이탈을 반복해 부하 와이트들을 몰아넣어 가는 울시.

몸의 크기를 순식간에 바꾸며 와이트들의 사이를 돌아다니면서 농락을 계속했다.

물론 편하게 이긴다고는 할 수 없었다. 공격을 허용하기도 했고 때로 강렬한 반격에 큰 대미지를 입을 때도 있었다. 하지만 그뿐이었다.

이전에 비해 생명력, 방어력, 재생력 전체가 상승한 울시는 다소의 공격에는 미동도 하지 않았다. 바로 상처를 치유해 자세를 바로 잡고 와이트들의 추가 공격을 피했다.

우리가 개입할 만한 위기에는 결코 빠지지 않는다. 불안도 느껴지지 않는다. 그 전투에서는 안정감과 여유가 느껴졌다.

"저 늑대는 뭐냐……!"

"울시."

"이름 따위를 물은 게 아니다! 어떻게 이런 짧은 기간에 저렇게……!"

와이트 킹은 요 반년 동안 줄곧 분쟁을 거듭해온 상대가 갑자기 강해져서 놀라고 있었다. 고위 언데드답게 감정도 인간에 가깝게 남아 있는 건가.

"수행했으니까."

"수행으로 저렇게 강해질 수 있다면 누구나 수행할 거다!"

와이트 킹이 소리를 질렀지만 프란은 그 말에는 대답하지 않고 돌진했다.

"치, 치사하다!"

"핫!"

"크으——쇼트 점프!"

역시 와이트 킹은 얕볼 수 없다. 술사 타입인 주제에 프란의 공기 발도술을 피했다. 게다가 즉시 전이술로 거리를 벌리고 곧바로 빙설 마술을 날렸다.

"다이아몬드 더스트!"

넓은 범위를 얼리는 술법. 견제할 생각인가.

범위를 중시해서 위력은 그다지 강하지 않지만 시간이 없어서 이 정도 술법밖에 영창할 수 없었을지도 모른다.

아니, 평소라면 충분히 위협적이었겠지. 이전의 프란이라면 피하기 위해 거리를 벌렸을 것이다.

그러나 프란은 사납게 부는 눈보라를 향해 스스로 돌진했다. 화염 마술과 바람 마술로 번쩍이는 얼음 안개를 가르고 최단거리로 와이트를 향해 달려갔다.

"크카카! 그것도 가능하다고 생각했다! 우오오오오오오오! 블라스트 애벌랜치!"

상대도 역시 고위 마수. 상상 이상으로 지혜가 뛰어난지, 프란이 마술을 뚫고 공격하는 패턴도 방심하지 않고 예상한 모양이다.

와이트 킹의 마술에 의해 초원에 눈사태가 일어났다. 넓은 범위를 집어삼키며 프란에게 밀어닥치는 그 술법은 그야말로 눈의 해일이었다.

중규모 성채의 성벽 정도라면 이 술법으로 무너뜨릴 수 있을 법한 위력. 또한 마술로 생성된 얼음은 통상적으로는 있을 수 없을 정도의 냉기를 두르고 있다. 같은 규모의 자연 눈사태를 크게 뛰어넘을 만큼 위험하다는 뜻이다.

하지만 프란은 그 눈사태를 응시하고 한마디 중얼거릴 뿐이었다.

"스승."

『그래! 맡겨줘!』

프란은 내가 어떻게든 할 거라고 믿고 있다. 아니, 알고 있다. 그렇다면 어떻게든 하는 게 내 일이다.

『하아아압!』

그건 거대한 빛의 분류였다. 마력 방출도 화염 마술도 아니다. 포인트를 소비해 레벨을 올린 빛 마술이었다.

레벨 6 빛 마술, 솔라 레이. 빛 마술이라는 말을 들으면 맨 먼저 상상하는 레이저나 빔의 최상급 술법이다. 간단히 묘사하자면 애니메이션에 나오는 빔 포일 것이다.

마술이기 때문에 단순한 광선은 아니지만, 겉모습은 빔으로밖에 보이지 않았다.

드럼통만 한 빛기둥이 바로 옆을 향해 내리쪼여 흰 해일을 꿰뚫었다. 한 점에 집중된 빛이 눈사태를 녹이며 프란의 통로를 만들어 갔다.

게다가 나는 인비저블 데스에게서 입수한 빛 교란막을 이용해 집속률을 올려서 위력을 상승시켰다.

레벨은 비슷한 술법이지만 한 점에 집중하는 만큼 이쪽이 유리하다.

"크아아! 이, 이 정도 술법을?"

자신의 술법을 관통해 쏘아진 빛 마술에 제대로 맞아 대미지를 입은 와이트 킹. 마술 내성이 있어서 쓰러뜨리지는 못했지만 다음 마술을 경계하는 바람에 와이트 킹의 의식이 앞쪽으로 쏠렸다.

그건 즉, 뒤쪽에 대한 주의가 소홀해졌다는 뜻이다.

프란은 그 틈을 놓치지 않고 내가 만든 길을 달려나가 전속력으로 그 뒤쪽을 잡았다.

"홋!"

"커──억……!"

프란의 참격이 와이트 킹의 목을 베었다. 아직이다. 즉사――아니, 언데드니 소멸? 아무튼 목을 베었음에도 쓰러뜨리지 못했다.

"흑해병단의 정예인 내가…… 이런 계집에게……!"

"하아아압!"

"우오오오오오오!"

쓰러졌나 싶은 비명을 지른 와이트 킹은 자신의 목이 떨어지지 않도록 두 손으로 단단히 잡고 자빠지듯이 프란의 추가타를 피했다.

"놓쳤어!"

『전이했군.』

와이트 킹은 지면에 쓰러진 상태로 장거리 전이를 발동해 모습을 감췄다.

"저쪽!"

즉시 전이한 곳을 탐지해 쫓아가려 했지만, 그 자리에서 프란의 발이 묶였다.

그레이터 베놈 거스트의 연기가 단숨에 모인 것이다.

"방해돼!"

프란이 바람 마술로 견제해 봐도 사라지는 건 미미한 양뿐.

『역시 마석을 어떻게 하는 수밖에 없나.』

"또 지면을 공격해?"

성장한 우리라도 여전히 거스트의 마석을 발견할 수는 없었다.

아니, 왠지 모르게 마력이 치우친 곳이 있는 것 같기는 했다. 연기로 가득한 옅은 마력에 아주 미약하게 진한 부분과 옅은 부분이 있는 것이다.

하지만 그 근본까지는 도달하지 못했다.

근처에 마석이 있다고 믿고 꼼꼼하게 광범위 공격을 반복하는 것도 방법 중 하나이기는 한데…….

나와 프란이 고민하고 있는데 울시가 뭔가 어필을 했다.

"웡웡!"

『혹시 마석의 위치를 알아냈어?』

"웡!"

울시는 자신 있는 것 같다. 라그나로크 울프로 진화해서 그 후 각이 더 날카로워진 것이다.

『그러면 해버려!』

"워워엉!"

자신만만한 얼굴로 한 번 울부짖은 울시가 허공을 향해 달려나 가, 그 기세로 전방의 공간을 물어뜯었다.

그 순간이었다.

"우우우아아아아아아아우우아아아아아!"

기분 나쁜 비명이 나더니 단숨에 연기가 맑아졌다.

우리는 마석이 땅속에 있다고 생각했지만 연기 안에 숨겨져 있 던 듯했다.

어쩌면 시공 마술 같은 능력으로 수납하고 있었을지도 모르지 만, 진화한 울시의 감각은 마석의 마력을 놓치지 않았다. 차원아 가 있으면 그 공간째로 공격할 수 있을 것이다.

뭐, 마석은 손에 넣지 못했어도 성가신 상대를 쓰러뜨리는 데 성공했다. 솔직하게 칭찬해줄까.

『잘했어!』

"윙!"

"울시, 장해."

"윙윙!"

중형견 크기가 된 울시는 프란에게 쓰다듬을 받고 기뻐했다.

하지만 바로 둘 다 심각한 얼굴이 됐다.

"와이트는 아직 남았어."

"크릉!"

『게다가 부하가 잔뜩 있어.』

소수 정예형인 와이트 킹이라고 생각했지만 녀석의 기척 주위에 대량의 언데드가 생겨나 있는 것을 알 수 있었다. 잔챙이를 무수히 불러낼 수도 있는 모양이다.

물량 작전으로 바꾼 걸까?

"새의 뼈!"

『비행 계열 언데드다!』

버드 스켈레톤에 버드 좀비, 레서 고스트 등 위협도 D나 F인 잔챙이 마수가 이쪽을 향해 왔다.

게다가 땅에도 무장한 좀비 등이 넘쳐났다. 그 수는 300을 가뿐히 넘었다. 활을 장비하고 있으니 원거리에서 이쪽을 공격할 셈이겠지.

"흩어버릴래!"

"크릉!"

『방어는 내게 맡겨!』

프란은 그런 대군세를 앞에 두고 겁먹지 않고 앞으로 나섰다. 쏟아지는 화살을 간단히 빠져나가 언데드들 사이로 뛰어들었다.

전장을 뛰어다니며 잇달아 검을 휘둘렀다.

"하아아아압!"

"워엉!"

동료가 휘말리는 것도 아랑곳하지 않고 언데드들이 마술이나 화살을 쐈지만 내가 장벽과 염동으로 떨어뜨려 갔다. 상공에서 달려드는 비행형 마수도 마술로 요격했다.

너무나도 손맛이 부족해서 맥이 빠져 있는데 우리 주위에서 마력이 높아지는 것을 알 수 있었다.

"으아아아아아!"

"오오오오오!"

『새 병력인가!』

프란을 포위하듯이 소환된 것은 50마리 가까운 하이 좀비들이었다.

스테이터스도 그럭저럭 높고 무구도 강철 갑옷과 방패, 마철검으로 상당히 강력했다.

"……저 갑옷, 어디서 본 적 있어."

『알레사 기사단의 갑옷이야.』

전 알레사 기사들인 건가?

그러고 보니 부단장인 오귀스트와 함께 부정에 손을 댄 기사들이 투옥되어 처형당했다고 들었다. 어떤 경위로 와이트 킹의 부하가 됐는지는 모르지만 그 녀석들일 가능성이 높아 보인다.

그러고 보니 알레사에서도 전직 모험가가 언데드가 됐었지.

투옥, 처형된 자들의 시체는 의외로 아무도 신경 쓰지 않는다. 누군가가 빼앗았다 해도 알아차리지 못할 것이다.

다만 알레사의 언데드의 뒤에는 레이도스 왕국이 있을 가능성이 있다.

그렇다면 와이트 킹도 레이도스와 관련이 있는 걸까?

'저 녀석한테 물어보면 돼.'

『그건 그렇지만 무리는 하지 마. 격파가 우선이야.』

"응! 알아!"

프란은 그렇게 소리치고 그대로 하이 좀비에게 달려들었다.

"하압!"

"오오오오오!"

"강하지만 약해!"

『그래! 우리 적수는 아냐!』

그런저런 언데드보다는 강하겠지만 그래도 우리에게는 잔챙이였다. 알레사에서 싸운 세 얼굴 좀비에 비하면 훨씬 약했다.

그렇게 언데드를 격파하며 와이트 킹에게 다가가는 우리. 그러나 녀석은 어째선지 여유 있는 표정이었다.

"우히히히히! 왔구나아!"

"이번에야말로 쓰러뜨릴 거야!"

와이트 킹의 목에는 마치 초커처럼 보이는 흉터가 남아 있었다. 프란에게 두 동강 난 상처는 아직 막히지 않은 모양이다.

녀석 역시 알고 있을 터다. 접근전에서는 프란이 훨씬 유리하다는 것을.

그런데 이 여유는 뭐지?

불길한 예감. 마치 인간이었던 시절처럼 오싹한 감각이 퍼졌다.

그건 프란과 울시도 마찬가지인 모양인지, 공격을 중지하고 단숨에 뒤로 물러났다.

그 직후 와이트 킹에게서 흰 오라 같은 것이 흘러넘쳤다. 그 오라에 닿은 지면이 순식간에 새하얗게 얼어붙어 가는 모습이 보였다. 오라는 해일 같은 기세로 주위로 퍼지며 부하인 언데드들까지 통째로 얼음덩어리로 만들어 버렸다.

방금까지 평원이었던 장소가 순식간에 빙하지대로 변모했다.

빙설 마술의 일종인가? 하지만 영창이 없었는데?

"후하하하하하! 힘이 넘친다아아아아!"

"이 녀석도 갑자기 세졌어!"

『뭐야, 언데드가 파워업하는 게 유행이야?』

와이트 킹에게서 지금까지와는 차원이 다른 마력이 느껴졌다.

"우히히히히! 오늘이야말로 가지고 놀다 죽여주마아아!"

히죽 웃는 와이트 킹에게서 프란이 더 거리를 벌렸다. 내리꽂히는 살기에 경계심이 자극된 것이다.

그사이, 와이트 킹의 몸이 우둑우둑하는 둔탁한 소리를 내며 변형하기 시작했다.

상처가 막히는 것뿐만이 아니다. 골격이 늘어나고 로브 속 육체가 커져 갔다. 눈으로 보고 알 수 있을 만큼 팽창한 몸을 견디지 못하고 마침내 안쪽에서 로브가 찢어졌다.

팔다리가 고목 같던 와이트 킹이 하이 오우거 같은 근육질 몸으로 변모한 것이다. 바지가 팽팽해서 타이즈처럼 보인다.

게다가 단순히 커지기만 한 게 아니다.

놀랍게도 그 몸에는 와이트 킹의 것과 다른 얼굴이 돋아나 있었다.

오른쪽 어깨, 명치, 왼쪽 옆구리. 거기에 생겨난 새로운 얼굴.
기시감 정도가 아니라 완전히 낯익었다.

반년 전 알레사 지하에서 싸운 세 얼굴 좀비다. 이쪽은 명치에
얼굴이 하나 많지만 명백하게 같은 계통의 언데드였다.

그러나 그보다 더 놀라운 일이 있었다.

나는 명치에 파묻힌 얼굴을 보고 무심코 소리를 내고 말았다.

『저 얼굴은……!』

'스승, 아는 사람이야?'

『어? 프란, 기억 안 나?』

'응?'

『명치에 난 얼굴 말이야! 봐봐!』

'……으음?'

『그, 그러냐. 뭐, 저런 녀석은 잊어버려도 상관없어.』

'누구야?'

프란이 완전히 잊어버린 얼굴의 이름은 오귀스트 알산드. 그렇
다, 허언의 이치의 전 주인이자 알레사 기사단의 전 부단장인 쓰
레기 귀족이다.

왕족에게 무례를 범해 붙잡힌 후 어떻게 됐는지는 알지 못했
다. 오르메스 백작 일당의 반역죄에 휘말려 바로 처형됐다고만
생각했다.

하지만 그 시체는 은밀하게 레이도스의 사령술에 이용되고 있
었던 모양이다.

"아아아아아!"

"우하하하하! 아무래도 계집을 원망하고 있는 것 같구나아아아!"

명치에 있는 오귀스트의 얼굴이 괘씸해하는 듯한 신음 소리를 내자 와이트 킹이 웃음을 터뜨렸다.

아무래도 희미하게 사고력이 남아 있는 것 같았다.

"죽인. 다!"

"정신은 약한 주제에 원한은 남의 두 배로구나아아! 구제불능 애송아! 하지만 그 썩어빠진 정신이 내게 한층 더 힘을 주지! 가련한 사령들이여! 그 원념을 내어 내 양분이 돼라아아아!"

와이트 킹이 외치며 두 팔을 하늘 높이 들었다. 그러자 주위에 있던 언데드가 모두 움직임을 멈췄고, 직후에는 모래처럼 후두두둑 무너져 내렸다.

기껏 불러낸 전력을 스스로?

프란의 당혹감이 전해졌는지 와이트 킹이 더 크게 웃었다.

"크하하하하, 이 정도 전력으로 네놈에게 이길 수 없다는 건 알고 있다! 이 녀석들은 내 먹이다아아아!"

그렇게 외치는 와이트 킹을 향해 주위에서 검은 무언가가 모이기 시작했다. 마력은 마력이지만 기척이 더 불길하다. 그러나 사기는 아니었다.

이 감각은 기억에 있다. 천공섬에서 같은 것을 봤다.

리치의 힘의 원천이기도 한 원념이다. 아무래도 부하를 소환해 그 녀석들이 가진 원념을 흡수한 듯했다.

사령에게는 마력보다 원념이 더 힘이 될 것이고, 실제로 와이트 킹의 존재감은 급격하게 늘어갔다.

"계집, 유언은 있느냐?"

"……너, 레이도스 왕국의 언데드야?"

"으하하! 저승길 선물로 가르쳐줄까? 그 말대로다! 나야말로 최강의 군세인 흑해병단의 제6석! 아이스맨 님이다아아!"

와이트 킹——아이스맨이 자랑하듯이 외쳤다. 제6석이라고 해도 어느 정도 규모인지 알 수 없기 때문에 대단한지 대단하지 않은지는 모르겠다.

"흑해병단? 사령술사 부대야?"

"좀 다르다! 인간의 술사 따위는 필요 없다! 우리는 지성 있는 불사자의 군세! 세계 최강의 부대다!"

그렇군. 이 녀석만큼 이성과 지성이 있다면 부대로도 운용이 가능할 것이다. 하지만 이런 고위 언데드만 모으는 게 가능한가? 이름까지 가지고 있으니 상당히 특수한 존재일 텐데.

"레이도스의 부대가 왜 여기 있어?"

"으하하하! 이 불가사의한 마경의 조사 때문이지! 명백하게 바깥과는 구조가 다른, 펜리르의 전설이 남은 땅! 그야말로 흥미롭다아아!"

펜리르의 뼈라도 남아 있으면 사령술사라면 어딘가에 이용할 수 있을지도 모른다. 흑해병단 뭐시기가 흥미를 가지는 것도 당연했다.

"뭐어, 그 이상한 숲 때문에 여기서 나갈 수 없게 됐지만 말이다아아!"

"……어떻게 들어왔어?"

그건 나도 궁금했다. 항상 마력을 흡수하는 고갈의 숲은 언데드에게 사지나 마찬가지다. 이 녀석 수준의 고위 언데드라 해도 10분도 지나지 않아 움직이지 못 텐데.

그런데 그 이동 방법은 상당히 어이없는 것이었다.

"빙결 마술로 산을 만들어 관에 들어간 채 미끄러졌지! 그 기세로 날아간 뒤, 낙하하기 전에 연속으로 전이를 써서 어떻게든 평원에 도달했다는 거다아아!"

관은 알레사에서 발견한 마도구 관과 같은 건가? 확실히 그거라면 고갈의 숲의 마력 흡수 현상으로부터 안에 들어간 언데드를 조금 지켜줄지도 모른다. 그렇게 마력이 모두 흡수되기 전에 전이를 연속으로 발동해 평원으로 뛰어들면 소멸하지 않고 마랑의 평원으로 침입할 수 있다는 거겠지.

"크하하하! 이 이상 알고 싶으면 나를 없애봐라!"

"없애면 아무것도 못 들어."

"크하하하! 그건 그렇지이이!"

한층 더 귀에 거슬리는 웃음소리를 내고 아이스맨은 자세를 잡았다. 이 이상은 정보를 끌어낼 수 없을 듯했다.

"간다! 계집! 오늘이야말로 그 생명을 먹어주마아아아!"

아이스맨의 고함과 함께 더욱 강렬한 흰 오라가 방출됐다.

두려울 정도의 냉기를 품은 오라에 닿자 풀이 순식간에 얼어붙어 부서져 흩어졌다. 생물이 휘말리면 잠시도 버티지 못할 것이다.

폭발적으로 퍼지는 초냉기에서 도망치기 위해 나는 즉시 상공으로 전이를 발동했다.

상공에서 내려다보니 흰 죽음의 돔이 아이스맨의 주위를 뒤덮어가는 모습이 보였다. 녀석의 움직임을 찾으려고 응시하고 있자 돔 주변이 다이아몬드 더스트처럼 빛나기 시작했다. 아니, 실제로 다이아몬드 더스트가 발생한 건가.

"스승, 울시. 이대로 저 녀석을 뺄게."

『알았어.』

"웡!"

아직 흰 냉기는 사라지지 않았지만 그 탓에 저쪽에서도 이쪽을 보지 못한다. 확실히 지금이 기회일지도 몰랐다.

"울시, 그걸 하자."

"워, 웡?

"괜찮아. 우리라면 할 수 있어."

"워, 웡웡!"

『잠깐! 그건 그걸 말하는 거야?』

"응."

프란과 울시가 하려는 그것이란 둘이 줄곧 연습해온 새로운 필살기였다.

왕도에서 벌인 싸움 중 용병단 '더듬이와 등딱지'의 다섯 명이 날린 성문 부수기라는 합체기를 보고 착안한 모양이다. 확실히 그건 화려했다.

동료를 발판으로 삼아 용병단 멤버들이 잇달아 뛰어올라 마지막에는 풀무치인 홉스가 견새우인 로빈을 차서 적을 부수는 엄청나게 큰 기술이었지.

프란과 울시는 그것을 응용해 천공 발도술에 넣는 생각을 떠올린 모양이다.

하지만 나는 찬성할 수 없었다.

『너무 위험해! 지금 이대로라면 실패할지도 몰라!』

"괜찮아! 할 수 있어! 울시!"

"크릉!"

『아아! 진짜!』

내가 말리는 것도 듣지 않고 프란과 울시는 필살기를 날릴 자세를 취했다.

『잠깐 잠깐! 진짜 위험해!』

내가 이렇게 말리는 데는 이유가 있다. 제대로 성공한 모습을 거의 본 적이 없기 때문이다. 그야 계속 써봐야 숙달도 하는 거겠지만 이런 때만큼은 평범하게 천공 발도술로 해도 되지 않을까?

아직 수행 중인 건 맞지만…….

말리기도 전에 이미 울시가 움직이기 시작했다. 이렇게 되면 지켜볼 수밖에 없었다.

"크오오오아아아!"

울시가 그 자리에서 거대화하고 그 앞다리를 프란을 향해 내리쳤다.

맞으면 멀쩡하지 않을 그 공격에 프란은 완전히 등을 돌리고 있었다.

그대로 공중 도약을 써서 가볍게 뛰어올라 몸을 백팔십도 뒤집는 프란. 머리가 아래로, 다리가 위로.

울시의 공격이 다가오는 가운데 프란은 다리를 살짝 구부려서 떨어지는 울시의 앞다리를 향해 양발을 날렸다.

요컨대 울시의 앞다리의 힘을 이용해 가속을 얻으려는 생각이었다.

하지만 명백하게 타이밍이 맞지 않았다.

"아윽!"

『프란!』

"워, 윙!"

장벽을 두르는 게 너무 늦었어! 그리고 다리를 내미는 타이밍은 빨라!

반동을 이용하기는커녕 공격을 허용한 상태가 됐다. 프란은 아래를 향해 나선형을 그리며 순식간에 날아갔다.

흩뿌려지는 붉은 건 프란이 입에서 토하는 피였다. 왼쪽 다리는 확연하게 부러지고 등뼈에서 전해진 충격으로 인해 위액과 피가 입에서 나오고 있었다.

『전이로──.』

'안 돼! 그럼 들켜! 이대로 갈게!'

프란이 자신의 의지를 보이듯이 내 자루를 움켜쥐었다.

확실히 속도는 나고 있었다. 이대로 평소처럼 공중 도약으로 하늘을 내려가면 평범한 천공 발도술은 펼칠 수 있을지도 모른다.

나로서는 다시 하고 싶지만 프란이 의욕을 보인다면 어쩔 수 없다.

『그럼 적어도 수행 모드에서 전투 모드로 바꿔!』

'괜찮아!'

『말도 못 할 만큼 대미지를 입었는데……. 알았어! 서포트는 맡기고 프란은 천공 발도술을 성공시키는 것만 생각해!』

'응!'

입안에 고인 피를 "풋" 하고 내뱉으면서 프란은 내성을 회복했다. 그리고 스킬과 마술을 전개한 뒤, 공중에서 가속해 아이스맨이 생성한 흰 돔을 향해 달려 내려갔다.

내 염동이 냉기를 밀어 헤쳐 프란이 나아갈 길을 만들었다.

『보인다! 아이스맨이다!』

"하아아아아앗!"

그러나 프란이 참격을 펼치려 한 다음 순간. 있지도 않은 등골이 오싹 떨리는 듯한 한기를 느꼈다.

위험해! 무엇인지 이해할 새도 없이 그저 위기감을 느꼈다.

히죽.

이쪽을 올려다보는 아이스맨의 희열로 물든 미소를 보고 알았다.

녀석에게는 이쪽의 움직임이 완전히 드러나 있었다. 저 흰 오라는 단순한 냉기가 아니라 아이스맨의 마력이 섞인 것이었을 것이다. 시야를 막기는커녕 닿는 것을 탐지하는 효과마저 있던 모양이다.

염동을 써서 흰 돔을 없앤 시점에서 이쪽이 있는 곳이 완전히 들통났다.

"큭!"

"후하하!"

이제 와서 멈출 수도 없어서 프란이 평소보다 한 타이밍 빠르게 발도술을 펼쳤다. 하지만 아이스맨은 숙련된 권투 선수 같은 움직임으로 몸을 비틀어 예리한 참격을 피했다.

녀석이 입은 대미지는 희미하게 찢어진 어깨의 상처뿐이었다. 게다가 그 움직임을 이용해 주먹을 쥔 채 손등을 날렸다.

아슬아슬하게 전이로 직격은 피했지만 주먹이 프란의 팔에 스쳤나 보다.

"으극……!"

『프란! 젠장!』

프란의 왼팔이 새하얗게 얼어붙고 세로로 쪼개지듯이 금이 갔다. 심지까지 얼어붙은 탓에 통증은 적은 듯하지만 다른 부분에 닿으면 위험했을 것이다.

팔을 누르는 프란을 보고 아이스맨이 웃었다.

"크하하하하! 확실히 빠르지만 보이지 않을 정도는 아니다아아아!"

지금까지 이렇게 완벽하게 천공 발도술이 깨진 적은 없었다.

거대한 상대, 굳이 따지자면 느린 상대에게 썼기 때문일 것이다. 하지만 탐지와 회피를 고레벨로 갖춘 상대에게 공격 방향이 한정된 천공 발도술은 카운터를 날리기 쉬운 공격이기도 했다.

"계집! 다음은 이쪽 차례다! 때려눕혀주마아아아!"

"……내가 할 말이야!"

"크릉!"

아이스맨은 두 주먹을 쥐고 자세를 잡은 다음 물 흐르는 듯한 스텝으로 다가왔다. 동시에 그 몸에 파묻힌 얼굴들이 날카로운 신음 소리를 냈다.

"오오오오오오!"

"아아아아아아!"

"우우우우우우!"

역시 개별적으로 마술을 쓸 수 있는 건가! 오귀스트는 마술을 쓰지 못했던 걸로 알지만 스킬도 강화됐겠지.

게다가 각자 날린 마술은 위력이 아주 대단했다.

무수하게 쏟아지는 얼음 창. 사냥감을 노리는 뱀처럼 이쪽으로 다가오는 얼음 덩굴. 앞길을 막듯이 뒤쪽에서 덮쳐드는 얼음 회오리.

어느 것이나 고위 술사가 쓰는 수준의 마술이었다.

하지만 이 정도 공격이라 해도 진짜는 아니었다. 그 사이를 누비듯이 아이스맨 본인이 다가왔다.

지금까지는 완전한 후위형이었지만 저런 몸으로 바뀌었으니 전위로도 싸울 수 있게 됐을 것이다.

"죽어라아아아!"

『프란! 어떡하지?!』

'스승, 지원해줘. 저 녀석과는 우리가 결판을 낼게.'

아무래도 자신들의 손으로 아이스맨을 쓰러뜨리고 싶은 모양이다. 울시와의 합체 천공 발도술이 깨진 게 상당히 분한 걸까.

게다가 반년 동안 싸워온 상대다. 라이벌 같은 마음도 있을지도 모른다.

『알았어! 근데, 수행 모드인 채로 갈 거야?』

"응. 수행도 확실히 끝내고 저 녀석도 쓰러뜨릴래!"

『진짜 위험해지면 끼어들 거야. 스스로 결착을 짓고 싶으면 확실히 이겨봐!』

"응! 울시, 힘내."

"웡!"

나는 프란의 요구를 듣고 재빨리 마력을 모아, 화염 마술과 염동으로 얼굴들이 쏜 빙설 마술을 후려쳤다.

그동안에도 아이스맨은 프란에게 다가오고 있었다.

이전의 둔한 움직임과 차원이 다르게 빨라서 아직 적응 못 하겠어! 하지만 수행으로 강해진 프란은 나와는 달랐다.

아이스맨이 내리친 주먹을 몸을 비틀어 피하고 바로 공격을 펼친 것이다. 그 움직임을 분명하게 본 건가.

나아가 울시가 추가 공격을 가했다. 그림자 속에서 아이스맨을 물어뜯었다.

그림자에서 뛰쳐나오자마자 몸을 거대화시켜서 초거대 덫이 땅속에서 덮친 듯한 상태가 됐다.

잡았다!

나는 그렇게 생각했지만 일이 그리 간단히 풀릴 리가 없었다.

아이스맨은 즉시 전이를 펼쳐 울시의 공격을 피했다.

『시공 마술도 영창 없이 행사 가능한 거냐!』

그 행사 속도는 나와 비슷했다.

아이스맨의 마술 제어력에 놀라는 내 앞에서 프란은 그것을 예견한 듯이 다시 공격에 나섰다. 프란은 방금 그 기습으로도 결판 나지 않을 가능성을 생각하고 힘을 모으고 있었다. 나보다 아이스맨의 힘을 훨씬 냉정하게 파악하고 있다는 뜻이다.

"하아아압!"

"우오오오오오!"

흑뢰를 두른 프란이 울시의 그림자에서 뛰쳐나와 아이스맨에게 달려들었다. 직전에 반대 방향에서 뇌명 마술을 날리는 간단한 페인트까지 쓴 일격이다.

기적을 죽인 프란의 공격은 웬만한 상대라면 반응할 수 없을 것이다. 그러나 아이스맨은 사각에서 뛰쳐나온 프란에게 정확히 주먹을 내밀고 있었다.

페인트를 쓴 기습은 실패했지만 프란은 멈추지 않고 나를 내리쳤다. 나와 녀석의 주먹이라면 내가 이긴다고 생각했을 것이다. 나도 아이스맨을 주먹째로 날려버릴 생각이었다.

카앙!

하지만 그 충돌의 결과는 무승부. 호각이었다.

녀석의 주먹은 마력을 담은 얼음에 둘러싸여서 나조차도 가를 수 없었다. 다만 아이스맨도 프란을 제압할 생각이었는지 자신의 주먹이 튕겨 나간 것에 놀라고 있었다.

서로 분해하고 있지만 양쪽 다 일단 거리를 벌리는 짓은 하지 않았다.

"우오오오오오오!"

"하아아아압!"

아이스맨과 프란은 서로를 노려보고 한 걸음도 물러서지 않은 채 그대로 공격을 계속했다. 서로에게 오기가 생긴 모양이다.

몇 미터 앞까지 강렬한 바람이 꽂히는 듯한 강한 팔. 바람 가르는 소리조차 따라오지 못하는 날카로운 참격. 공방이 좁은 공간을 메우듯이 응수됐다.

둘 다 직격하면 승리를 확신할 수 있을 듯한 공격이다.

하지만 서로의 공격은 직격하지 못하고, 자잘한 찰과상이 늘어갔다.

울시가 근처에 있지 못할 만큼 격렬한 접근전이다.

오귀스트를 비롯한 얼굴들이 마술을 쏘지 못하는 것을 보아 녀

311

석들도 이 공방에는 섣불리 끼어들 수 없나 보다.

그런 호각으로 보이던 싸움이 급격하게 기울기 시작했다.

"우하하하하하! 왜 그러느냐 왜 그래애애!"

호흡을 하지 않아 체력이 무한대인 언데드와 살아 있는 몸의 프란은 전력을 계속 낼 수 있는 시간이 달랐던 것이다. 게다가 언데드인 아이스맨은 그 호흡을 전혀 읽을 수 없어서 행동을 예측하기가 놀랄 만큼 어려웠다.

"아윽!"

"쳇! 얕았나!"

마침내 아이스맨의 주먹이 프란의 몸에 직격했다. 얼음 기둥 같은 것을 주먹에 둘러서 그 사정거리를 급격하게 늘린 것이다.

늘어난 얼음 기둥에 간격이 줄어들어 프란의 회피가 늦어졌다. 즉시 뒤로 뛰어 위력을 죽였지만 날카로운 얼음 기둥 끝이 배에 박혀 있었다.

"으아아아앗!"

나는 염동으로 얼음 기둥을 뽑고 회복 마술을 펼쳤다. 조금만 늦었으면 내장까지 얼어붙어 서 있을 수 없었을 것이다. 큰 빈틈이 됐겠지.

하지만 프란에게는 육체적인 대미지보다 정신적인 동요가 컸다.

수행을 쌓은 끝에 강해졌는데 아이스맨과의 접근전에서 밀린 것이다. 이를 가는 소리가 내게까지 들렸다.

"……!"

프란이 살기로 물든 시선으로 아이스맨을 노려봤다.

일반인이라면 쇼크사할지도 모를 정도의 살기를 받으면서도 아이스맨은 즐겁게 웃고 있었다.

"특기인 접근전에서 진 기분은 어떠냐?"

"안 졌어."

"허세 부리기는!"

"안 졌어!"

그렇게 외친 프란이 나를 들었다.

『프란. 아이스맨이 힘을 조절한 채로 이길 수 있는 상대가 아니란 건 알고 있잖아?』

'응…… 미안해.'

『사과할 일은 아냐. 하지만 이제 수행은 끝이야. 전투 모드로 바꿔.』

'응!'

나를 가볍게 휘둘러 감을 잡은 프란이 다시 아이스맨을 향해 파고들었다.

"쓸데없는 짓을!"

아이스맨이 히죽 웃었다.

자포자기했다고 생각했을 것이다.

확실히 그렇게 보일지도 몰랐다. 하지만 나는 프란을 막지 않았다. 지금의 프란은 아까까지와는 다르기 때문이다.

아이스맨이 프란의 움직임을 확인하고 주먹을 뻗으려 했다.

그 순간, 프란이 대지를 박차고 단숨에 가속했다.

방금까지 본 속도가 머리에 남아 있던 아이스맨은 갑자기 빨라진 프란에게 당황한 듯했다. 완전히 타이밍을 놓쳐서 주먹이 허공을 가르고 말았다.

카운터를 빠져나간 프란은 엇갈리며 아이스맨을 베었다.

"이이익!"

아이스맨은 남은 왼 주먹을 휘둘렀지만 프란은 이미 멀어져 있었다.

"흐흥. 이로써 1승 1패야."

"크으으……! 건방진 계집이이!"

이번에는 아이스맨이 분한 듯이 이를 갈 차례였다. 잃은 오른팔이 부글거리는 소리를 내며 재생해갔다. 프란에게 반격을 당해 자존심에 상처가 난 건지, 아이스맨은 지면에 떨어진 자신의 오른팔을 화풀이하듯이 밟아 뭉갰다.

급격하게 빨라진 것처럼 보여도 실은 지금까지가 느렸던 것이다. 마랑의 평원에서 하는 수행의 최종 단계에 들어간 프란은 내가 사용하는 대지 마술로 자신의 체중을 증가시킨 채로 싸우고 있었다.

처음엔 아이스맨과의 전투도 수행의 일환으로 생각했지만, 수행 모드로 이길 수 있는 상대가 아니라는 것을 깨닫고 술법을 풀어 본래의 움직임을 되찾은 것이다.

그래. 지금의 프란은 소년 만화에 흔히 있는, 은밀하게 달려 있던 추를 벗어서 갑자기 빨라진 상태다. 적이 "아, 아니이! 이 손목 밴드는…… 엄청난 무게다!" 같은 느낌으로 놀라는 장면이다.

"죽어라아!"

이번에는 아이스맨이 돌진해 왔다.

이 녀석도 자존심이 센지 아직 접근전에 연연하고 있는 듯했다.

그대로 시작된 접근전은 프란이 유리하게 진행해갔다. 본래의 몸놀림으로 돌아온 것과 녀석의 속도에 프란이 익숙해지기 시작한 것이 이유다.

프란은 주먹을 상대하는 거리도 알게 됐는지 간격을 살짝 벌리며 배니어나 마력 방출로 완급을 조절하는 전법을 줄곧 썼다. 그로 인해 아이스맨의 공격은 좀처럼 맞지 않고 저쪽만 체력이 깎이는 전개가 됐다.

아이스맨은 얼음 기둥을 주먹에 두르는 전법을 썼지만 프란은 그것도 이미 확인하고 있었다.

"크으! 이게에에! 어째서 맞지 않는 거냐!"

"더 이상 지지 않아."

"크아아아아아!"

이대로 접근전을 계속하면 진다.

아이스맨은 그렇게 이해했는지, 다시 흰 오라를 최대 출력으로 방출하고 전이로 프란에게서 거리를 벌렸다.

"계집……."

어둠을 담은 눈구멍에서 새어 나오는 붉은 빛이 분한 마음을 상징하고 있는 듯했다.

"내 승리야."

"흐, 흥! 나는 원래 마술사다아아아아! 저, 접근전에서 져도 분하지 않단 말이다아아!"

"우기지 마."

"으아아악! 반드시 죽인다!"

분노의 포효를 지른 아이스맨이 오른팔을 크게 휘둘렀다. 흰 오라가 해일처럼 프란에게 밀어닥쳤다. 제3라운드 개시 신호였다.

아까와 정반대로 원거리전이다.

"얼음 조각으로 만들어 부숴주마아!"

아이스맨이 두 팔을 내밀자 흰 오라가 탄환처럼 쏘아졌다. 동시에 세 얼굴이 빙결 마술을 날렸다.

우리도 대항하듯이 마술을 계속 날렸다.

프란의 뇌명 마술과 울시의 어둠 마술, 내 화염 마술이 빙설 마술을 요격해 상쇄해갔다.

뒤섞이는 원색이 평원을 물들이고 수증기와 연기가 우리의 시야를 막았지만, 기척 감지나 마력 감지를 구사해 마술을 계속 날렸다.

1분 가까이 마술의 응수가 이어졌을까.

마침내 프란의 마술이 적의 마술을 뚫고 뇌명이 아이스맨을 직격했다.

머릿수는 저쪽이 많지만 다중 영창이 가능한 내가 프란에게 날아오는 마술만 중점적으로 떨어뜨리고 프란과 울시가 공격에 집중하면 일점 돌파도 가능했다.

"크으으으으오! 어째서냐! 왜 밀리는 거냐아아아!"

또다시 전이로 거리를 벌린 아이스맨이 머리를 긁적이며 짜증 섞인 소리를 질렀다. 그럴 만도 하다. 파워업해 승리를 확신했는데 근거리에서도 원거리에서도 상대가 위였으니까.

아이스맨이 뭔가를 꺼냈다. 로브에 아이템 박스 기능이 달려 있던 건가?

병인데 이런 와중에 파손된 곳도 없었다.

"저 병."

『그래, 알레사에서 본 거야.』

알레사에서 쓰러진 세 머리 좀비의 배에 들어 있던 의문의 작은 병이다. 아니, 비슷하지만 이쪽 병이 더 호화롭다. 그리고 병 자체에서 마력이 느껴졌다.

"이미 시험판 진화약의 안전 분량을 넘었지만…… 희생을 감수할 수밖에!"

아이스맨은 병을 높이 들고 그대로 으스러뜨렸다. 안에 들어 있던 액체가 팔을 통해 흘러 떨어져 그 몸을 적셨다.

마시지 않고 몸에 닿기만 해도 되는 듯했다.

"우히히히히히히히히! 역시 한 병에 소국을 살 수 있을 정도의 약! 힘이 넘친다아아!"

아이스맨이 내는 마력이 더 흉악하게 변화해갔다. 그때까지도 충분히 흉악했지만 지금은 프란이 소름을 감추지 못할 정도였다.

내 눈으로 봐도 부유도에서 싸운 리치만한 박력이 있었다. 그 이상까진 아니지만 일부는 리치 못지 않은 힘을 얻었을지도 몰랐다.

"우거어어……크아아아아!"

아이스맨의 포효가 평원의 대기를 뒤흔들었다.

크기 자체는 변하지 않았지만 마치 드래곤이라도 나타난 듯한 위압감이 이쪽에까지 전해져 왔다.

"그 피와 살을 내게 바쳐라아아아아아아!"

"싫어!"

아이스맨이 단숨에 가속해 달려들었다. 그 속도는 지금까지를 아득히 웃돌았다. 섬화신뢰를 발동하는 프란과 호각 이상이다.

『프란. 이렇게 되면 나도 전력을 낼게!』

"응!"

"우어!"

아이스맨뿐만 아니라 오귀스트와 얼굴들도 강화된 게 분명했다. 초고속 접근전 중에도 확실하게 빙설 마술을 날렸기 때문이다.

하지만 제 실력을 내고 있는 건 이쪽도 마찬가지다.

나는 기력 소모를 각오하고 차원 마술을 전력으로 계속 사용했다. 실은 신에 관한 기억의 일부를 되찾은 덕분인지 신의 가호를 더 강하게 느끼는 게 가능해졌다.

혼돈의 신의 가호 덕분에 예전보다 더 검으로서의 자신을 이해할 수 있게 됐다. 여신님이 구축한 시스템과 친화성이 올라간 걸까. 그 은혜로 더 많은 마력을 도신에 두를 수 있었다.

지혜의 신이 내린 가호의 은혜는 스킬과 마술의 제어력 강화다. 더 많이, 더 강하게 마술을 다중 기동할 수 있게 됐다.

차원 마술에 의한 시간 가속을 써서 어떻게든 프란과 아이스맨의 고속 전투에 끼어들어 마술로 지원을 계속했다. 이미 한계에 가깝게 제어력을 쥐어짜고 있는 상태다.

이전의 나였다면 이 시점에서 한계를 넘어 의문의 통증을 느꼈을 것이다. 그러나 지금은 한계라 해도 무리하는 상태는 아니었다.

"얼어 붙어라아아아! 촐랑거리며 도망치는 파리녀서어어억!"

"그쪽이야말로 관으로 돌려보내 줄게!"

아이스맨의 주먹에는 압축된 흰 오라가 실려 있었다. 그 주먹이 펼쳐질 때마다 수십 미터 앞까지 얼어붙는 극한의 냉기가 뿜어져 나왔다. 빙하 속에 있나 싶을 정도의 얼음 기둥이 주위에 늘어서고 흰 냉기가 짙은 안개처럼 감돌았다.

반면에 프란의 참격에 실린 것은 검은 번개다. 수행의 결과 지금까지 이상으로 강력한 흑뢰를 다룰 수 있게 됐다. 한 발 한 발이 상위 빙설 마술에 손색이 없는 아이스맨의 냉기와 부딪쳐도 지지 않았다.

오히려 주위에서 날뛰는 흑뢰는 흰 오라를 흩어버리며 아이스맨의 영역이 넓어지는 것을 방해하고 있었다. 수행 전의 프란이라면 지금쯤 빙설의 힘에 대항하지 못하고 물러나거나 비장의 무기를 모두 써서 도박에 나섰을 것이다.

위협도 B의 상위로도 보이는 아이스맨을 상대로, 우리는 호각으로 싸우고 있는 것이다.

프란은 초조해하지 않고 냉정하게 돌파구를 찾고 있지만 역시 교착 상태가 오래 이어지는 건 위험하다. 아까 벌인 접근전에서 알다시피 재생력과 체력은 저쪽이 위다. 검왕술을 가진 프란이 대미지를 더 주고는 있지만 그게 결정타는 되지 않았다.

그러나 프란은 초조해하지 않고 줄곧 아이스맨의 움직임을 지켜보았다. 그리고 마침내 그때가 찾아왔다.

"우오오오오오오오오오!"

아이스맨은 싸움의 균형을 허물기 위해 틈을 보일 각오로 억지로 큰 기술을 날렸다. 대미지 레이스가 되면 자신이 이긴다는 확신이 있는 모양이다. 흰 오라를 온몸에서 방출해 주위와 함께 얼리려고 했다.

거기에 프란이 모으고 있던 화염 마술이 작열했다.

냉기와 화염이 부딪쳐 엄청난 충격과 수증기가 발생했다. 둘

다 강렬한 마력을 품고 있었기 때문에 마력의 폭풍이 주위에 불어 닥쳤다.

이것이야말로 프란이 줄곧 기다렸던 상황이었다. 마력과 바람이 흰 오라를 휘저어서 아이스맨의 탐지 능력은 떨어졌다. 이 상태라면 프란의 돌격은 감지당하지 않을 가능성이 높았다.

'스승!'

『그래!』

우리는 전이를 써서 단숨에 상공으로 이동했다.

여기서 펼칠 것은 오늘의 두 번째 천공 발도술이다.

"울시!"

"웡!"

게다가 울시의 힘을 빌리기로 했다. 나와 프란을 둘러싼 푸른 빛이 지금은 울시도 둘러싸고 있었다. 권속으로서의 관계가 진화로 인해 강화됐기 때문일 것이다.

신기하게도 이번에는 성공할 것이라는 확신이 있었다.

평소의 검신일체와는 좀 다르다. 울시도 함께 이어져 있다는 게 느껴졌다.

〈개체명 프란의 상태가 계약 (검신일체)에서 계약 (삼위일체)로 변화했습니다〉

오오! 삼위일체라면 역시 울시와의 유대도 강해졌다는 뜻인가! 질 것 같지 않아!

"하아아아압!"

"크르오오오오!"

『가라아아!』

완벽한 일격이었다. 울시의 앞다리를 발바닥으로 완벽하게 받아내 추진력으로 바꾼 프란은 유성 같은 속도로 지상으로 떨어져 갔다. 그렇다, 달려 내려간다기보다는 낙하하고 있다는 편이 옳을 속도였다.

그러나 프란은 그 속도를 확실하게 제어해 조종하고 있었다.

이번에야말로! 나는 그 마음을 담아 마력을 도신으로 흘려 넣었다.

『보였어!』

흰 수증기를 뚫은 곳에서 아이스맨의 그림자와 마력을 포착했다.

아이스맨이 이쪽을 눈치챘다. 하지만 상관없다! 녀석이 우리를 알아차렸을 땐 이미 프란의 참격이 날아가고 있었다.

아이스맨이 아슬아슬하게 몸을 뒤튼 탓에 아주 살짝 겨냥이 빗나갔다

오른팔이 어깻죽지에서부터 잘려 날아가서 그곳에 있던 얼굴이 소멸하는 모습이 보였다.

그 상태로도 이쪽에 공격을 하려 하는 아이스맨은 역시 평범한 상대가 아니었다. 확실히 쓰러뜨릴 수 있다고는 생각 안 했지만 설마 반격할 힘을 남길 줄이야!

내가 아이스맨의 움직임에 전율을 느끼고 있던 그사이.

프란의 몸이 검은 번개에 둘러싸여 그 자리에서 모습을 감췄다. 순간 이동인가 싶은 속도로 프란은 아이스맨의 뒤로 돌아갔다.

잠재 능력 해방 상태가 아니라면 쓸 수 없었던 흑뢰기 중 하나, 흑뢰전동이었다. 수행을 거쳐서 집중한 상태라면 자신의 뜻으로

발동이 가능해진 것이다.

지금까지 선보인 천공 발도술이라면 내 시공 마술을 써서 이탈하는 것밖에 지면과의 충돌을 피할 방법이 없었다.

하지만, 지금의 프란은 마지막까지 자력으로 해낼 수 있다.

"으우우?!"

전이의 조짐도 없이 느닷없이 뒤에 나타난 프란. 아이스맨의 반응은 늦었지만, 허둥대면서도 그대로 굳어버리지는 않았다.

즉시 대응해 전이를 써서 프란의 뒤를 다시 잡은 것이다.

"방금 그건 놀랐다!"

프란이 천공 발도술을 펼치는 동안 아이스맨 역시 필살기 준비를 마쳤던 걸까.

왼팔에 두른 흰 오라가 회오리처럼 회전하고 있었다. 튀어 오른 작은 돌이 순식간에 얼어붙어 부서지는 모습이 보였다. 직격을 먹으면 잠시도 버티지 못할 것이다.

뭐, 직격하면 말이다.

"크르르르르르르!"

"크윽!"

아이스맨이 공격을 휘두르려 한 그때 그림자에서 울시가 뛰쳐나왔다.

울시는 프란을 발사하는 캐터펄트 역할을 완수한 직후 그림자에 숨어 기습 기회를 엿보고 있었다.

뛰어오른 울시의 앞다리가 대지를 짓누르는 찰나 아이스맨의 모습이 사라졌다.

『무영창 전이의 연속 발동인가!』

놓치겠어! 그런 초조한 생각과는 반대로 나는 자각 없이 단거리 전이를 사용했다. 프란의 뜻을 짐작한 나 자신이 무의식적으로 시공 마술을 사용한 것이다.

푸른빛을 두른 지금이라면 프란의 뜻과 내 의식이 이어져 서로가 원하는 것을 손에 잡은 듯이 알 수 있다. 아니, 이제 울시도 거기에 포함된다. 그래서 울시의 기습 타이밍도 완벽하게 파악할 수 있었다.

"아으어!"

아이스맨이 얼빠진 소리를 내며 놀라고 있다. 전이해 도망쳤을 텐데 눈앞에 프란이 있기 때문일 것이다.

"검신화."

『오오오오오오오오오!』

여기서 검신화다!

지금까지와는 전혀 다르게 깊고 조용하면서도 강렬한 존재감이 프란에게서 흘러나왔다. 동시에 내 도신에도 힘이 흘러들어왔다.

검신화 상태로 사용할 수 있는 신 속성의 마력이었다.

우리의 변화를 감지한 아이스맨의 얼굴에 겁먹은 기색이 퍼지는 것이 보였다.

이제부터 펼쳐지는 게 지금까지 본 공격과는 전혀 다른 것임을 본능적으로 이해한 것이다.

감각이 예민해진 덕분에 아이스맨의 동작을 손에 잡힐 듯이 이해할 수 있었다. 마력을 모으고 있는 듯했다. 다시 전이를 발동하려는 거겠지.

하지만 늦었다. 흑뢰전동에서 펼쳐지는 참격에 울시의 기습.

두 번 연속으로 무영창 전이를 발동한 아이스맨은 다시 발동하기까지 약간의 집중이 필요했다.

그게 치명적인 빈틈이 됐다.

울시를 기습시킨 건 이 상황을 내다본 것이었다. 여기까지의 상황이 전부 프란의 손바닥 안에 있었다.

검신이 강림한 프란의 참격은 최단거리를 질주했다.

소리조차 따라오지 못하는 신속(神速), 바람을 가르는 소리조차 들리지 않는 조용함.

정신을 차리니 나는 아이스맨을 둘로 나누고 있었다.

"아……?"

아이스맨도 자신이 베인 것을 눈치채지 못한 듯했다. 왼쪽 어깨에서 오른쪽 옆구리까지 일직선으로 선이 떠오르고 그 상처를 따라 몸이 어긋나기 시작했다. 그제야 겨우 자신이 베인 것을 알아차린 것인가.

"으가……가아아아!"

비명이 나왔다.

"내, 내 마력이……. 어째서 재생하지 않는 거냐……! 으아아아아!"

신 속성에 베여서 재생할 수 없는 모양이다. 아이스맨의 상처에서 간헐천처럼 마력이 흘러나왔다.

"아아아아아아아아아아아아아아아아아아아아!"

아이스맨의 단말마가 울려 퍼지는 가운데, 명치에 있는 오귀스트와 눈이 마주쳤다.

입을 뻐끔거리고 있지만 비스듬히 베인 오귀스트는 이미 말을

할 힘도 남아 있지 않은 듯했다.

경악으로 크게 뜨인 탁한 눈을 보고 묘한 감회가 떠올랐다.

이 녀석과의 관계도, 이것으로 끝이다.

"말도, 안 돼⋯⋯. 불사, 신인, 우리가──."

하늘을 올려다보며 중얼거리는 아이스맨의 몸이 급격하게 오그라들었다. 하지만 육체와 반비례하듯이 그 안의 마력은 높아지고 있었다.

"나, 혼자서는, 죽지 않는다⋯⋯!"

자폭하려는 거구나.

하지만 우리에게는 의미가 없었다.

전이를 써서 나와 프란은 거리를 벌렸다.

"아⋯⋯."

상대가 도망칠 거라는 생각조차 하지 못할 만큼, 소멸하는 아이스맨은 사고가 둔해진 듯했다.

"아아아아아아아아아! 어째서냐아아아아아아!"

그것이 아이스맨의 최후였다.

확실히 엄청난 폭발이었지만 거리를 벌린 우리에게는 미풍밖에 불지 않았다. 마지막 자폭의 성과는 프란의 앞머리를 흔들었을 뿐이다.

패배를 각오해야 할 정도의 강적이었으나, 한심함마저 느껴지는 최후였다.

하지만 프란과 울시는 만족스러운 듯했다.

"이겼다⋯⋯!"

"웡!"

프란과 울시가 하이파이브를 하며 기뻐하고 있었다.

『예정과는 크게 달랐지만 이것으로 수행은 완료다!』

"응!"

"윙워엉!"

에필로그

"프란은 이제부터 어떻게 할 거야?"

"으음? 스승?"

『그러게.』

숙적 아이스맨을 쓰러뜨린 우리는 아만다와 아리스테아와 합류해 앞으로의 예정에 대해 대화를 나누고 있었다.

꼭 해야 하는 일도 없다.

하고 싶은 일은 잔뜩 있지만.

『나는 아리스테아에게 부탁받은 모의전 교관을 하라는 의뢰. 거기에 좀 흥미가 있어.』

의뢰보다는 이 세계의 학교에 흥미가 있다.

프란의 최우선 목적은 강해져서 흑묘족의 저주를 푸는 것인데, 학교에 다니는 건 멀리 돌아가는 일이 된다. 이제 와서 프란이 학교에 다니고 싶다고 말할 리는 없다.

다만 얼마 되지 않는 시간이라도 또래와 접촉하는 시간은 귀중하고, 어쩌면 프란이 학교에 흥미를 가질지도 모른다는 생각에 꺼낸 말이다.

나는 프란이 학교에 다니는 것도 괜찮다고 본다. 적극적으로 권할 생각은 없지만 프란이 다니고 싶다고 하면 반대할 생각은 없다.

뭐, 우선은 학교를 체험해봐야겠지.

모르는 것에 대해서 다니니 안 다니니 할 수도 없으니 말이다.

"나도 흥미 있어."

『오? 그래?』

설마 프란에게는 학교에 다니고 싶다는 소원이 있었던 걸까? 그렇게 생각했지만 흥미의 방향이 달랐던 모양이다.

"응. 하이 엘프를 만나보고 싶어."

『그런 거냐.』

"세계에서 가장 강한 종족. 흥미 있어."

프란의 흥미는 한결같이 전투 방면으로 향해 있는 듯했다. 하지만 프란도 가보고 싶다니까 다음 목적지는 정해졌군.

『그럼 베리오스 왕국 마술 학원으로 가볼까.』

"응."

"그러면 내 소개장을 주지. 이걸 가지고 가면 위날렌을 만나기까지 며칠이나 기다리는 일은 없을 거야."

『위날렌이라는 게 하이 엘프의 이름이야?』

"그래. 마술 학원의 학장을 맡고 있지."

아리스테아의 말을 듣자 하니, 평범하게 만나러 가면 며칠이나 기다리는 상대라는 거지?

대귀족을 면회할 때는 그런 일이 있다고 들었는데…….

"마술 학원은 자치를 인정받고 있어서 위날렌은 어떤 의미에서 영주 같은 존재야. 소개장이 없으면 바로는 못 만나."

마술 학원의 학장이니 대단한 사람이라고는 생각했지만 상상 이상의 거물인 듯했다.

아니, 세계 최강 수준의 인물이라면 그 능력만으로도 충분히 중요 인물인가.

"어떤 사람이야?"

"아, 글쎄……. 기본적으로 온화한 사람이야. 오히려 미지근해 보이지. 하지만 때때로 즉흥적인 생각이나 엉뚱한 행동으로 주위를 휘두르는 경우가 있어. 다만 악의는 없어. 그러니 안심해. 조금 괴짜일 뿐이니까."

『전혀 안심이 안 되는데.』

주위를 휘두르는, 악의는 없지만 별난 하이 엘프.

그냥 성격 나쁜 거 아냐?

"걱정하는 것도 이해해. 하지만 기본적으로는 착한 사람이야. 실제로 몇백 년이나 마술 학원을 운영하며 많은 사람에게 추앙도 받고 있어. 뭐, 원망하는 사람도 많은 것 같지만……."

그러니까 마지막에 불안해지는 말을 덧붙이지 마!

『왠지 가고 싶지 않아지기 시작했는데.』

"자자, 그렇게 말하지 마. 프란은 어때?"

"응. 하이 엘프 재미있을 것 같아. 만나고 싶어."

"그렇지?"

『큭.』

프란이 만나고 싶다면 어쩔 수 없지!

『알았어…….』

그러면 국경을 넘을 준비가 필요하겠군. 수속은 어떻게 해야 하지?

아만다에게 물어보니 랭크 B 모험가 카드가 있으면 문제없다고 한다.

"레이도스 왕국과 접해 있어서 국경 경비는 상당히 철저하니까 관문을 꼭 통과하는 걸 추천해."

"알았어."

『장벽이라도 있는 거야?』

"그건 없어. 하지만 입국 기록이 분명히 관리되고 있을 테니까 주의해야 해."

어딘가에서 신분증을 확인당해 입국한 기록이 없으면 성가신 일이 벌어진다는 건가.

"사실은 나도 함께 가고 싶은데……."

『광신검의 조사는 끝난 거 아냐?』

"아직 안 끝났어. 전 아슈트너 후작령의 조사가 남아 있거든."

아리스테아는 아슈트너 후작의 영지에 남겨진 자료를 가르스 일행과 함께 검사하게 됐다고 한다.

국가가 관리하는 신검의 자료를 그리 쉽게 보여줄까 했는데, 놀랍게도 이미 국왕과는 이야기를 마쳤다고 한다.

『국가에 그렇게 쉽게 신분을 밝혀도 괜찮겠어?』

크란젤 왕국의 국왕은 수왕처럼 호탕한 타입이 아니다. 경우에 따라서는 음모나 힘으로 억지를 부릴 가능성도 있다.

그렇게 생각했지만 아만다가 부정했다.

"괜찮아. 가르스의 소개로 왕을 면회한 거잖아. 솔직히 지금 상황에서 필두 대장장이와 신급 대장장이를 둘 다 적으로 돌리는 짓은 안 할 거야. 그리고 제대로 된 국가라면 신급 대장장이에게 손을 대지 않고."

"어째서?"

"어떤 마도구를 가지고 있는지도 모르고 어떤 연줄이 있는지도 모르니까. 겉으로 드러내지 않을 뿐 각 나라나 유명 모험가와 연

331

관이 있는 건 틀림없잖아?"

신급 대장장이를 억지로 가두려 하면 그것만으로도 여러 곳을 적으로 돌릴 가능성이 있다는 거로군.

"광신검 문제의 해결은 이 나라에서도 가장 우선하고 싶은 일이야. 복제품이라도 나오면 또 같은 일이 일어날 가능성이 있으니까. 뭐, 적어도 혼란이 수습될 때까지는 나를 정중히 대하겠지."

"그런 거야. 그리고 나도 나름대로 아리스테아와의 관계를 암시해둘 테니까 안심해."

아만다도 적으로 돌리게 된다면 더더욱 아리스테아에게 손을 댈 수 없겠군.

"그러니 안심해."

"응. 알았어."

프란은 아리스테아의 말에 고개를 끄덕이고 그 자리에서 깊이 머리를 숙였다.

"아만다. 아리스테아. 감사했습니다."

평소대로 평탄한 말투다.

하지만 나는 알 수 있다. 그 감사의 말에는 프란의 진지한 마음이 담겨 있었다.

랭크 A 모험가와 신급 대장장이라는, 본래라면 쉴 틈조차 없을 만큼 바쁠 두 사람이 줄곧 수행에 어울려줬다.

프란도 그에 대한 고마움은 확실하게 이해하고 있을 것이다.

"나도 재미있었어. 그리고 자극도 많이 됐고. 고마워, 프란."

"스승을 조사하는 것으로 공부가 됐어. 고맙다."

감사의 마음이 전해졌는지, 그렇게 말하며 아만다와 아리스테아가 미소를 돌려주었다. 기쁜 듯이, 하지만 어딘가 쓸쓸한 듯이. 이게 작별의 인사인 것을 알고 있기 때문이겠지.

"즐거웠어."

"나도야."

머리를 든 프란은 전에 없이 환한 미소를 보였다.

그리고 말만 한 크기로 변화한 울시에게 올라탔다.

"또 만나러 와."

"물론이야."

"나는 조사가 끝나면 마술 학원에 들르지."

"응. 기다릴게."

평소라면 작별의 슬픔을 더 견뎌야 했겠지만 이번에는 의외로 무미건조했다.

한동안 함께 지냈고, 아만다와도 아리스테아와도 이미 몇 번인가 헤어졌다 재회하기를 반복한 사이니까. 아마 그 관계에 익숙해진 거겠지.

그리고 이 두 사람과는 다시 만날 거라는 확신이 있다. 프란도 그것을 느끼고 있기 때문에 일시적인 작별이라고 생각했을지도 모른다.

"스승, 울시, 가자!"

『그래! 또 보자, 아만다! 아리스테아!』

"웡웡!"

"둘 다 바이바이!"

작가의 말

책을 사주셔서 정말 감사합니다.

오랜만에 쓰는 작가의 말이네요.

이전에도 썼지만, 작가의 말을 쓰기 힘들어서 쓰지 않고 끝내도록 페이지 수를 조절하고 있었습니다만…….

네, 페이지 조절에 실패하고 말았습니다.

"어머! 역시 무능하네요!"

"그러네요! 이 작가, 몇 번이나 이런 실수를 저질러야 직성이 풀릴까요!"

"핫! 이, 이건——."

"왜 그러세요, 부인?"

"이 작가, 또 우리를 이용해 양을 늘리고 있어요!"

"어, 어쩜 이리 비겁한지!"

"7권 이후의 등장이 또 양 늘리기라니!"

"그만둬! 이제 좀 본편에 등장시켜어!"

"싫어!"

아니에요! 쓴 적 없어요!

그래서 저번에 의외로 반응이 컸던 양 늘리기 부인즈를 재등장시켰습니다.

쓰는 것이 즐거워서 꽤 좋아합니다.

앞으로도 작가의 말 때는 활약해주세요.

그럼 양 늘리기는 이쯤에서 그만두고 항상 하는 감사의 말을 하겠습니다.

편집자 I 씨. 항상 신세를 지고 있습니다. 정말 감사합니다.

항상 멋진 일러스트를 제공해주시는 Llo 님. 이번에도 최고였습니다.

권말 만화를 그려주시는 마루야마 선생님. 여전히 멋진 작품이네요.

친구, 지인, 가족들. 그리고 이 작품의 출판에 관련된 모든 분들과 응원해주시는 독자 여러분. 정말 감사합니다.

현재 애니메이션은 열심히 제작 중입니다.

제가 관련되는 경우는 그다지 많지는 않지만 수많은 크리에이터님들이 좋은 애니메이션을 만들기 위해 분투하고 계십니다.

분명 멋진 작품이 될 테니 꼭 기대해주세요!

살기!

HEY! Siri!

흐음…. 이런 곳에 Siri가….

또 클리셰가…… 뭐가 있을까. 변태 같은 영감이 엉덩이를 만지려 한다거나?

숯덩이!!

꺄아악…

억!?

야하—

이 비행기는 내가 하이잭했다!

에너메이션…0 만화 지식이야 이거…

그리고 나… 비행기는 거의 탄 적 없어….

참살 OR 숯덩이

그냥 고양이 망나니 …이려나.

…….

특별기고

프란은 승무원

원안/타나카 유 만화/마루야마 토모오

안녕하세요. 망상가 스승입니다.

날 수 있는 울시로 장사를 한다면, 이라고 잠시 생각하고 있습니다.

휘잉———

그렇군. '울시 택배'… 아니…. '울시 항공'을 개업했을 때

프란 씨의 운용에 대해 망상해보자.

역시 이렇게 승무원처럼 일하게 하는 게 좋겠지~.

분명 귀엽겠지! 인기도 끌 거야.

원하는 기내식을 묻거나 하면서 말이야.

후 호 호 호!

전생했더니 검이었습니다 13

2023년 4월 15일 1판 1쇄 발행

저　　　자	타나카 유
일 러 스 트	Llo
옮 긴 이	신동민
발 행 인	유재옥
본 부 장	조병권
담당편집자	박치우
편집 1팀	김준균 김혜연
편집 2팀	정영길 조찬희 박치우 정지원
편집 3팀	오준영 이해빈
편집 4팀	전태영 박소연
미　　　술	김보라 박민솔
라이츠담당	김정미 맹미영 이윤서
디 지 털	박상섭 김지연
발 행 처	㈜소미미디어
등　　　록	제2015-000008호
주　　　소	서울시 마포구 토정로 222, 403호 (신수동, 한국출판콘텐츠센터)
판　　　매	㈜소미미디어
제 작 처	코리아피앤피
영　　　업	박종욱
마 케 팅	한민지 최원석 박수진 최정연
물　　　류	허석용
전　　　화	(02)567-3388, Fax (02)322-7665

ISBN 979-11-384-7783-3 04830
ISBN 979-11-5710-608-0 (세트)